产 品 合 格 证

江苏凤凰新华印务有限公司

凡印装错误请向本厂生产质量部调换

地址：江苏省南京市新港开发区尧新大道399号
邮政编码210038 生产质量部电话：025-68037417

检查员
13

你的善良必须有点锋利

〔美〕爱默生

陈静 —— 译

Ralph Waldo Emerson

江苏凤凰文艺出版社

图书在版编目（CIP）数据

你的善良必须有点锋利 /（美）拉尔夫·沃尔多·爱默生（Ralph Waldo Emerson）著；陈静译. — 南京：江苏凤凰文艺出版社，2018.1
（世界大师散文坊）
ISBN 978-7-5399-9982-1

Ⅰ.①你… Ⅱ.①拉… ②陈… Ⅲ.①散文集－美国－现代 Ⅳ.①I712.65

中国版本图书馆CIP数据核字(2017)第046246号

书　　名	你的善良必须有点锋利
著　　者	（美）拉尔夫·沃尔多·爱默生
译　　者	陈　静
责任编辑	汪　旭
出版发行	江苏凤凰文艺出版社
出版社地址	南京市中央路165号，邮编：210009
出版社网址	http://www.jswenyi.com
印　　刷	江苏凤凰新华印务有限公司
开　　本	880×1230 毫米 1/32
印　　张	7.5
字　　数	187千字
版　　次	2018年1月第1版　2018年1月第1次印刷
标准书号	ISBN 978-7-5399-9982-1
定　　价	39.00元

（江苏凤凰文艺版图书凡印刷、装订错误可随时向承印厂调换）

目 录

自然◎001

美◎023

力量◎033

文化◎055

礼仪◎083

礼物◎115

性格◎123

崇拜◎143

伟人◎175

神秘主义者◎199

大千世界绮丽多姿,
九九曲折妙不可言,
尽管困惑观者无法参透,
疲惫的心脏有何秘密,
你的心脏却随大自然一同跃动,

从东到西一切明澈清晰,
潜伏于每一种形体下的精神,
呼唤着它的同类们的灵魂,
每一种自燃的原子熠熠闪光,
昭示出她身后的锦绣未来。

自然

在这个气候区,一年四季中几乎总有那么几天,空气、星辰、大地完美融合,就如大自然纵容她的孩子一般,万物都臻于完美。荒凉的高原,我们沐浴着佛罗里达和古巴的阳光,无需再求幸福之地。芸芸众生,皆流露满意之色。牛群亦卧而沉思,宁静美好。纯粹的十月天气,我们称之为"小阳春",此时寻觅那平安幸福,把握更大。连绵的山丘、温暖广阔的田野以及无尽的白昼在此沉眠。它们享尽明媚阳光,不再叹惜生命短长。荒凉之野不再寂寥。立于森林之门,世故之人不由惊叹:评估城市中伟大与渺小、睿智与愚蠢,都已毫无意义。进入这里,卸下肩头习俗的包袱。自然的圣洁使宗教相形见绌,自然的真实使英雄黯然失色。在这儿,我们发现任何东西都无法同大自然相映争辉。自然如同神明,审判每一个接近的人。爬出狭窄拥挤的房舍,走进黑夜与白昼,瞻仰日夜拥抱我们的崇高之美。多么想逃离啊!逃离那无用的栅栏、逃离世故阴谋、逃离怯懦顾虑、逃离无法亲近自然的悲哀。森林散发着柔和的光,如不曾消逝的清晨般壮丽雄伟,令人心情激荡。古老的魔法渐渐生效,松树、铁杉和橡树的树干散发出了闪烁的光芒。无言的树木开始说服我们放弃那些以庄重为名的琐碎,与之一起生活。在这里,神圣的天空之上,永恒的岁月之中,再无历史、教堂和国家的立足之地。走进展开的风景,为崭新的画卷所倾倒,为接踵而至的思绪所吸引,你会无比轻松惬意,以致将思索置于脑海之外,任面前不可抗拒之美清除一切记忆,心满意足地随自然而去。

魔力似有药物的效力,清醒头脑、治愈身心。简单的快乐,亲切而又自然。我们回归本源,无视迂腐的学校教导,与物质相交。我们不曾与之分离,且深深眷恋其本源,就如水缓解饥渴,大地托起身躯,石块装点视野。物质是坚韧的水,物质是冰凉的火,物质维系了健康。物质同我们共源,似故人,似密友,似手足,它真诚地走来,打断我们同陌生人虚伪的闲谈,与我们亲密交流,使我们羞愧于之前的胡言乱语。城市没有给人类的感官提供足够的空间。日日夜夜,走出城市,去寻觅更为广阔的空间,以饱眼福,就如我们需要水来沐浴一般。自然的影响,强弱不一。小到分隔之力,大到给予想象力和心灵的帮助。自然,泉中打起的一桶清冷之水;自然,驱散凉意、给人安慰的火堆;自然,秋日与正午崇高的寓意。依偎于自然的怀抱,如寄生虫般靠自然的谷物和根茎生存。日月星辰播洒光芒,唤我们至幽静之处,预言遥远的未来。蔚蓝的天顶,浪漫与现实相交。我思忖,如果将我们送往梦想的天堂,与加百列[①]和尤利尔[②]交谈,那么天堂将成为我们的家园。

岁月似乎并不是特别粗俗平凡的,因为我们在其间已经留意到一些自然景物。悄然而落的雪花,片片晶莹完美;雨雪纷纷,扫过茫茫水面和平原;田野里麦浪滚滚,一望无际的茜草波浪起伏;无数的小花在眼前泛起阵阵白色的涟漪;林木花草倒映在平滑如镜的湖水中;悦耳动听的缠绵南风把树木都吹成了竖琴;炉火中的铁杉和松枝噼啪作响,火光四射,把起居室的四下照得通亮——这些就是最古老的宗教的音乐和图画。我的房子建在低地,临近村庄的边缘,所以视野有限。但只要我和友人来到小河之滨,船桨轻轻一划,我就可以远离村里的政治活动和各色人物。没错,把这些东西全抛在脑后,进入晚霞和月光的温柔国度。月色皎洁而明亮,那些满身污迹的人几乎无法入内。我们全身都渗透了这种难以置信的美,我们把双手浸泡在这瑰丽动人的景色中,我们的眼睛陶醉在这片缤纷的光与影之中。这是一段假期、一种乡村生活、一场宫廷盛宴,这是最令人骄傲的、最令人欣喜的节日,勇气与美丽、权利与品位点缀丰富了这段美好的时光,它

---

① 加百列,宗教经典《圣经》人物之一。为大天使长。

② 尤利尔,宗教经典《圣经》人物之一。

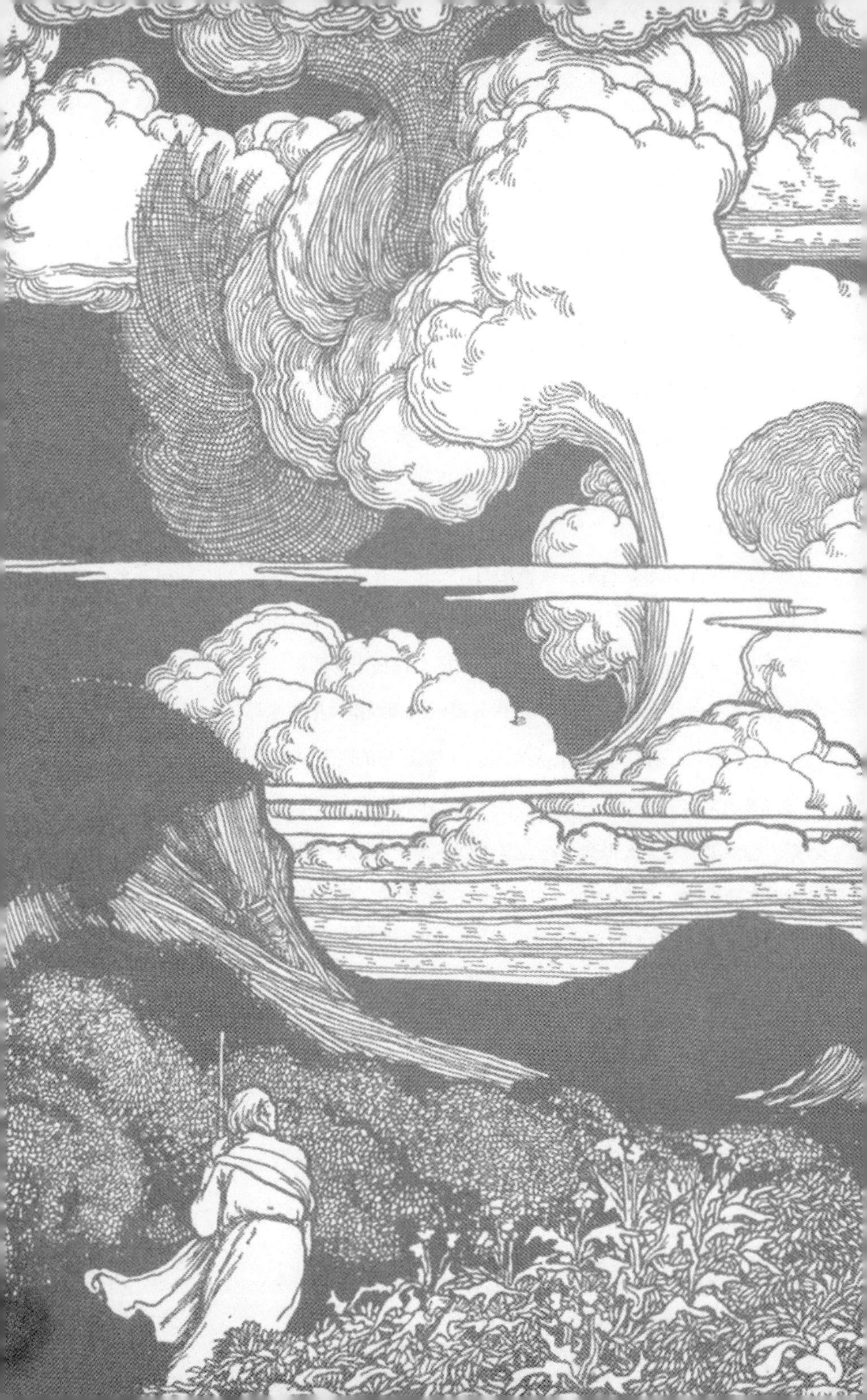

会立刻在这里安家落户。美丽的晚霞,隐隐若现的星斗,不时悄悄地在天边闪烁,它们昭示着那种节日的到来。我这才了解我们可怜的创造力和城镇宫殿的丑陋。艺术和奢华早就得知,它们必须继承并升华这种原始的美丽。我迷途知返,这才恍然大悟。从今以后,我将很难被取悦。我不会回去玩那些童年的玩具,因为现在我已经变得老练成熟,我的生活也变得奢侈浮华了。如果没有雍容华贵的东西,我将无法继续生存。但是,我的宴会长必须是一位乡民,他应当见多识广。谁了解土地、流水、草木、天空蕴藏着什么样的美味和美德,并能弄到这些诱人的东西,谁就是富有而忠诚的人。主宰世界的人只有把大自然召来做他们的助手,才能达到辉煌的顶峰。这便是他们的空中花园、乡间别墅、花园洋房、岛屿、园林和禁猎区的意义所在——这些强大的附属品可以弥补他们不完善的人格。因此,人们对于拥有这些危险的附属品的国家产生强烈的兴趣,这是不足为奇的。这些东西有贿赂和招引的作用,暴露了那些秘密约定的不是国王、宫殿,也不是男人、女人,而是这些柔情万千、满腹诗情的明星。我们听过富人的言辞,也听过他的别墅、果园、美酒和公司,但是,挑逗引诱的刺激来自于这些诱人的明星。在他们温情脉脉的目光中,我看到了人们在凡尔赛、帕福斯和泰西封努力追求的事物。的确,是地平线上的道道魔光和当做背景的蓝天,拯救了我们所有的艺术作品。没有它们,这些作品只不过是华而不实的小玩意儿。当富人指责穷人奴颜婢膝时,他们应该想一想,那些所谓的自然主宰者对于富于想象的人们产生了怎样的影响。啊!如果富人都像穷人所想象的那样富有,那该多好啊!一个小男孩在晚上听见田野里的军乐队演奏,此时,一个个国王、王后、大名鼎鼎的骑士就会浮现在他眼前。他在一个丘陵地带,比如在诺奇山,听到号角的阵阵回响,这回声能把整座山变成一把风弦琴。这种超自然的奏鸣把他带回了多利安神话人物、阿波罗、戴安娜等男女猎神的时代。小小的乐符是如此轻盈、如此优美而超然！对于贫穷的青年诗人来说，他眼中的社会就是这般难以置信。他忠心耿耿，景仰富人，富人因为他的想象力而变得富有。如果他们不富有，他不知道自己会穷到什么地步！富人们有篱墙高筑的小树林，他们称之为花园；他们的客厅比他去过的客厅都要大，装潢也更加讲究；他们出入乘坐的是四轮马车；他们只与名人雅士结伴；他们会去海滨胜地和远方的城市度假……凡此种种，这些就是诗人用于描绘富人浪漫生活的基础材料，而这些富人真正拥有的财产只不过是棚屋和围场。缪斯背叛了她自己的儿子，她用天空、云彩和路边森林里折射出来的光芒来增强那富贵美丽的天赋。那是一种高贵的恩赐，好像贵族之神对贵族的恩赐，那是一位自然界的贵族，天国的贵族。

轻而易举地创造了伊甸园和潭碧谷的道德情感可能并不常见，而物质风景则比比皆是。我们无需游览莫科湖或马德拉群岛就能找到这些迷人的风景。我们赞美当地的风光时会有所夸大。每个风景的惊人之处无非是天地相连，这种风景无论是从阿里根尼山山顶还是从第一座小丘上都能看到。夜空的繁星俯视着棕褐色、简陋至极的公地，它们在坎帕尼亚平原与埃及大理石沙漠上撒下了的神圣光辉。书卷的云彩、晨光和夜色将为枫树和赤杨平添姿色。不同风景之间的差异很小，但观赏风景的人却千差万别。每处风景必须展示出自己的美丽风采，没有哪个风景比这一点更绝妙了。就算裸体，大自然也不会感到惊讶，因为美丽无处不在。

但是，这个被学者们称为"被动的自然"的话题，很容易使读者产生过多的共鸣感。谈到这个问题时，难免不夸大其辞，这与在人群中引出所谓的"宗教"话题一样容易。不对某些琐碎的必要性做出辩解，一个敏感的人是不会让自己沉迷在这种东西上的。他会去看林地，去瞧庄稼，去远方采回一株植物或矿石，或者肩扛一把猎枪或一支鱼竿。我想，做这种丢脸的事一定有充分的理由。大自然

里浅尝辄止的作风是毫无裨益的。田野中的花花公子与百老汇的纨绔子弟是一丘之貉。人们生来就是猎人，总喜欢探求森林知识。我认为，为伐木工人和印第安人提供参考的地名词典应该摆放在最奢华的客厅里，用它来代替书店里所有的"花环"和"花神的花冠"。然而，通常情况下，无论我们是因为太笨拙而无法讨论如此微妙的话题，还是出于其他什么原因，只要人们一写大自然，就开始使用华丽的辞藻。轻浮是祭献给潘神最不恰当的礼物。在神话中，潘神本应该被描写为众神中最有节制的一个。这个时代十分推崇谨言慎行的作风，因而我不会表现得太轻浮，但我不能放弃时常回归这个古老话题的权利。现在有太多虚伪的教会在颂扬真正的宗教。文学、诗歌、科学是人对这个未知的秘密所表示的敬意。对于这个秘密，任何神智健全的人都不会装出漠不关心或无动于衷的样子。大自然为我们的精华所热爱。它被敬为上帝之城，尽管，或者更确切地说，这是因为里面没有公民。落日与落日之下的任何事物都没有相似之处,它渴望人类。大自然的美丽看起来总是虚无缥缈的,除非这一景致中出现与它一样美好的人的形象。如果有所谓完美的人,那么就不会有对大自然的迷恋了。如果国王坐在宫殿里,没有人会环顾四面的墙壁;如果国王离开了,宫殿里到处是侍从和观望者。这时我们才会转身背过众人,从画像和建筑中寻找伟人,寻求解脱。有些批评家抱怨说,把自然美与我们要做的事分离开来是一种病态。他们肯定认为,我们对如画风景的寻觅与我们对虚伪社会的反抗无疑是密不可分的。人类已经堕落了,大自然还挺立着,它就像一支示差温度计,检测人类是否有神圣的情操。由于我们的迟钝和自私,我们仰慕自然,但当我们改过自新之后,自然将仰慕我们。我们凝视着泡沫四溅的小溪,心中充满悔意。加入让自己的生命充满正确力量的大自然,我们就会使小溪自惭形秽了。热情的溪流能闪现出真正的火光,而不是日月的反射光。大自然或许和贸易一样,可以对之进行出于私利的研究。对于自私的人来说,天文学就是占星术,心理学就是催眠术(目的在于找出我们的调羹去哪了),解剖生理学就是手相术和骨相术。

  我们要及时地引以为戒,不去讨论关于这个话题的过多内容。让我们不要再忘记对"高效自然"或"能动的自然""快速的起因"表示我们的敬意,因为在它面前,一切个体像风中的雪花那样逃逸。它本身是隐秘的,而它的作品在它面前推挤如山(就像古人用牧羊人普罗透斯来代表大自然一样),纷然陈杂,莫可名状。它反映在各种生物身上,由微粒、针状体经过一再的变形最后转化成了完美的对称体,达到了至臻的状态。地球上白晃晃、光秃秃、极度寒冷的两极地区与草木繁盛、硕果累累的热带气候区的差别,就在于那一点的热量、一点点的运动。由于无限时间与无限空间这两个主要条件的作用,所有的变化都是在和平、安定的状态下进行的。地质学把自然的世俗特性传授给我们,让我们抛弃古板的教学方法,教我们用她的自由奔放的风格取代摩西和托勒密式的体系。因为缺乏眼力,我们不能正确理解任何事。现在我们明白,石头先成型,随后又粉碎,然后最早的地衣把最薄的外层分解成土壤。这之后会敞开大门,欢迎远道而来的植物、动物、果物女神和果树女神。在这一切发生以前,一定有无数个地质纪在耐心的循环交替。三叶虫何其久远! 四足动物何其久远! 人类也是久远得不可思议! 一切都适时而至,然后人类开始一代一代地向下繁衍。从花岗岩到牡蛎,路途迢迢。从牡蛎再到柏拉图和灵魂不朽说,更是漫长无比。然而一切一定会到来,就像第一个原子有两面那样确定无疑。

  运动和变化,同一和静止,这是大自然的两个秘密。自然的全部法典可以誊写在拇指指甲上,或戒指的小印章上。小溪上回旋的泡沫让我们了解了天空力学的秘密。每个沙滩上的贝壳都是打开这秘密的钥匙。转动杯中的少许水,我们就能了解结构简单的贝壳的构造。但是,物质年复一年的积累、增加,最终达到了最复杂的形式。然而,尽管身手不凡,大自然还是很贫穷。从宇宙的开端直至终结,在这整个过程中,它只应用了一种材料,这种材料可以产生两个结果,可以为她提供一切梦幻般的各种各样的事物。无论她如何调配,无论调配出的是星星、沙子、火、水、树木还是人类,它还是一种材料,会表现出同样的特性。

  自然是始终如一的,尽管她会佯装违背自己的法则。她遵守自己的法则,有时似乎会超越这些法则。她会武装一个动物,让它能找到自己在地球上栖息的场所。而与此同时,她也会武装另一个动物,让它去摧毁这个场所。空间的存在就是为了分离不同的生物。然而,给鸟类的两翅插上几片羽毛,鸟类几乎就可以做到无所不在了。方向始终是向前的,艺术家却仍要回过头来寻找素材。他要在最发达的阶段重新寻找第一要素,否则,一切都会走向灭亡。如果观察一下大自然的工作流程,我们似乎能瞥见一个逐渐演变的体系。植物是世界的年轻一

代,是充满健康与活力的人,它们永远在向上探索,朝着意识的方向发展。树木是有瑕疵的人,它们的根系总是牢牢地扎在地下,似乎它们总是因为这种囚禁而叹息不已。动物是高级物种中的新手和实习生。人类尽管很年轻,但由于已经从思想之杯里品尝到了第一滴美味,所以他已经变得放荡堕落了。枫树和蕨草依然是纯洁质朴的,但一旦它们产生了意识,它们也会诅咒谩骂的。花朵仅仅属于青年人,因而,我们成年人很快就会感到,它们美丽的后代与我们无关。我们韶华已逝,现在就让他们迎接自己美丽的未来吧。鲜花抛弃了我们,最后我们成了一群老光棍,那满腹的柔情蜜意,只会显得荒唐可笑。

事物之间是息息相关的,因此,用眼睛细心观察一种事物,就可以预测另一种事物的结构和特性。如果我们能认真观察,那么,城墙上一块石头就能向我们证明人类存在的必要性,这就像证明城市存在的必要性一样容易。那种同一性使我们成为一个整体,也使我们通常的巨大差异完全消失。我们常谈论背离自然生活的种种行为,好像人造生命有什么不自然似的。宫殿凤阁里最圆滑的卷发朝臣有一种动物的天性,他像北极熊一样粗鲁野蛮,为了达到自己的目的无所不用其极,在香水和情书之间,与喜马拉雅山山脉和地轴直接相连。如果我们想想自己有多少是属于大自然的,我们就不必迷信于城镇——好像那伟大而仁慈

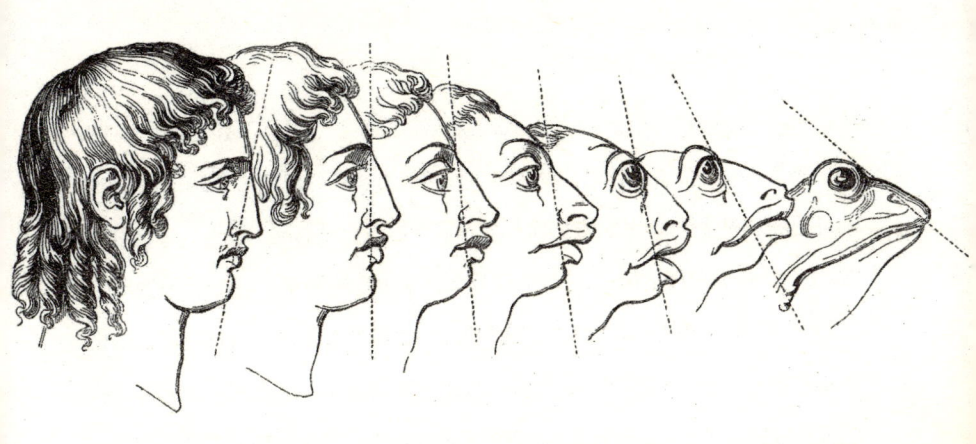

的力量在那没有找到我们的踪迹,没有建造起座座城市一样。大自然既然创造了泥瓦匠,自然也会造出房屋。我们可能很容易就能听到太多有关乡村产生的影响。自然物闲散自由的样子让我们这些急躁愤怒、面红耳赤的生物嫉妒不已。于是我们认为,如果我们露宿野外、以根茎为食,那我们肯定会和他们一样崇高。但是,我们还是做人吧,不要做土拨鼠。这样,橡树和榆树就会心甘情愿地为我们服务,尽管我们坐的是丝绸地毯上的象牙椅。

这个统领一切的同一性贯穿于事物一切的出人意料和尖锐对比之中,它也是每条法则的特征。人类把整个世界装在脑子里,所有天文学和化学都悬浮在一个思想之中。因为自然界的历史已经铭刻在他脑中,所以他就成了大自然的秘密的预言者和揭发者。自然科学里每个已知的事实在得到证实以前就已经被某些人预见到了。一个人如果不承认可以束缚万里之外事物的自然法则,他是不会去系鞋带的。月亮、植物、气体、晶体,这些都是具体的几何形状和数字。常识能认出自己的作品,在化学实验里第一眼就能认出那些事实。富兰克林、道尔顿、戴维和布莱克拥有的常识,就是用来作出那些安排的那种常识,这种安排它现在才发觉。

如果同一性表现了有组织的静止,那么其反作用也会进入组织。天文学家说:"给我们一些物质和一点运动,我们就能建造宇宙。我们仅有物质是不够的,必须还得有一股推动力,一种发动物质、使离心力和向心力彼此协调的推动力。"一旦把球从手中投掷出去,我们就能展示这一巨大力量的发展过程。玄学家说:"这是一个毫无道理的假设,这种假设只会招来更多的问题。了解推测的起源和过程,你们就不会占上风了吗?"与此同时,大自然没有等待这场辩论得出结果,她不管对错是非,先给这个球一个推力,让它开始滚动。这不是什么大事,只不过就是轻轻推了一下,但天文学家极为重视这件事。这也是理所应当的,因为这个行动产生的结果是无穷无尽的。这次著名的原始一推,波及到了体系内的一切球体、每个球体中的每个原子、所有的生物物种,以及每个个体的历史和表现因此也得以在这些事物中传播开来。在事物发展的进程中,难免没有夸张夸大的时候。自然把生物和人类送到这个世界上的时候,难免不会在他们身上多加上一点自己的特性。有了星球,还必须加上一点推动力。因此,大自然会为每个生物在其各自的发展轨道上添上一点强烈的方向性,那是使它们进入运行轨道的推动力。每次宽容一点,多给予一点。如果没有电,空气就会腐败;没有男人和女人所具有的这种强烈的方向性,没有一点偏执癫狂,就没有兴奋和效率。我们为了射中靶心,瞄准时会略高于靶心。每个行动或多或少都会有夸大的成分。有时我们会碰到某个忧郁的、眼尖的人,他看到比赛进行得不光明正大,就拒绝比赛,但最后还是说穿了比赛的秘密:那又怎样?鸟飞了吗?哦不,机警的自然又派来了一队更加健硕的贵族青年,它过度地引导他们紧盯自己的目标,使他们死心塌地地坚持自己最正确的方向。于是,这场比赛又轰轰烈烈地展开了,又要持续一两代的时间。胡打乱闹的孩子几乎没有什么判断力,每个景象、每个声音都能左右他们的感官。他们没有任何比较、权衡自己感觉的能力,他们会让自己听命于一声口哨、一张画片、一个领头的骑兵甚或是一只俗气的小狗。他们把一切都赋予了自己的个性,却从来不对任何事进行概括、归纳,看到新事物就欢天喜地,晚上一躺下就疲惫不堪,这就是疯疯癫癫一天所造成的后果。但是,大自然正是利用这个长着卷毛和酒窝的疯子达到了自己的目的。她给身体每个官能都指派了任务,并费尽心力确保身体各个部分均匀、协调发展。对她来说,这是首要的目的,除了她自己无微不至的照料,谁的照料都不能相信。这种闪光、这种乳白的光芒会在每个玩具的眼中闪烁,以确保它对主人的忠诚,它虽然最终被欺骗了,但对它来说未必不是件好事。创造我们、抚养我们的是同样的手段。让那些禁欲主义者想怎么说就怎么说吧,我们吃饭不是为了活着,而是因为肉实在可口,看到肉食欲就很强烈。植物不满足于从花朵或从树上抛下一粒种子,它们希望在空气和土地中撒满无数的种子。假如有数千粒死了,还有数千粒可以栽种,这里面会有数百粒发芽,其中又会有数十粒成熟,最后至少有一粒能取代亲本。所有事物都会表现出同样的处心积虑的慷慨。我们整日忧心忡忡,极力保护自己,遇冷就蜷缩身体,看到蛇或听到噪音就心惊肉跳。经过无数次虚惊,这种草木皆兵的心理最终还是使我们避开了一次真正的危险。在婚姻中,爱人寻求个人的幸福和完美,并没有制定什么未来的计划,而自然则把她的目的潜藏在他的幸福中,这就是传宗接代、子孙绵延。

  这种创造世界的技巧也渗透到了人类的思想和性格中。人的心智都不十分健全,每个人的性格中多少都有点傻气,总会有心血来潮、头脑发热的时候,这样就能使他牢牢遵守大自然十分重视的法则。伟大的事业从未经受过对它们是非曲直的考验,但为了符合党人的口味,这个事业被分解成了许多细小的成分,人们在琐碎事件上的争论变得越来越激烈。每个人都对自己的言行过于自信,这种现象同样值得关注。诗人就是先知,他们对自己的话极为重视,其程度要胜过任何一个听这些话的人,因此他们要把这些话讲出来。倔强固执、自以为是的路德明白无误地郑重声明:"就连上帝也离不开聪明人。"雅各布·伯麦①和乔治·福克斯②在激烈争论时暴露了他们的骄傲自大,詹姆斯·内勒③曾允许他人把他当做基督来崇拜。每一位先知很快就把自己和自己的思想等同起来,他们会把自己的帽子和鞋奉为圣物。这种做法可能会使他们在有识之士面前名誉扫地,但这也使他们赢得了民心,因为这种做法给他们的言辞增添了激情、辛辣和知名度。在个人生活中,类似的例子也不少见。每个充满热情的年轻人都写日记,每当祈祷和忏悔的时间到来,他便在日记中铭刻下自己的灵魂。对他来说,这样写出的文字是热烈而芬芳的,他会将日记摊在双膝,在午夜和黎明时分慢慢阅读,他的泪水浸湿了一页页的日记。这些文字是神圣的,是世界上最珍贵东西,就是对着最好的朋友也没读过。这就是灵魂的儿子,大自然的生命依然在这个婴儿身上循环。他的脐带还没有剪断。一段时间之后,他开始希望他的朋友能进入这神圣的体验,几经踌躇,他才终于坚定地把日记摆在朋友面前。这些书页会不会灼伤他的眼?那位朋友冷冰冰地翻了翻日记,然后很轻松地就把那日记放在一边转过头来开始聊天,这使对方又惊又恼。他不会怀疑日记本身。经过日日夜夜激情满怀的生活,日日夜夜与黑暗和光明天使促膝而谈,他已经把他们朦胧的文字镌刻在泪痕斑斑的日记里。他开始怀疑朋友的智慧和真心。难道根本就没有挚友这一说?他还不相信人会有什么终生难忘的经历,或许还不知道如何把他的个人经历写进文学作品。或许除了我们之外,智慧还有其他的代言人。尽管我们应该保持沉默,但真理还是会被表达出来。如果我们发现了这些,我们的热情之火可能就会被浇灭。只要一个人不觉得自己的言辞片面唐突,他就可

---

① 雅各布·伯麦,(Jacob Boehme),德国著名的神秘主义者。
② 乔治·福克斯,贵格会,又称教友会的创始人。
③ 詹姆斯·内勒,贵格会成员,因主张激进方式而受到教会惩罚,后向福克斯道歉取得原谅。

以尽情地表达自己的观点。即便他的话是片面的,他自己也绝不会这么认为。可一旦他拜托了本能和细节的东西,并且认识到话语的片面性,他就会产生羞耻之心,从此闭口不谈。谁要是不认为自己当时所写的是世界历史,他就不会写出任何东西;谁要是不认为自己的作品至关重要,他就写不出什么好作品。我的作品可能不算什么,但我绝不会认为它一钱不值,否则我不会无忧无虑地进行写作。

同样,在自然界总有一些愚弄人的东西,这些东西引领我们不断前进,但最后哪也到不了,它对我们从不守信,承诺多实践少。我们住在某种近似法的体系中。每个目的都预示着下一个目标,这个目标也是暂时性的,哪里也找不到完满、终极的成功。我们在大自然里露营而非安家。饥饿和口渴不停地引导我们吃喝,但是不论我们怎么搭配、处理面包和红酒,吃饱之后我们还是饥渴难消。我们所有的艺术和表演也出现了这个状况。音乐、诗歌、语言,它们本身不能使我们满足,而只为我们提供了一些参考。对于财富的渴求使地球沦为了花园,它也愚弄了热切的追求者。我们到底要追求什么?当然是要追求理智和美丽,远离各种丑陋、庸俗事物的干扰。但这是多么费事的方法啊!为了保证一点交流,算尽了多少机关呀!由砖石砌成的宫殿,仆人、厨房、马厩、马匹、马具、银行股本,财产抵押,世界贸易,乡村庄园和水滨小屋,这一切都是为了获得一点高尚而清晰的心灵交流!难道大街上的乞丐就不能得到它吗?不,这所有的一切,都是乞丐们通过不断努力而得到的。交流和声望,是众所周知的目的。财富是可以带来益处的,因为它满足了兽欲。修好了漏烟的烟囱,使们不再吱嘎作响,使亲朋好友相聚在温暖静谧的房间里,还把孩子和餐桌安置在不同的房间里。虽然美德和美丽是以前要达到的目的,但众所周知,有智慧、有德行的人在冬日房间变暖时会感到头痛,会湿脚或浪费大好时光。不幸的是,在为消除这些麻烦所作

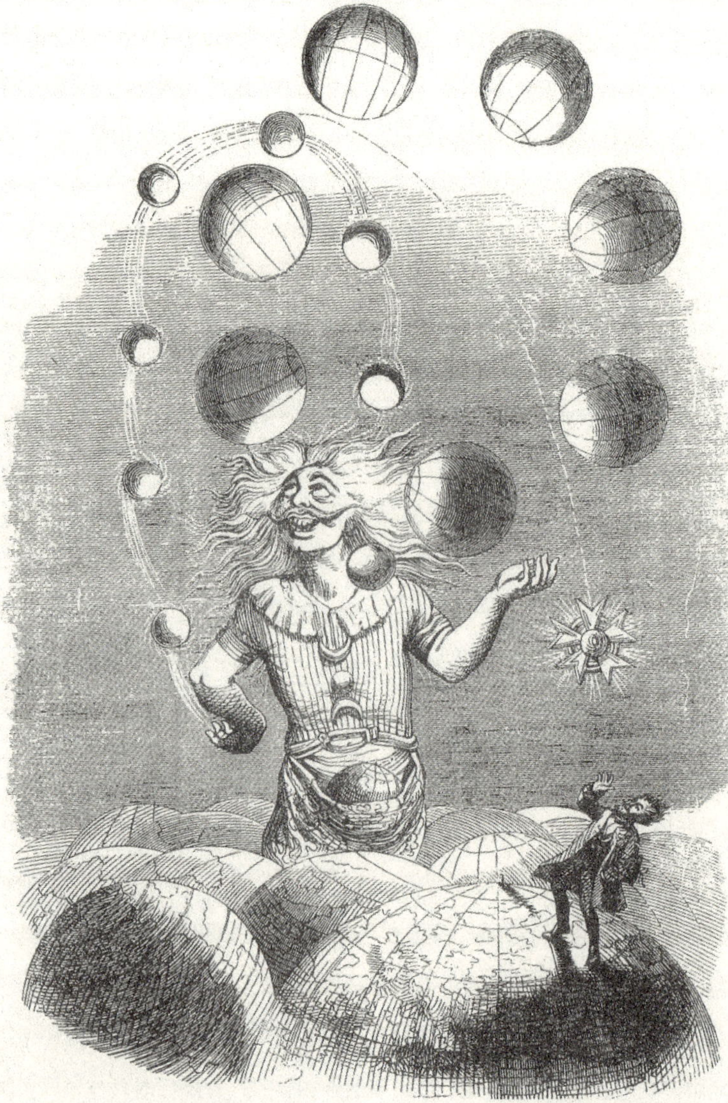

的必要努力中，人们主要的注意力已经转向了这个目标。旧的目标已经被忽视了，消除摩擦反而变成了目标。那是对富人、波士顿、伦敦和维也纳的嘲笑。现在世界上大多政府都是富人的政府，群众不再是人，而是穷人，即可能变成富人的人。这是对上层阶级的嘲讽，他们苦心经营，拼死拼活却一无所获。一切都做了，但一切都是徒然的。他们就像一位打断众人谈话以发表自己言论的人，现在他却忘了自己要说什么。在一个没有目标的社会和国家里，这样的现象比比皆是。难道大自然的目标真的那样伟大，那样令人信服，需要这么多人为之牺牲吗？

同生活中的欺诈行为类似，大自然的外貌对眼睛会产生近似的效果。森林、流水有某种诱惑、谄媚之态，但却又不能提供即时的满足感。在每处风景里都能感受到这种失望。我曾见过夏天轻柔美丽的云彩像羽毛一样在头顶的天空飘荡，它们似乎是在享受这种运动所具有的高度和特权。然而，它们看起来与其说是像此时此地的美丽帷幕，不如说正在展望远处热闹喜庆的亭台花园。这是一种莫名的妒忌，诗人发现自己离目标还不是很近。他面前的那些松树、河流、鲜花盛开的河岸，看起来似乎并不像自然景色。自然仍在其他什么地方，这里只不过是那个刚刚路过的胜利留下的回声或回响。现在它处于辉煌的鼎盛时期，可能在邻近的田野里，可能就在附近的树林中。眼前的目标一定会给你一种盛典过后的静谧感。夕阳的距离何其遥远，它里面蕴藏着多少不可言喻的壮丽和美好啊！但谁能到它们所在的地方去，或是在那里挥手驻足呢？它们永远离开了这个球形的世界。在寂静的林间与在男男女女之间是一样的；永远都是一种间接的存在，一种缺席，从来没有真正出席，也没有满足。难道美丽永远都难以捉摸吗？美人和美景难道都是可望不可及吗？对于订了婚的恋人，女方在应允男方那一刻就失去了少女最狂放的魅力。他追求她时，她快乐得好像飞上了天

KINDNESS

AFFECTION

THE COC

NERVE

ARDOUR

COURAGE

堂。但当她屈从于他一个人的时候,她就不可能那样快乐了。

对于这种无所不在的第一推动力,对于那么多善意生物的吹捧和妨碍,我们能说些什么呢?难道我们不可以设想宇宙某个地方存在着些许嘲讽和叛逆吗?难道我们不是一直在愤恨这种由我们自己带来的恶习吗?难道我们是自然的玩物和小丑吗?看一看天地的面目,一腔愤怒就会平息,我们因此就会拥有更加明智的信念。对于智者来说,自然把自己化为了一个巨大的诺言,人们不会草草率率地去解释它。大自然从未向任何人透露过她的秘密。当一个又一个俄狄浦斯接踵而至,他们的头脑里装满了秘密。哎!他们的绝技竟被同一种巫术破坏了,他们连一个字也说不出来。她那宏伟的轨道呈现出拱形,就像伸入大海的雨后的彩虹。但是,就是天使长的翅膀也不够强壮,无力沿着这个轨道飞翔,所以就无法汇报这条曲线的弯度。然而,似乎我们的行动得到了支持和安排,行动的结果比我们预期的还要重大。我们一生中处处都有精神力量护卫。一种有益的目的正准备伏击我们。我们没法与大自然顶嘴,也不能像对他其他人那样对待她。如果我们用个人的力量同她较量,我们很快就会发现,我们沦为了某种宿命的玩物。但是,如果我们不把自己和工作等同起来,我们就会感到工匠的灵魂贯穿了周身。这时,我们会发现,清晨的静谧首先在我们心中落户,化学和重力的无穷力量以及凌驾于这些力量之上的生命之力,都以其最高的形式预先存在于我们身上。

一想起自己被一大串因果链条束缚得寸步难行,我们就深感不安。这种感觉是由对"运动"这种自然状态的过度关注而引发的,但阻力永远不会从车轮上消失。哪里推动力一超出限度,哪里的"静止"或"同一性"就会巧妙地进行补偿。在辽阔的原野上,到处都长满了夏枯草。每个愚蠢的一天结束时,我们都要睡上一觉,以此来消除白天每时每刻的激愤与狂怒。虽然我们对特殊事物十分着迷,有时甚至会沦为它们的奴隶,但我们还是会把固有的普遍法则带到每一次实验中去。这些法则虽然作为观念存在于我们的头脑中,它们在自然界中始终陪伴在我们身边,它们是一种现存的理智,可以揭露并治愈人类的愚钝和疯狂。我们过于迷恋特殊事物,这种奴役使我们产生了许多愚蠢的念头。我们希望机车和氢气球的发明会开创一个新纪元。新的发动机出现了,可随之而来的还是原先的阻力。有人说,你烘烤肉食准备开饭时,如果使用电磁装置,那么莴苣就会从菜籽里长出来,这是现代人追求的目标和他们进行的尝试,也是我们压缩、加速物体的一种表现。但我们一无所获,大自然不会受骗。人的寿命只不过是七十个莴苣那么长,无论这些莴苣长得快还是长得慢。然而,在这些限制和不可能中我们找到的自我优势并不比在推动力刺激下找到的少。胜利无论在哪里出现,我们都会在那里守候。我们从大自然的中心来到它的两极,其间跨越了所有生存的领域,并在每一种可能的情况中下注。这种认识给死亡增添了一种崇高的色彩,而哲学和宗教总是试图在不朽灵魂说中过于直白地描述死亡。现实比文字记录更加精彩。这里没有毁灭,没有中断,也没有泄了气的皮球,那种神圣的循环永不停息、永不逗留。自然是思想的化身,她会再次转化为思想,就像冰会变成水和气体一样。世界是沉淀的思想,那容易挥发的精华会不断地转化成自由思想的状态。于是,这样就产生了有机或无机的自然物对思想的强烈影响。被禁锢的人、被定了型的人以及植物人会与伪装的人进行交流。那种不关注数量的力量,那种把整体和微粒都当做同等渠道的力量,会把自己的笑容授予晨曦,把自己的精华蒸馏成滴滴雨水。每个时刻、每件物体都有启迪作用,因为每一种形式里都注入了智慧。智慧已经化为血液注入了我们的身体,它化为痛苦使我们抽搐,化为快乐溜进我们的生命。它把我们包裹在阴暗凄凉的岁月里,包裹在快乐劳作的岁月里。很长时间以后,我们才猜中它的本质精华。

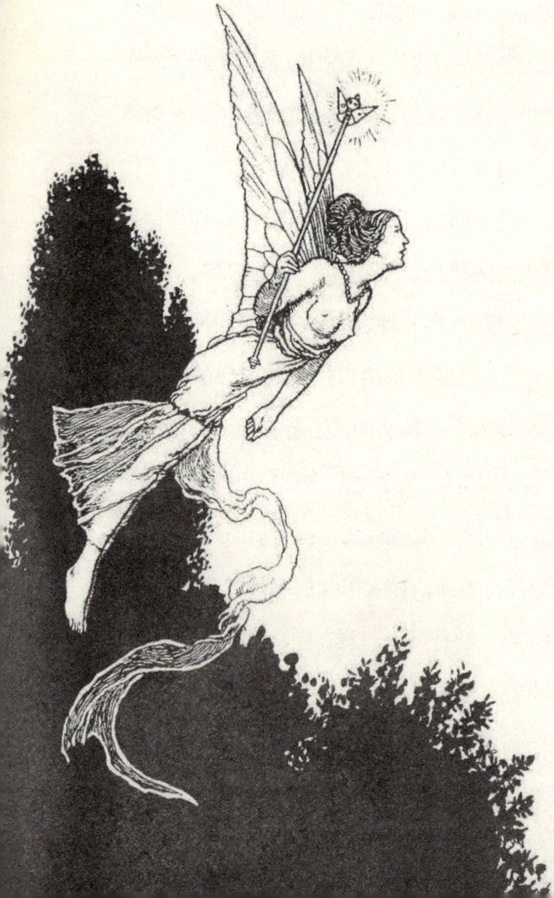

美
>

除了提供基本的物质之外,自然还可以满足人类另一个更为高贵的需求:热爱美。

古希腊人以"美"来描述世界。最原始的形态如天空、山峦、树木、动物使人愉悦。这种愉悦蕴涵于这些食物本身,来自于他们的外形、色彩、动作和群类。这就是万物的本质,或者说这就是人类眼睛的塑造力。这部分大可归结于眼睛本身,因为眼睛就是最好的艺术家。眼睛的构造与光照的规律相结合产生了视角。万物,不管其性质为何,都被组合成色泽均匀、浓淡相宜的星球。无论这个世界上的个体事物多么的不起眼,他们所构成的风景都是圆满且匀称的,因为眼睛是最好的艺术家,光同时也是最好的画家。无论多么丑陋的事物,光都能使其变得美丽。光带来的这种感官上的刺激以及它所拥有的无尽特性,使得所有事物都明快起来。即使是遗体也有它自身的美。但是除了这种遍布于大自然的整体美感,几乎所有的个体形式在人类眼中也都是美丽的。这从人类对某些形象从未停止的模仿中就可以看出来,例如:橡子、葡萄、松球果、麦穗、鸡蛋、鸟类的翅膀、狮爪、蛇、蝴蝶、贝壳、火焰、云朵、花蕾、树叶,还有各种树木(比如棕榈树)。

为了更好地理解,我们把美分为三个层面:

第一,对自然形态简单的感知是一种快乐。自然的形态和行为对人类产生的影响如此重要,即使在最低层面上,它也是物质和美的分界线。对于因工作或应酬而身心俱疲的人来说,自然大有益处,它可以使他们恢复元气。商人、律师从闹市的纷扰中走出,仰望天空、树林,就再次成为快乐的人。在天空和树林永恒的宁静里,他找回了自我。眼睛的健康似乎需要地平线,只要我们看得足够远,我们就永远不会疲惫。

但是在其他的某些时刻,自然不需要借助物质,它的可爱足以取悦人类。从黎明到日出,我从山顶上欣赏大自然清晨壮丽的美景,我的心情如天使一般。纤细的云朵在空中飘浮,就像日出时大海中的游鱼笼罩在深红的光芒中。站在地球上,就像站在岸边,我望向那片宁静的大海,似乎随着它的变化而变化。魔力进入我的身体,我开始膨胀,并与晨风融为一体。自然仅以几种简单的元素就勾画出了动人心魄的画卷!请给我健康及一天的时光,我将证明君王的浮夸是多么荒诞。黎明是我的亚述帝国;日落和月升是我的帕福斯古城,是难以想象的仙境;正午是充满理智与理解的英格兰;而夜晚则是迷幻哲学与梦境的德意志。

除非我们的感官在下午变得稍显迟钝,事实上,一月份的日落时分也同样充满魅力。西方的天空中,幻化成粉红色的片片薄云有着说不出的柔软。空气中弥漫着生命的气息和甜蜜的芬芳。若是困在室内不去欣赏这美景该有多么痛苦啊。自然要诉说什么呢?安静地坐落在磨坊后面的山谷,即使是荷马或是莎翁也无法为我用语言来描述,难道它就没有意义吗?光秃秃的树木在日落时分变成盘旋的火焰,远处东方的天空变成蓝色,死去的一盏盏花朵,枯萎的树干和残株挂着寒霜,这一切都化成了无声的音乐。

城里人认为,乡间的景色只有在夏秋两季才是宜人的。但是,我却同样沉醉于冬天的安静优雅,它为我们带来的美的震撼不亚于夏天。若仔细观察,一年之中每一季都有各自的美丽。在同一块田野里,每个小时都会呈现出不同的风景,而这种风景以后将不再出现。天空每时每刻都在变化,天空下的田野则映射出它的光辉与阴霾。周围农场的作物让大地的景色周周不同。牧场和路边的野生植物的盛衰交替默默地指示夏日的时光,对于更用心的观察者来说,它们甚至可以揭示一天当中时光的更迭,就像植物按时更替一样,飞鸟和昆虫亦是成群结伴在一年四季中飞来归去。沿着河流,景色的变化更为巨大。七月,梭鱼草在河流浅滩的河床上大片盛开着,成群的黄色蝴蝶翩翩起舞。没有艺术能与这紫色和黄色的美景匹敌。河流永远都是着盛装出现,赋予每个月新的装饰。

但是这种被感知的美只是大自然美的最浅显的部分。白昼的景色、晨露、彩虹、山峦、盛开的果园、星辰、月光、平静水面上的倒影，如若人们过分地去追求，就仅仅成了一场表演，化为泡影，嘲笑我们。走到屋外看看月亮，它只是闪光的亮片。只有你身在旅途，它的光才能令人愉悦。十月的黄昏闪烁的美景又有谁能抓住呢？我们一旦去寻找，它就会已然消失。它只是你透过窗户看到的幻觉。

第二，更高层次即精神层面的元素对于美的完美是极为重要的。崇高神圣的美如若不显得娇柔，就需要与人的意志相结合。美是上帝赋予美德的一个标志。每一个自然行为都是优美的。每一个英勇事迹也都是高尚的，它可以使环境和参与者也高尚起来。伟大的事迹教导我们，世界是属于每个人的，它是每个理性的人的嫁妆和财产。只要人类愿意，自然就是属于他的。他也许会抛弃自然，或者爬到一个角落，放弃他的王国。大部分人都会这样做，但是每个人都有权利拥有自然。人类按照各自的思想和意志能力来决定自己在多大程度上去拥有自然。赛勒斯特①说过："人类耕作、建造、航行的所有事物都服从于美德。"吉本②也说过："风和海浪永远都帮助最能干的水手。天上的太阳、月亮、星辰亦是如此。崇高的行为有可能发生在一个风景怡人的地方。当斯巴达王国列奥尼达斯和他的三百勇士度过即将死去的一天时，日月相继照耀陡峭的塞莫皮莱隘口。阿诺德·温克里德在阿尔卑斯山上，面临着雪崩，抓起大把的奥地利长矛，为他的战士们杀出一条血路。这些英雄们难道没有资格用美丽的风景来使他们的英勇事迹更加辉煌吗？当哥伦布狂吼着靠近美国海岸，岸上土著人纷纷逃离茅舍。此时的哥伦布，身后是大海，周围则是紫色的印第安群岛。我们能把这位英雄与风景分开吗？新大陆难道没有用棕榈树和大草原来装扮英雄吗？自然风景

---

① 赛勒斯特，古罗马历史学家、政治家。
② 吉本，近代英国杰出的历史学家。《罗马帝国衰亡史》的作者。

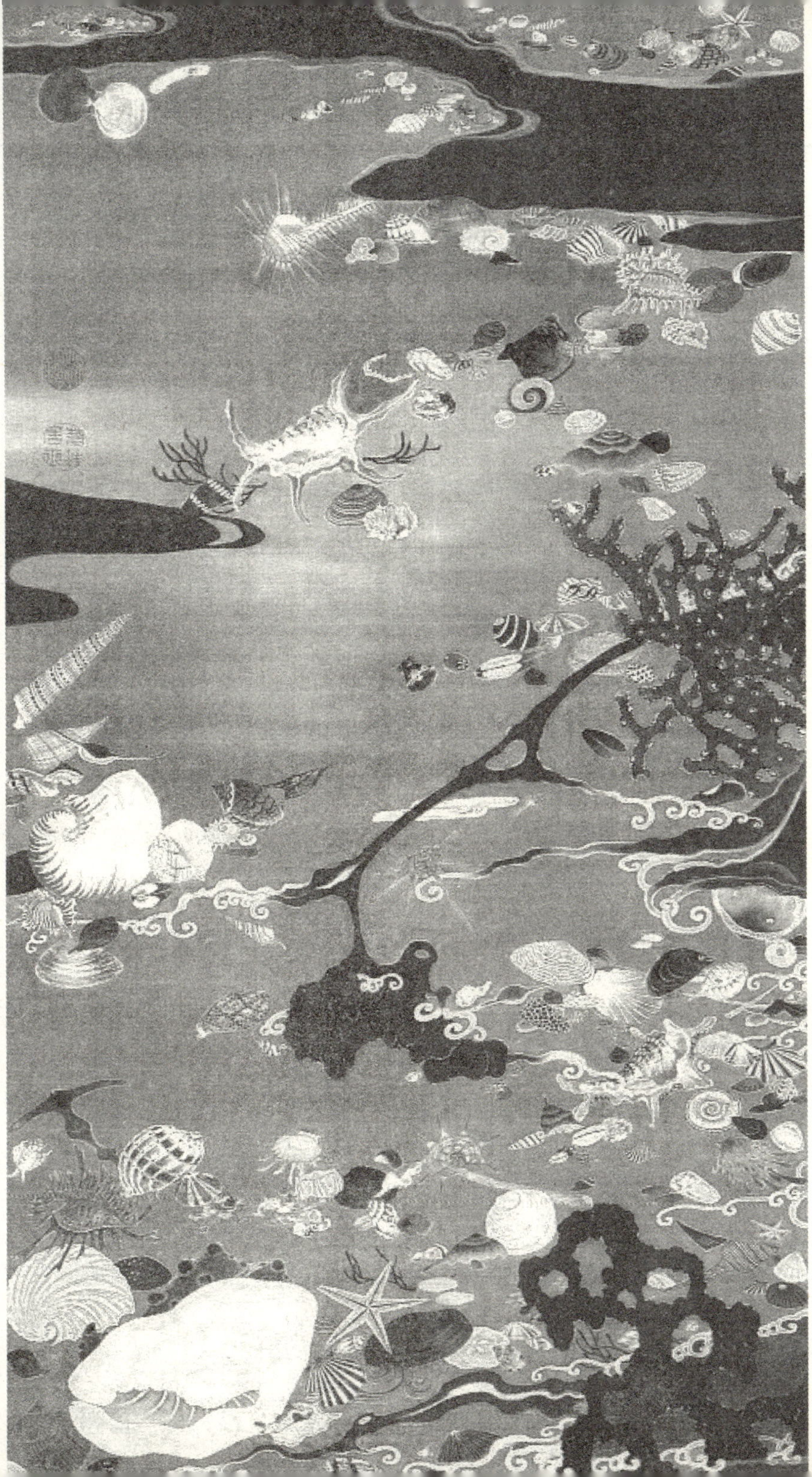

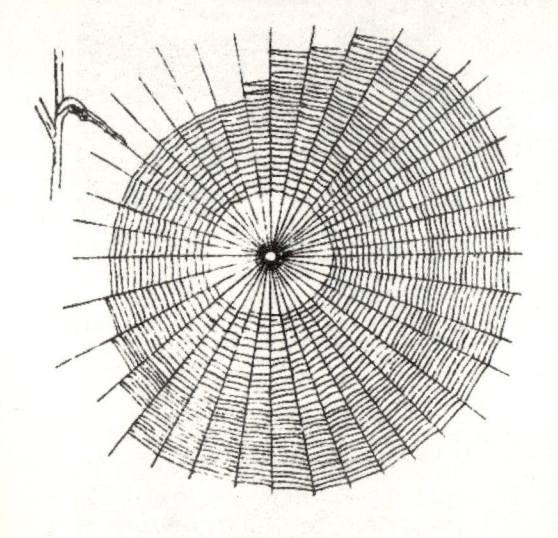

总是如空气般悄无声息地装点伟大的行为。当哈利·范先生作为英国法律的拥护者坐在雪橇上被吊上塔楼处死时,人群中有个人朝他喊道:"您的座椅从未像今天这样荣耀。"查理二世为了恐吓伦敦的市民,便把爱国者罗素勋爵押上一辆敞篷马车,让他沿着大街游行,并一直游到了绞刑架。但是罗素勋爵的传记作者写道:"人民群众会幻想他们看到了自由与勋爵并肩而坐。"在充满了肮脏事物的环境里,追求真理或是英勇的行为似乎能在瞬间将天空变成自己的庙宇,将太阳变成点亮自己的烛光。自然伸出双臂拥抱人类,只为让人类的思想与自己一样伟大。自然欣然地以满地玫瑰和紫罗兰追随人类的脚步,以她的伟大及优雅来装扮她可爱的孩子。为了让人类的思想同样开阔,自然会全力配合人类。高尚的人会与自然融为一体,并成为自然的中心人物。荷马、品达、苏格拉底、福基翁在我们的记忆中都与希腊的地理气候完美地结合在一起。人类能看到的天空与地球都与耶稣共存。生活中,任何人都可以发现具有坚强性格和快乐本性的人可以轻而易举地主宰万物,人群、舆论、自然也会成为他的附属。

第三,大自然的美还有另外一个层面:它是智者思考的对象。美不仅与美德有关,还与思想有关。智者寻求万物的绝对关联,不带任何感情色彩。思考与行动的力量彼此接续,一方的独立行动导致另一方的独立行动。双方对彼此都不甚友好,但是他们就像动物的进食和工作的交替,双方互做准备、彼此接续,美亦是如此。美与自然相联系,并非刻意追求而产生。正因并非刻意追求才产生了美,这种美是智者理解和追逐的对象,又继而转化为行动的力量。神圣的事物永远不会消亡,所有美好的事物都会永久繁衍。自然的美在人类的思想中重生,不是为了空洞的思考,而是为了新的创造。

所有人都在不同程度上受自然影响,一些人甚至因自然而欢欣,这种对美的热爱就是审美。还有人同样热爱美,他们不满足于仰慕美,而是努力以新的形式展示美。对于美的创造就是艺术。

艺术作品的创作有助于揭示人性的奥秘。一件艺术品就是世界的抽象或是缩影,它是以缩微的形式对自然的表述。这是因为尽管自然万物数不胜数、千变万化,对他们的描述的结果都是相似甚至是唯一的。自然就是一个由各种相似或是相同的万物形态构成的海洋。一片树叶,一片风景,一片海洋,它们给人们带来相同的印象,他们共同的完美与和谐就是美。衡量美的标准是自然万物的完整循环——自然的完整性。这也体现在意大利人对美的定义中:万物合一。

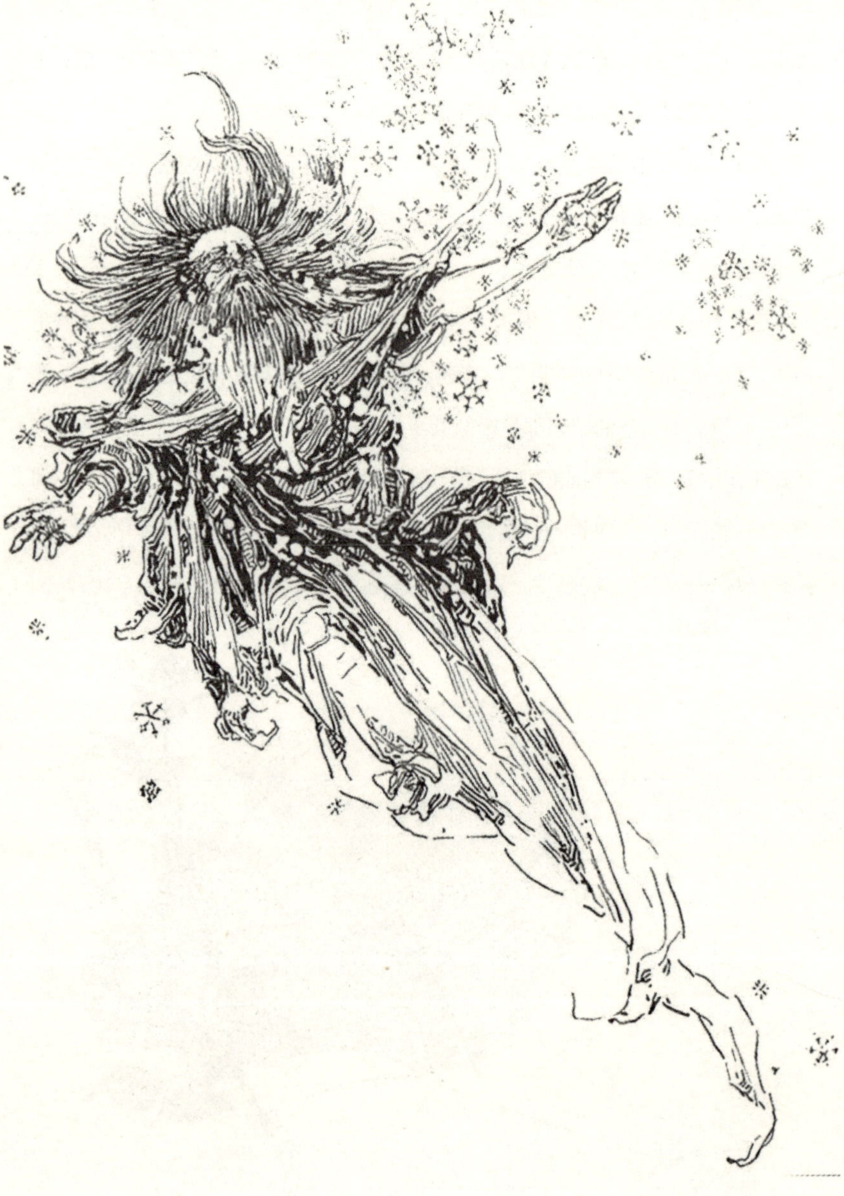

单个事物总是不美的,完整才是美。独立的事物只有在显示出整体美感的时候才是美丽的。诗人、画家、雕塑家、音乐家、建筑师都试图将自然的光辉集中于一点。每个人都在自己的不同的作品中努力满足自己对美的热爱,而正是这种热爱激发了这些艺术家去创造,这就是艺术,是经人类加工过的自然。因此,在艺术中,人类将自然最初的美展现出来。

自然的存在满足了人类灵魂的美的渴望,我把这种特性称为一种终极目标。对于"灵魂追求美"这个现象,既没有理由,也无法解释。从最深层次的意义上说,美是一种对世界的表现。上帝是绝对公平的。真、善、美只是上帝的不同面孔。但是自然的美并不是最终的,它是内在永恒之美的先驱,它本身并不是可靠的、令人满足的善。美是部分,不是整体,也并非自然之终极目标最终最崇高的表达。

他的舌头天生为音乐而生,
手臂天生以技巧武装,
面庞就是美人坯子,
心灵就是意志的宝座。

力量

人类的才能到现在为止还没有人能数得清,谁能限制住人类产生的影响呢?有些人能够凭借其富于同情心的吸引力让整个国家归顺,指挥整个人类的行动。如果存在这样的依附关系,那不管人类的思想作用在什么地方,大自然都会伴随他,也许存在那样的人,他们身上所特有的磁性能吸引所有物质及自然能量,他们一出现,周围就会聚集巨大的能量。生命就是一个不断追寻力量的过程,整个世界就完全浸透在这个过程中,中间没有任何裂缝,而且一个人只要虔诚地追求,就不会一无所获。人应该珍视所经历的事情和所获得的事物,正如在矿石中找到上乘矿物一样,如果他们的价值能够以能量的方式附加到自己身上,那放弃自己的经历、财务乃至生命都是未尝不可的。如果他拥有长生不老药,那他就能让出提供这种药物的广阔花园。一个有教养的、有自知之明、有行动的勇气的人,就是大自然要创造的目标,对意志的教育就是所有这些地理学和天文学开花结果的作用。

所有智者和伟人都相信因果关系,相信任何小事之间都有严格的联系和存在的法则,因此他们也相信回报。任何事都要付出代价,每一个勤勉的人所付出的努力都受这些法则的控制。大部分勇士都相信法则的张力。波拿巴说过:"所有取得巨大成就的首领无一不严格遵循艺术的法则,无一不通过不断调整各方面的努力来克服遇到的困难。"

在年轻的演说家眼里,这个时代的关键可能是这个,可能是那个,也可能是另外一些。所有时代的关键是愚笨:所有时代的大部分人都是愚笨的,即使是那个时代的英雄人物,或那个时代某个显赫的时刻,他们都是重力、习俗及畏惧的受害者。这就赋予强壮的人以力量,因为平平大众没有自我依存、自立自强或进行原始行动的习惯。

我们必须从本质特点上认识成功。最古老的医师告诉我们,勇气或者生命的程度正如血管中血液的循环速度。"在我们激情洋溢、怒发冲冠、费力做事、摔跤、战斗时,大量血液聚集到动脉中用来维持身体力量,但是只有少量血液会流入血管。这就是勇猛人士的身体状况。"只要动脉中血液充盈,那就意味着人们充满勇气或可能开始冒险;而当这些血液重新流入静脉血管时,人的精神又开始回落下来,身体也开始虚弱。想要有出色的表现,当然就要有健康的体魄做后盾。如果埃里克身体强壮,休息充足,正值三十岁身体顶峰之时,那他离开格陵兰以后就会驾船西去,到达纽芬兰。但是假如埃里克的身体状况能更好一点,像比厄恩、瑟芬那样,那他将驾驶着船轻松地航行六百、一千或者一千五百海里到达拉布拉多或新英格兰。假设的结果是无可估量的。成年人正如一整个班的孩子们都加入到游戏中一样,在这个扑朔迷离的世界中随波逐流,其中一些人会毫无热情,一直甘愿做一个旁观者,或者由于受到他人的幽默和充沛精神的影响而加入到游戏中。人的一生最大的一笔财富就是健康。体弱多病的人都是弱者,他们精神低沉,什么事情也做不好。这种人必须依靠身边的资源才能生活下去。但是那些健康、精力充沛的人则会自我满足,甚至还有余出来的精力四处奔波,帮助身边有困难的人,满足他们的需要。

所有力量的本质都一样——分享大自然世界。那些与大自然法则保持一致的思想都关心时事,对自己的力量信心满满。无论发生什么,他总是第一个接受;因此他也总能够对这些事情及时做出反应,并处理好。一个对整个人类都很了解的人,完全能够对政治问题上高谈阔论,甚至还会涉及到贸易、法律、战争和宗教。因为,不管是哪个领域,人们接受领导的方式都是一样的。

一个体格健壮的人所拥有的优势是任何劳动力、艺术或音乐会所无法提供的。正如气候,可以轻而易举地助庄稼成长,即使不用灌溉、耕种或施肥,也可以长势喜人。也正如像纽约、君士坦丁堡这样的大城市所拥有的机遇,不需任何资金、人才或劳动力的资助,他们的优势与生俱来,水到渠成。所以,一个心胸宽广、体格强健、理解力强的人,犹如躺在一个无形的河流岸边或在一个无形的海洋里,终于抵达了有草有树的岸边,肯定会欣喜不已。

这种积极的力量有其特定的存在场所,正如有些马自身就会跳跃,而另外一些则需要皮鞭的抽打。哈菲兹说过:"年轻人的身上从来不会闪耀着企业家的灿烂光芒。"将坚强勇敢、头脑灵活的美国人安排到任何一个固定静止古老的地方,像纽约或宾夕法尼亚的克兰人居住区,或弗吉尼亚的庄园,这些美国人头脑中的蒸汽锤啊、滑轮啊、曲柄啊或者齿轮啊就开始运作起来,一切因此开始展现价值。英国的实力可是随着瓦特和布鲁内尔的到来而不断增强的!每一家公司内部不仅有积极活跃的人,不管是男性还是女性,而且会出现思想深入、作用重大的人,他们是一个有创造力的阶层。每一个优秀的人都代表着一个集体,如果他正好拥有有利于个人提升的优点,

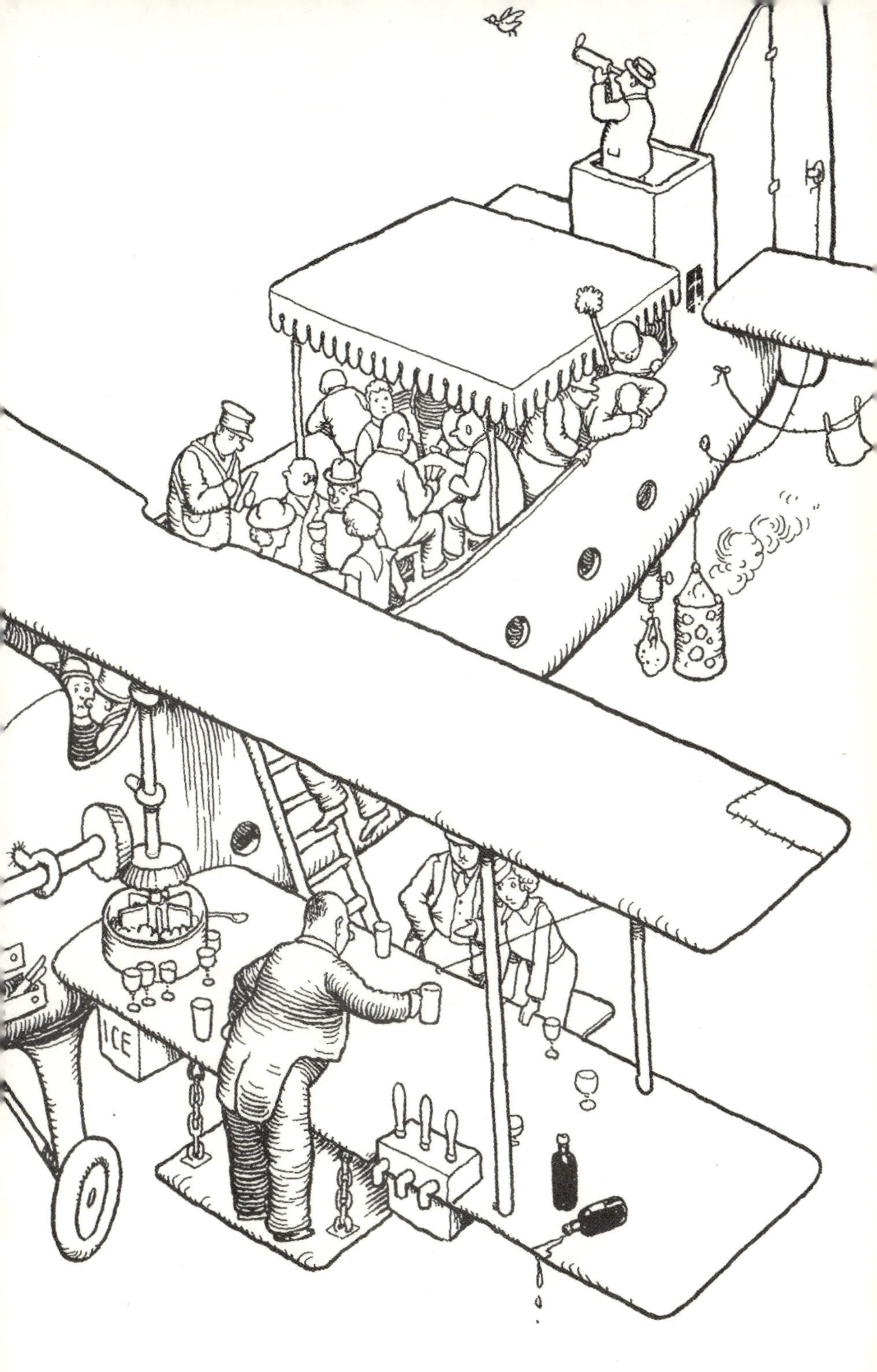
ICE

也就是足量但绝不多余的才能,有着士兵或校长那样气质不凡而又温顺的眼睛(当然,并不是所有人都有,就像胡须,有的人是黑色的,而有的人偏偏就是金色的),那么所有的助手和员工都会自然地、没有任何嫉妒抗拒之心地服从他的指示,臣服于他的权力。商人是靠簿记和出纳说话的;律师的权力靠书记员;地理学家凭其副手的调查作出报告;维尔克斯将军会采用参与远征的所有自然学家的调查结果;斯旺德森的地位靠切石器而确定;杜马有熟练工;莎士比亚有剧院经理,能够利用所有年轻人和剧本的动力。

充满力量的人永远有发展空间,他也会为更多的人腾出地方。社会就是一支思想大军,其中有着最优秀思想的人会占据最优质的位置。薄弱的人只能看到已经围上篱笆的、耕种好的农场,以及已经建好的农舍,而强壮的人看到的则是有发展潜质的农舍和农场。他就像阳光照耀乌云,眼见即是财产。

不管是孩子第一天上学,还是一个人开始旅途,每天都会碰见陌生人,或者走进一个古老的酒吧,该发生的事总是会发生,如同一只陌生的公牛被赶进牧场或围栏一样,新来的与已存在的最优秀的人之间都会发生异常力量的较量,然后矛盾才能得以解决并产生新的领导者。两个人见面以后发生一场力量的较量,产生一个文明的、有决断力的结果。他们能够从彼此的眼神中读出他的命运。相对较弱的一方就会明显有感觉,自己的信息及才能与所处环境格格不入。而他之前还认为自己对一切略知一二,现在看来当时真是没有对结果做出正确的预测了。事实是,他所知晓的事情没有一件能切中要害;而相比之下,对手却能处处起关键作用,而且也能得到适当使用。但是即使他能预先了解这些,也丝毫不会给他带来任何帮助,因为这关乎思想表现、态度和镇静的心态。对手拥有太阳和风的帮助,而且每一次都能做出关键的有杀伤力的决策。当他与对手四目相对时,他总是能够很好地把握局势之舵,适时做出进攻。"问题的关键与自己的坚毅刚强程度有关。第二名其实与第一名同样优秀，甚至可能更好，但是却没有同样的刚毅气质，所以他的才智似乎总是过犹不及或无法匹敌。"

健康总是好的，力量和生活都极力抵抗病痛，毒害一切敌人，它总是保守而又充满创新精神。每到春天，不管是用蜡还是用黏土来接枝，不管是刷白色涂料还是钾碱，或者是修剪枝干，所做的所有事情都有一个目标：让树木茂盛生长。树木长势良好就要适应土壤，不管是枯萎，还是遭受小虫的叮咬，不管是修剪过度还是遭到忽视，日日夜夜，在所有的天气和处境中都能够茁壮成长。做出决策的时候我们不能仁慈，而必须要保持充沛精神，展现出优质的领导力。如果我们要搞卫生，就需要水；要做面包就要有面粉、酵母和干净的容器，否则面包就不会发酵。亦如一个迟钝的艺术家会不惜一切代价寻找灵感之源，要么是通过自己的优点或恶习，或通过朋友或敌人，要么通过虔诚祈祷或烂醉如泥。我们心中都有某种直觉，在生活的某个地方，虽然也存在过失和不公，但也有其独特的验证方式和纯洁之处，最终达到道德与法律的和谐共处。

我们会在孩子身上看到某种兴趣，这种兴趣能使他们获得有助恢复健康的力量。当孩子们受到我们的伤害，或者同伴的伤害，或者在班级排名中达到低谷，错失年度奖励，抑或输掉比赛的时候，如果他们开始灰心丧气，躲在家里回味自己糟糕的运气，他们就很难走出困境。但是如果他们找到了新的兴趣点，那伤口就会慢慢愈合，身体的纤维组织也会因为伤口的考验而越发坚强。

当人们看到在健康面前所有的困难都会迎刃而解时，他就会开始珍惜健康。一个不够坚强的人，他愿意听取议会里或报纸上杞人忧天的警告，观察政党的挥霍行为，只关心部分利益而对最终后果视而不见。他下定决心要克服困境，却一只手中举着民主投票的旗帜，另一只手拿着象征武力解决一切的枪支。这些人都相信自己经历了自身及国家的最好时光，在即将来临的困难面前也能坚强起来。他会发现,无数发挥重要作用的力量因素会使我们的政治微不足道。个人力量、自由及自然资源限制住每个人的能力。我们像茂盛的树木一样充满活力,不管是经历寒冰、虱子、老鼠还是钻孔的虫子,我们不会遭受吞噬国家财富而大腹便便的寄生虫。庞大的动物也饲养着巨型食客,对疾病痛恶的同时也考验着组织的力量。回顾古希腊的历史,我们也会发现邪恶的政府所产生的不良影响之甚,但是从另一个角度来说,它也唤醒了人们的精神和力量。一个充满水手、伐木工、农民和商人的民族所拥有的粗暴做事方式也有其好处。

力量能够教育统治者。只要我们的人民沿用英国标准,他们实际上就在缩减自己应得的份额。西方一个著名的律师曾经对我说,他认为把英国的法律书带入这个国家的法庭理应受到刑罚,他从自己的经历中发现沿用英国的法律带来了无数伤害。"贸易"这个词只有一个英语意思,而且被禁锢在英国经验的狭隘圈子中。关于河流的贸易,铁路的贸易,除了气球以外的贸易都应该有美国的色彩。只要我们的人民现在仍然在引用英国标准,他们就将丧失权利力量的国界,就让这些粗鲁的骑士、穿长袖衬衣的立法者、印第安人、傻瓜、密歇根人、威斯康辛州人,以及对什么都硬邦邦的阿肯色州人、俄勒冈州人或犹他州人等等,让这些半政客半刺客的人在华盛顿尽情表现他们的愤怒和贪婪,为所欲为吧。人民的本能反应都是正确的。人们都希望从好的辉格党党员中得到很多益处,尽管他们在处理与墨西哥、西班牙、英国或我们自己内部有不满情绪的成员上,与一些像杰斐逊、杰克逊那样征服自己的政府,然后用自己的才能征服外国的违反者相比还差一点,他们也会凭借对国家的尊重而在政府掌权。对波克先生的墨西哥战争持异议的人并非高人一筹,而是从政治角度上讲有资格这样做的人,他们不是韦伯斯特,而是本顿和卡尔霍恩。

可以确定地说,力量的外表并没有包裹着一层华丽的丝绸。它就是对战士和海盗处以私刑的力量,它会欺负那些爱好和平、对人忠诚的人。但是它也有自己独特的解药。我要说的重点是:几乎所有的力量会在同时浮出水面,包括好的精力以及坏的力量,思想的力量以及身体健康,忠诚之心和放荡的恼怒。相同的因素总是会出现,只是有时这些很显著,而有时又会表现为别的形式,正如昨天看来还是对未来的预测,在今天看来就已经变成过去的背景了,过去尚处在表面的东西现在却已经起到了底层基础的作用。干旱时间持续得越长,大气中所需的水分就会越多;星球撞击的速度越快,散发出来的能量就会越大。从道德上讲,狂野的自由往往孕育着良知。具有强大生命力的自然蕴藏着丰富的资源,往往也会给人们更多的回报。在政治上,民主党的儿子也可能变成辉格党;而那些信奉红色共和主义的父亲可能会抚养出一个让人忍无可忍的暴君。另一方面,持保守主义的人,就是再胆怯,观点再狭隘,也有时会不得不为了呼吸一点新鲜空气转而信奉激进主义。

  那些有着这种粗鲁力量的人,也就是人们所称的"好斗者",他们在整个郡或州里来回穿梭,在干部会议或酒馆里称霸,他们有自己的恶癖,但是他们也拥有力量和勇气的好品质。他们残忍狂暴、肆无忌惮,但又坦诚直率、从不虚伪说谎。我们的政治落入不良人士之手,而似乎人们都同意,牧师和雅士们并不适于入选国会。政治是一个有害的职业,正如许多有毒的工艺那样。掌权的人毫无主见,但是处于某种目的有可能对任何意见都熟视无睹。但是如果非要将政治归为最文明或最暴力的话，那我倾向于选择后者。那些印第安纳州人和傻瓜们比那些哭哭啼啼的反对派更好。至少他们拥有大胆，有男子气概的勇猛力量。在人们发出一致宣言的同时，他们如果反对，人们就要承受巨大的痛苦。他们一步一步地前进，一步一步的盘算，但是他们太公正了，远远超出了新英格兰政府和立法者的名声。为政者的诺言以及法院的决议都是为了表达自己伪善的套话，而在这一过程中，一切都会被很好地掩盖起来。

同样，在商业领域这种力量也会有残忍的痕迹。博爱和宗教绝不会让圣人做其执行官的代表。因此，由社会主义者及耶稣会会士建立起来的社区，新协会组织、布鲁克农场、美国公社，只有让叛徒犹大做管家，而其他办公人员都由品行良好的市民充当。那些虔诚仁慈的业主却都拥有一个并不那么虔诚仁慈的领班。那些最和蔼可亲的乡村绅士都对守卫自己果园的恶狗亲近无畏。在动荡的社会中，将恶棍送到市场上游行似乎已经是一种约定俗成的做法。而作为神的代表的绘画、诗作，以及盛行的宗教，总是能引起来自地狱般的恼怒。一点点的邪恶会对成长有利，似乎已经成为这个社会道义的秘密，似乎良知对手脚的生长并无益处，似乎那些拘泥于法律和规则的形式主义者们并不能像野山羊、狼以及兔子那样肆意奔跑。因为药物都可以用来解毒，所以似乎世界没有流氓就不能运动，公众精神和能做事的人都存在于那些心怀恶意的人中。极端的个人和政治耐性，以及公众精神和好的邻里关系很巧合地出现在一起似乎并不少见。

我认识一个结实粗鲁的小旅店老板，他多年来一直在我们农村的繁华地段经营着一家酒馆。他就是一个无赖，整个镇子的人都想把他驱除出去。他是一个爱交际、血性的、贪婪而且自私的人，没有一件坏事他没干过，没有一桩罪过他没有犯过，但是他却跟行政委员成为好友，当他们来到他家做客时，他总是用最上等的饭菜招待他们，而获此殊荣的还有当地法官，这个过程中他总是热情兴奋,始终握着自己的手。他把所有朋友都介绍到镇子上来,不管是男的还是女的,而他自己也身兼数重身份——恶棍、纵火犯、骗子、酒吧老板和窃贼。夜里他会将老实人的树皮剥掉,将他们的马尾剪掉。他会在小镇会议上发表演讲,领导那些酒鬼和激进分子。但是在自己家里,他又表现得很有修养,对家人出手阔绰、亲切和蔼,宛如最有公德心的人。他积极修路,在院子里种上漂亮的花花草草,还为建造喷泉、天然气和电报捐款,他引入了马拉耙、新兴铲土机、幼儿座椅等,这一切无不受康奈迪克州人民的赞赏。小贩们在他的房子里落脚,为自己的停留付费,他以自己房东的身份又开始了新一轮的圈套。

用来工作的力量因过多而开始畸形,因此我们的手指会被斧子砍断,这种不幸并不是没有补救办法。人们所采用的来帮助自己的因素有时候也会变成起主导作用的因素,尤其是那些最微妙敏感的力量。人们是要放弃蒸汽、火焰以及电,还是学着去与之抗衡呢?只要位置得当,事物运行的法则都是向着好的方面发展的。

身体里过多血液的人不能只以坚果、花草茶或抽象的挽歌而活,也读不懂小说,玩不了扑克牌,星期四的讲座或波士顿图书馆也无法满足他的需要。他们渴望冒险,一定要到达派克顶峰;他们宁愿死在伯尼族人的斧头下,也不愿整天坐在会计室桌前平平庸庸地混日子。他们生而为战争,为海洋,为采矿,为狩猎;生而为进行九死一生的冒险,享受大起大落的人生。世界上,就是有一些人,丝毫忍受不了生命中有一分钟的平静生活。我记得有一个可怜的马来西亚厨师,他登上一艘利物浦邮轮,即使狂风阵阵也丝毫不能给他带来乐趣,他高喊:"吹吧!听我的,使劲吹吧!"他们的朋友和管理者看到局面,肯定也濒临崩溃,因为船上原本已经安装了通风孔。那些在自己家乡声名狼藉的闹事者被送往墨西哥,在那里他们会干出一番大事,然后荣归故里。在美国有无数的俄勒冈、加利福尼亚，还有无数的探险之旅，在那里他们可以尽情研究、尽情发挥。年轻的英国人都是修养良好的，他们充满血性、精神振奋，如果没有可以展现其勇猛士气的战争，他们就会开始像战争一样充满冒险因素的旅程：在大漩涡中冲浪，在达达尼尔海峡游泳，在白雪皑皑的喜马拉雅山上蜿蜒向上，在南非捕猎雄狮、犀牛和大象，在西班牙和阿尔及尔流浪，跟瓦特顿在南美与短吻鳄共舞。他们可以和莱亚德一起利用贝多因人、酋长和高级文官，他们能在兰开斯特海峡的冰山中驾驶游艇，能在赤道上窥视火山口，也能于婆罗洲游遍马来西亚全境。

旺盛的男子汉气概在大众历史中的作用，与在个人生活和产业生活中一样。强壮的种族或个人都倚靠着强大的自然力量，其中最优质的就是那些野蛮人，他们喜欢周围围绕着野兽，但是也仍旧享受自然的哺育。如果切断我们日常工作与这种原始来源之间的关系，那我们所获得的成果将是极其浅薄的。人们总是仰仗着这一点，坏人也并非像我们有时所说的那样，他们也有其善良的一面。法国《论坛报》一个代表曾经说过："没有人民而前进势必要走向黑夜。人民的本能正犹如上帝的指示，总是会给人带来实实在在的好处。但是如果你拥护法国奥尔良党，拥护波旁皇族、蒙塔朗贝尔当，或者其他任何一个政党，即使你的用意是好的，你也会面临人性的考验，而非有原则的公平待遇，这一点将不可避免地使你陷入困境。"

与这种力量有关的最棒的奇闻异事就来自于野蛮生活，如探险家、战士及海岛。但是谁会关心暗杀、与熊的战斗或者冰山这样的事情呢？如果什么事也不做，那体力就丝毫没有价值可言。雪地里的雪以及火山中的火是没有价值的，硫质喷气孔喷出的气也必定廉价。反而在热带国家及炎炎夏日中的冰才会变得价值连城。带电乌云相互碰撞产生的电也远不如在可控制的电线中可贵。精神或力量的价值，在讲文明有道德的民族中会体现得淋漓尽致，抵得过太平洋上所有

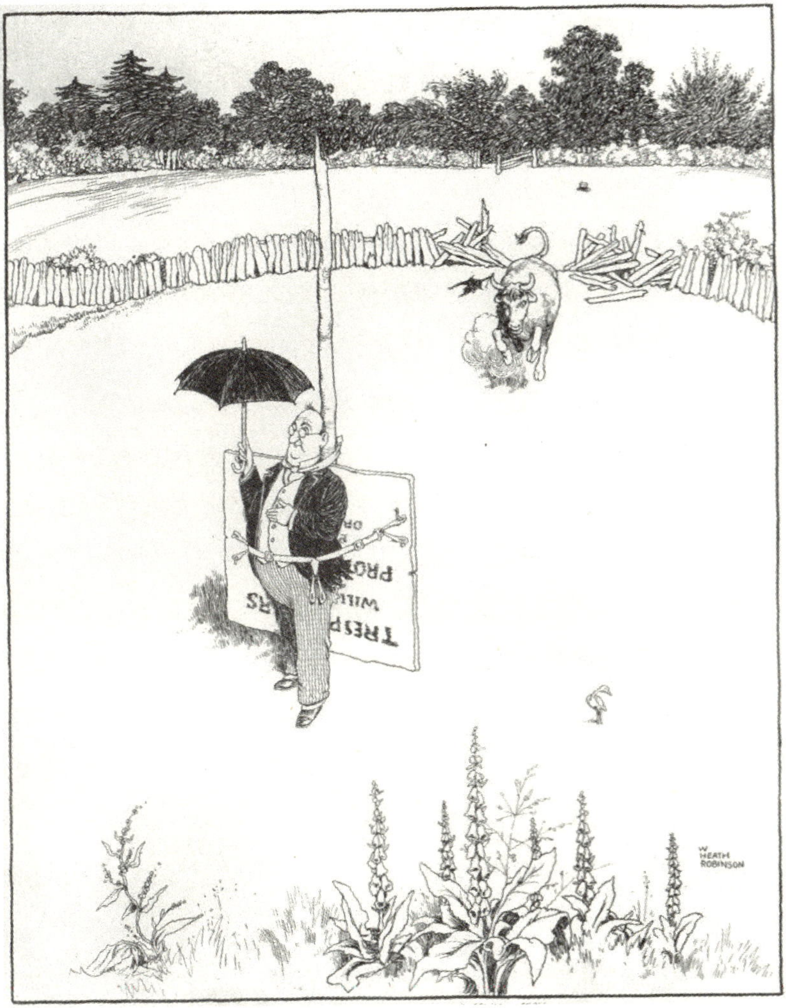
W HEATH ROBINSON

野蛮民族的价值。

历史上的重要时刻,是当野蛮人刚要停止野蛮,贝拉斯基族人毛茸茸的身体开始进化,思想意识也开始往美丽的方向发展。你还有佩里克莱和菲迪亚斯的作品可阅读,还没有完全错过科林斯式的文明。大自然和整个世界中的一切事物都处在进化转变的边缘,自然仍然会流出黑黝黝的汁液,道德规范和人性会有所收敛,会受到尖刻的批评,然而,一切都还是美好的。

想要胜利得到和平就必须要经历战争的苦痛。人们精神还处于警惕阶段,手随时握着剑柄时。从人们的肤色来看,他们在港口野营的习惯仍然没有改变,他们的精力仍然保持在最优状态。严酷条件下的高强度训练能产生最精细最温和的艺术,而在稳定和平的时期很难得到此种效果。

我们都说不同人有着不同的成功,与个人的身体和精神条件、工作力度以及个人勇气有着密切关联,是人们在世界上继续生存的主要动力,虽然我们很难给某种商品合适定位,但是我们知道它经常处于过度饱和或过剩的状态,这使它极具危险性和破坏力。然而也并不是不能从那种状态中解放出来,或一定要以那种形式出现,我们克服了一定的销售困难,就是一种进步。

具有积极力量的等级享受着人们的敬意。他们发起并执行着世界上的所有壮举。拿破仑的头脑中所萦绕的到底是一种怎样的力量和想法!在埃劳战役,他的六万人大军中,似乎其中半数都是窃贼强盗出身。在和平条件下,这些人可能正被关在监狱中,脚带镣铐,在哨兵的枪支下接受监视,然而拿破仑却亲手把他们拽出来,利用他们手中的刺刀获得了战争的胜利。

正如在高雅艺术中一样,这种不正常状况可能在高度精致条件下会产生惊人的效果。米歇尔·安吉洛被迫在壁画中画西斯廷教堂,当然他对这种艺术不甚了解,于是他走进罗马教廷后面的人民花园,用铁铲挖出赭色、红色及黄色的泥土,用自己的双手混上胶和水,经过百遍实验最终觉得满意了。他爬上梯子开始了绘画过程,周复一周,月复一月的,女巫和预言家们逐渐成形。米歇尔精力超人,而且在智力和严谨度上都超越了后来者。他不会被自己一幅没有完成的画作压倒,他习惯于先画人物的骨架,然后补充上血肉,最终穿上各式衣物。一个勇敢的画家想到这些事情的时候曾经对我说:"啊!如果一个人失败了,你会发现其实他一直处在自己的梦想中,而没有最终付诸实践。我们的艺术中走这样的道路是绝对不可能成功的,只有脱下你的外套,挽起衣袖耐心地开始磨漆,像铁路上的挖掘工那样,日日夜夜勤勤恳恳地埋头工作才能最终收获成功。"

成功也因此无可避免地与一定的积极力量并驾齐驱:几分力量带来几分成功。虽然人都在不断成长,不可能回到出生前最初的时光再带着新的活力重新来到这个世界,但是还是有两种解决方法能够在允许的条件下得到最好的效果:第一,果断地停止我们混杂的活动,把我们的主要力量集中在一点或几点。这就像园丁一样,通过精修树木,让它们展现出各种充满生机活力的造型,而不是将它们直接捆成一扎一扎的。

圣人曾说过:"扩张并非你的宿命。我们不能超出自己的能力范围做事。"生命中一件值得审慎对待的事情就是专注,一件能带来不幸的事情就是浪费。而我们的浪费行为是多是少并没有什么差别。不管是财产、关爱、朋友、社会习惯,抑或是政治、音乐或享乐,都是如此。将围绕在事物周遭的玩物及由它产生的更多的幻想撇开以后,事物就会展现出完美的一面,我们最终能获得的成果也会更加令人满意。朋友、书籍、图片、更基本的责任、才能、恭维之词以及希望,所有的这些都是能分散我们精力的事物,使我们在前进的道路上失去平衡,停滞或走弯路。我们要精选工作,承担起我们力所能及的内容,而其余的我们大可不必理会。只有这样,我们的关键力量才能得到积累,最终实现从认知到实践的飞跃。

不管一个看起来懒散的人有多少才能，在他身上总是要发生从认知到实践的转变。这是一个从愚笨无知到硕果累累的飞跃。许多艺术家都缺少这一点，他绝望地看到了安吉洛和切里尼的男子汉气概，而在思想上他也只依仗自然和原动力，却缺乏那种将自己所有的思想汇总并转变成一体的力量。诗人坎贝尔说过："习惯于工作的人等同于他所决心达成的成功，对他自己来说，必要性就是他精神的动力，而非灵感。"

专注就是力量的秘诀，不管是在政治、战争还是在贸易中都是如此，或者可以简单地说，在人类所进行的所有活动中都是如此。世间这样的最好范例就是牛顿的回答。有人曾经问他："你是怎样成功实现自己在科学上的发现的呢？"他说道："我总是不停地思考。"或者如果你手头有一个普鲁塔克写的有关政治的文本："整个城市中，只有一条路能看到培里克里斯，这条路通向市集和议院。他拒绝所有区舞会的邀请，所有同性恋集会或集团。在他整个当政期间，他从未与任何朋友共餐。"如果我们还想要贸易上的范例的话，曾经有一个好人对罗斯切尔德说："我希望，你的孩子不会过于热衷金钱和贸易，我确定你肯定也不希望那样。"罗斯切尔德这样回答说："我确定我应该有那样的希望。我希望他们将自己的思想、灵魂、心思以及整个身体都献给贸易，因为那才是能快乐的方法。想要获得财富需要的是巨大的勇气和谨慎，如果你已经具备了这两种精神，那还需要十倍的智慧来保持它们。如果我要听取的只是个空

计划的话,那很快我就自我毁灭了。年轻人,专注于一件生意。"他这样对年轻的巴克斯顿说:"坚持自己的啤酒厂,你就会成为伦敦伟大的啤酒商。先当一个啤酒商,然后做银行家、商人、制造商,这样你很快就会登报,令人瞩目了。"

许多人都处在认知阶段,还有的不甚理解而坚持不懈,但是他们并不急于作出决定。然而在我们处理如流的日常事件的过程中,我们必须做出决定,而且要做出最好的决策。但不管怎样,做出决定总比没有任何决心好得多。要实现一个目标有无数条路,总有一条是最便捷的,找到了就要立刻出发。如果脑中出现了一种思想,这种思想能让你所知晓的东西都派上用场,那要比十几个做无用功的人强的多。议会中最优秀的议员并不是知道所有议会战术的理论,而是能立刻做决定的人;好的法官并不会对所有辩护条分缕析地做判断,而是为做出公正的判决将精力集中在最明显的弊端上;好的律师并不会关注事件的每一个方面每一个角度,然后权衡所有的事实,而是会全身心投入到案件中,从最核心的方面获得案件的成功。约翰逊博士曾经说过:"悲惨和不幸就是令人不快的一对,它们注定会渗透到生活的各个细节。有时候我们总是能说的很少,能做的很多。"

气质的第二个代名词就是训练、使用和在日常工作中的力量。在马路上行进时,跑车要比阿拉伯柏布马有用的多。在化学领域,电流虽然缓慢但是持续,在力量上与电火花等量,而且在我们的艺术上可以作为更好的媒介。所以人类行动中,为了抵抗力量发作,我们开始了持续训练。我们把相同数量的力量分散开来,而不是将其集中到一刻。换句话说,相等重量的黄金,可以是球形的,也可以是树叶形的。在西点军校,总工程师布福德上校曾经用锤子在炮耳上猛击,直到把它们敲下来为止。他朝一块军械连续射击了几百次,直到爆炸。现在问题出现了,到底是哪一锤把炮耳砸下来

了呢？其实是每一锤的功劳。那又是哪一炮把军械炸了的呢？每一次都是。

亨利八世总是习惯说："训练是伟大的。"约翰·肯布尔说过，即使是最差的职业演员演的戏也要比业余演员好得多。巴兹尔·霍总喜欢向人们说明即使是最差的常规军也会将志愿者军队打得落花流水。训练对成功的功劳占到了百分之九十。在公众场合说话就是对演讲者最好的训练方式。无论现在多么优秀，那些伟大的演讲家都是从最初的初出茅庐成长起来的。柯布登在英国巡游七年才成为一个完美的辩论家，温德尔·菲利普斯在新英格兰锻炼到 27 岁才终有成就。要学习德语，就要一遍一遍地阅读同样数量的德语文件，甚至上百遍，直到你了解了其中的每一个字句，能够完整地记住其中的发音。同样的一首歌谣，天才如果只读一遍恐怕怎么也比不过庸才用心准备十几遍达到的效果。要表现热情，或者是爱尔兰人口中所称的"款待"，意味着整年享受同样的盛餐。最后直到欧·沙泥斯太太也能学会完美地烹饪出来，客人也因此受到更好的招待。我有一个幽默的朋友，他认为自然之所以在自己的艺术上那么完美，之所以能让人们起床时便享受这么不可思议的日出，是因为自然之母学会了如何才能通过一遍一遍地重复做着相同的事情。勤能补拙大概就是这个道理。试问一个有过经验的人怎能不比新手更优秀呢？有过相关经历的人，他们的意见都是基于自己的经历，离开这些，那什么都会变成无稽之谈。德谟克利特曾经说过："人之所以优秀更多的是因为反复训练的结果，而不是与生俱来。"自然间的摩擦无处不在，我们无法避免。我们想要表达自己的思想，要选择自己的道路不是问题，问题是我们如何才能克服我们做事时所遇到的阻力。因此我们必须接受训练，让毫无价值的业余人员与训练人员密切配合。每天训练六个小时钢琴换来的只是手法的灵活，每天六小时的绘画训练才能纯熟地运用那些可恶的油、刷子和颜料。大师曾经说过，他们只要看到一个人的手在琴键上的姿势就能知道这个人到底水平是

051

否高超，因为这个姿势就是掌握这个乐器的关键。通过上千次的使用和练习才能掌握对一种工具的操作，通过无数的思索才能体会艺术的魅力，通过无数的加减训练才能造就技师和专业人员的伟大力量。

我注意过在英国，正如在我们自己国家一样，文学界，那些讲诚信有思想的人、书商、编辑、大学教授、院长，还有主教都不是天生就具有艺术才能的，而往往都是智力水平平凡甚至低下，但无一不具有一种商业头脑和经过反复练习实践。不管是对事事漠不关心的马车夫，还是才疏学浅的文人墨客，通过将自己的所有才华集中到一个能将自己带向巅峰的点，从而使自己鹤立鸡群，卓然于世，不管是在新英格兰还是在老英格兰，都是如此。

我没有忘记不管是做什么事情，前瞻后顾的犹豫总会限制才能的发挥和成就的取得。我们总是会过分夸奖一个平民中的英雄，而世间还有许多别的资源没有被合理利用起来。但是自然的这种力量或精神，这种将日常工作进行下去的方式，只要我们还珍视家庭生活，并因此夸赞这个世界，我们就必须尊重它。而且我坚持认为它还可以应用到一种经济上去。它就像液体和气体一样，可以有准确的法则和重量。它可以被节约地使用，也可以被浪费掉，人们只要充当容器就能有效的利用这种力量，这不是可以铭记在历史上的里程碑或重大成就，而是一次远征之旅。它不是黄金，而是一支点金之笔，不是名利，而是不懈的追求。

如果这些力量以及这种节约的做法是我们的意志所能达到的，他们的法则也是能遵守的，那我们就大可以推断，所有的成功、所有可预见到的利益最终都在人们伸手可及的地方，但是它有其自己的套路和方式。这个世界是在其自己独特的曲线中精确运转的，并非随心而行。它并不比我们在磨坊中织出的方格布或薄纱复杂。只要我们坚持训练，成功就会向我们招手。而我在新英格兰智者那里学到的东西也并不比在美国流水工厂中多。人们也只有按照自己的想法动手制作电报、织布机、印刷机和火车头时,才会意识到自己其实也是一部精密的机器。但是在这过程中,他不得不避开那些愚蠢事和障碍物,所以当我们去工厂时,就会发现其实机器比我们还要道德。大胆地到织布机边去看看吧,看看自己是否能顺利地操作下来。让机器面对机器,看看他们到底是怎么生产出来的。世界这个大工厂要远比印花布工厂复杂得多。在纺织厂,一根断线可以从头到尾损坏整整一百码的布匹,而且可以追溯到最初失误的女工,从而克扣她的工资。而获益者,看到这些以后,就会高兴地搓搓手。失利先生,你真的这么精明吗?你真的希望就这样在自己编制的网络中榨取主人和老板的利益吗?一天的时间要远比任何印花布珍贵得多,而生产出它的机制更是要无限巧妙,你也不应该掩盖或隐藏那些虚假丑恶的时间,更不应该害怕任何诚实的因素、坦白的瞬间、或不灵活的转折,这些在这个网络中都是不奏效的。

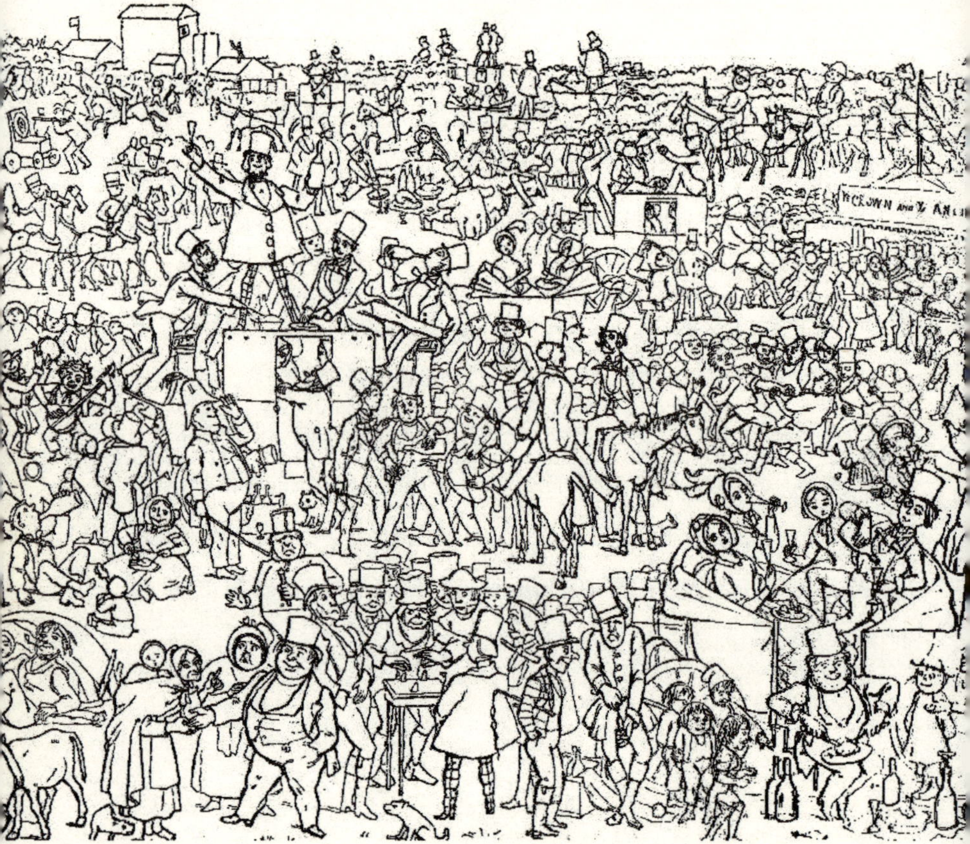
CROWN AND

管理者和教育者能培养出

我们期待已久的伟人吗?

他务必通晓音乐,

敏感而又有一定的影响力,

感触于优美的自然风光和辽阔的天空,

也因人们心灵之窗的眼睛而触动,

然而,对他自己民族的核心文化来说,

未来将会和过去融合,

世界不断变化的命运

也会和自己的相融而后重塑。

文化

>

"雄心"这个词在现今表现为文化。当整个世界都在追寻力量,把财富视为力量的象征时,文化修正了成功理论的内涵。人体内就贮藏这巨大的力量。博闻强识的记忆会使人成为一部年鉴;论辩能力使人成为大辩论家;赚钱的技巧使人成为一个一毛不拔的守财奴,从某种含义上说也是乞丐。文化能通过唤起其他力量来对抗居于统治地位的才能,通过吸引有影响力的社会力量来削弱人们的弊病。力量就是成功的见证人。因为对成功的过程来说,自然毫无仁慈之心,还会牺牲执行者来完成这个过程。自然想要拇指,就会以整个手臂或大腿为代价,而某一部分过度集中的力量也通常会以其他部分的缺陷为补偿。

做事的效率与人们的注意力有着密切的关系,一位名人降临到这个世界上,大自然会偏爱般地赋予他一定的才干,会牺牲掉其身体的完美换来强大的工作能力。人们常说,人们的能力不止能写出一本书,如果一个人身体有缺陷,他会转而将自己的光辉形象留在自己的工作表现上。自然造就了像弗歇一样的警察,心中充满怀疑精神,并将这些疑点付诸实践去验证。弗歇曾说过:"空气中到处充满了危险。"内科医生圣科多鲁斯将毕生精力花在一架天平上称量食物。库克勋爵高度评价乔叟,因为在也门教会的神话中《亨利五世》第四章中显示了法则对抗魔力的内容。我曾见过一个人,他相信英国的主要灾祸都源自人们对音乐会的热衷。不久前,一个互济会会员开始向这个国家做出解释,华盛顿将军之所以成功的主要原因乃是源自互济会的协助。

但是比在一根竖琴琴弦上弹奏乐曲更糟糕的事情是,自然保证了人们的个人主义,使人们在整个体统中占有巨大分量而产生自负思想。腐蚀社会的诟病就是那些自高自大者。这些人也形色各异:愚笨的、聪明的、神圣的、不敬的、世俗的、高雅的等等。它就像流感一样会袭击所有人。犬热病的一种,也就是被医生们称为的舞蹈病,病人有时会突然转身,然后围绕着一点不停地旋转。难道自我主义也像这种看似旋律悠扬的天花吗？人们会围着由自己的才能铸造而成的圆圈不停地奔跑，陷入深深的崇拜中不能自拔，从而与外界世界隔绝起来。所有思想都会有这种危险倾向。其最恼人的形式之一就是同情心。受害者不断向世人宣告自己的苦难，撕开外衣露出青紫的皮肤，来显示他们所犯下的罪行，从而获得你的同情。他们在本质上就像疾病，因为身体上的疼痛会吸引许多旁观者的兴趣，这就像孩子们发现大人进门后没关注他们，就会开始故意咳嗽直到呛到，以此来吸引注意一样幼稚。

　　这种犬热病对人才、艺术家、发明家以及哲学家来说是一种祸患。再著名的巫师也不能将自己的言行脱离自己的行动，而只能直面事实，无论它多么复杂棘手。有些人会宣扬"我就要受到启示了"，对于这种人，我们一定要严加防范。他很快会受到上帝的惩罚，因为这种习惯容易引诱人们将其视为幽默，要谨慎地治疗病人，把他关在一个更加狭隘的自我主义中，将其驱逐出上帝那充满快乐而又容易出错的世界。与其侮辱别人，还不如承受侮辱。宗教文学中有著名的典范，如果我们浏览一下我们所熟知的诗人、评论家、慈善家以及哲学家名录的话，我们就会

发现他们都已经被这种诟病所传染,而这也是我们应该提出并讨论的问题。

自我主义在知名人士身上是如此普遍的存在着,我们不得不做出推断,也许大自然中存在一种必然性,促成这种状况的产生,正如我们在性吸引中所看到的那样。物种的保护就是这样一种必要性,即使存在极度的私欲膨胀,造成永久的罪恶和紊乱也要确保其存在。这么说来,自我主义也深深地根植于这种基本的必要性中,通过这种必要性每个人都在追寻自身存在的价值所在。

这种个性不仅不与文化相悖,而且还是文化的基础。每一种有价值的本性都有其存在的独特价值,我们所面授的每一个学生都有其自身文化背景下的天资,通过书籍、艺术、才能以及各学科之间的优雅之处表现出来,但是绝不会受其制约或迷失于其中。他只是一个有决心有毅力的完美人。文化存在的目的终究不是去伤害这种人,上帝也绝不允许这样做的!而是要通过训练摘除所有的障碍和混杂物,只留下纯粹的力量。我们的学生肯定有自己的处世方式和决心毅力,在其所属领域成为大师级的人物。但是一旦达成目标,就一定要把成就名誉放在一边,继续追求更高的目标。他一定要有一种容忍精神,一种以自由的不受约束的眼光观察每一个事物的力量。但是往往这种私人爱好和个性被夸大,如果人们想寻找一个同伴,这个同伴能排除个人情感和自我意识的干扰而看待事物的话,那他会发现几乎无法找到心满意足的人。而绝大多数人都饱受冷漠无情和毫无兴趣的折磨,只要他们的目标与他们的个人爱好毫无关联,矛盾就会爆发。虽然他们谈论的是面前的目标,但是心里想的却是自己的利益,他们的虚荣为这些让你钦佩的人设下陷阱。

但是当这个人发现自己的个人经历对人类的利益也存在局限性时,他仍旧会保持与家庭的联系,或者是几个同伴,也许还有几个在邻里中颇有名气的邻居。在波士顿,生活的问题就是关乎十个八个人的名字的小事。你看见奥斯顿先生吗？看过长宁医生、艾德思先生、韦伯斯特先生或者格林纳福先生吗？你听说过艾维瑞特、盖瑞森、泰勒教父或者西奥多·帕克吗？你跟马修斯·特宾维尔、萨米特莱维尔，或者拉科弗若皮斯交谈过吗？如果是这样，那你可以称得上死而无憾了。而在纽约，这个问题可能关乎另外十个或二十个人。你见过那么多律师、商人、经纪人、两三个学者、资本家或者报纸编辑吗？纽约就是一个让人丧气的大橙子。当我们完全展示出了自己的那些个性，不管是本性的还是从别的地方学到的，这些都组成了我们美国人之所以存在的理由，这样以后，所有的交流和交往都走向了尽头。我们也不希望任何人成为那些英雄的复制品。

生活之路其实是很狭窄的。十年后，如果再次将以前的人才聚集在一起，组成一个俱乐部或公司，如果某些有深刻洞察力、心思沉稳的人能出现并能够坦诚布公，那将会出现怎样的精神错乱般的忏悔啊！我们为之付出巨大牺牲的"事业"，如从关税法到民主制，从辉格党到废奴运动，是选择节欲主义还是社会主义，这些都表明，它们本身就是痛苦之源和暴怒之本。而我们的人才就像是都被恶作剧玩弄一样，把他从好运、事实身边赶走，还有诗人们所热爱的社会，还有对生活的热情和偏见，只有当他现在成为一个令人厌烦、冷酷无情的人时才会慢慢放松自己的身体，他清醒的预见才会慢慢苏醒过来。

文化的产生是受启发于某些最优质的思维，人们有多重的吸引力，通过这些吸引力他才能控制其他人专制的声音，帮助他人与自己对抗。而文化恰好能够抵消其他力量，达到各种关系的均衡，把他放在同等或更优等的人中间，唤起那份美好的同情意识，警告他离群索居和厌恶现实的危险所在。

一个人只简单地咨询马匹、河流、剧院、饮食或书籍等的问题并非恭维，而是蔑视，不管他何时出现，总是会关切地把话题转向他所喜爱的孩子身上。在我们祖先斯堪的纳维亚的天国中，雷神托尔的房子足足有五百四十层，而人类的房子

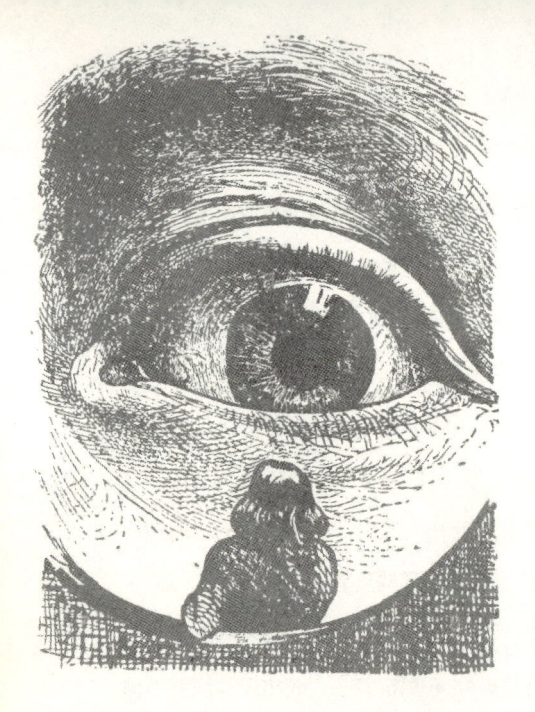

也有五百四十层,这种设想的杰出之处在于它具有灵活的适应和转变能力,通过许多关联点达到广泛的对比和极点。文化能够扼杀他的夸张言辞,扑灭他的村庄以及城市里的自负情绪。我们外出时必须要把宠物留在家里,必须会见那些怀着良好意图和良好意识的人。没有任何行为值得以丢失和善为代价,而我们为所谓的高压艺术和高压哲学已经付出了残酷的代价。在斯堪的纳维亚神话中,所有的法蒂尔人在把自己的眼睛作为抵押之前没有饮一口米密尔智慧之泉。然而,有一种空谈家,如果他们对所谈话题不感兴趣,那他们肯定会用自己的独特性格表现出来,他们无力解决问题,更不善于隐瞒自己愤怒之情。而那些学者们,他们很少会想到自己在整个社区中其实是令人讨厌的角色。把他从暴躁的心态中解放出来,用健康的血液洗涤他的肌肤。让他把在米密尔誓言中作为抵押的东西拿回来。如果你自食其果,那谁会在乎你的所作所为呢?我们尽可以帮你解放出你的剧院、地理指南、你的化学分析、你的历史以及推论。你的人才自有他杰出和优秀之处,他的头脑可以达到智慧的顶峰,他是一个健康的人,快乐而聪颖。大自然不会顾及每个人,自己想做什么就会去做。一些鸟类的生活目标就是要在沼泽和海边涉水,它们生而就是从事这项活动,以至于其一生都会被禁锢在这些地方,哪也去不了。任何一种动物,只要离开自己的栖息地,无疑都会死亡。在外科医生看来,不管是男人还是女人,都有着相同的组织器官。士兵、锁匠、银行职员以及舞者各司其职,不可能对调职责。从这种意义上来讲,我们都是自己适应环境的牺牲品。

解决这种组织性自我主义的方法就是通过认识这个世界,熟悉有优势的人和各种社会等级,通过旅行或与名人打交道,从哲学、艺术、宗教等各种形式,包括书籍、游行、社会和独处来获得各种吸引人的事物。

一个最坚强的怀疑论者,如果他已经看过了被驯服的马匹,或者参观过动物展览,或者"忙碌的跳蚤"展览,那他绝不会再质疑教育的有效性。柏拉图说过:"男孩都是世间最危险的动物。"那么本着同样的精神,古英国诗人加斯科因也说过:"男孩如果没有好的教养,那还不如没出生。"城市会哺育出一种说话做事的方式,而在僻远的农村地区,则会出现完全不同的一套体系,海边又会是另一种,在军队里,又会有所不同。我们知道,也许是由于纪律严格的缘故,军队值得信任,这就是说,通过严格系统的纪律管束,所有人都能成为英雄。拉纳元帅曾经对一个法国官员说:"上校,你知道吗,只有懦夫才会夸下海口说自己无所畏惧。"其实真正的勇敢包括能去做自己以前已经做过的事情。在人类的所有活动中,人类的才能只有被利用起来才会变得越来越强大。罗伯特·欧文曾经说过:"就算给我一只猛虎,我也能把它训练教化好。"从教育的力量中寻求信仰是不和人性规律的,因为改善向上就是自然法则,而人类的价值通过其发挥向上及向好的力量来进行精确计算。从另一方面来说,之所以怯懦也是因为自知有不可弥补的缺陷。

无法向更好的方向发展也只能说是道德上的缺陷。有些人永远也无法懂得人们说话的深层含义,弄不明白其他人的幽默感,永远停留在字面,即使是听了七十年甚至是八十年的音乐、诗歌、修辞学或富有智慧的言辞后,也改变不了。外科医生或牧师也无法拯救他们,甚至是那些懂得物语的人也无能为力。我也注意到在这一阶级中有一个明显特点,那就是他们畏惧改变。

让我们的教育勇敢起来，防微杜渐。政治只是一项简单的事后修补工作。无论是做什么事，我们总是赶不上最早的一班。坏事已经做完了，法律已经通过，然后我们才开始行动起来，做那些理应提前就完成的工作。迟早有一天我们要让教育取代政治。被我们所称呼为彻底改革的奴隶制、战争、赌博以及放纵都只是治标不治本。我们必须从一个更高的角度开始工作，也就是教育。

我们的艺术以及工具，能够让其发挥巨大优势和作用，好像这样我们就能延长他们的生命，也许是十年、五十年，甚至是一百年。而在我看来，让每一个高雅的灵魂接触到这些文化也是一种良好的观念，三四十年后，人们也无需再说："因为我对武器的欲求，我可能做成的事也变得毫无希望。"

但是不得不承认，我们的训练毫无作用可言，成功的路上困难重重，要成功

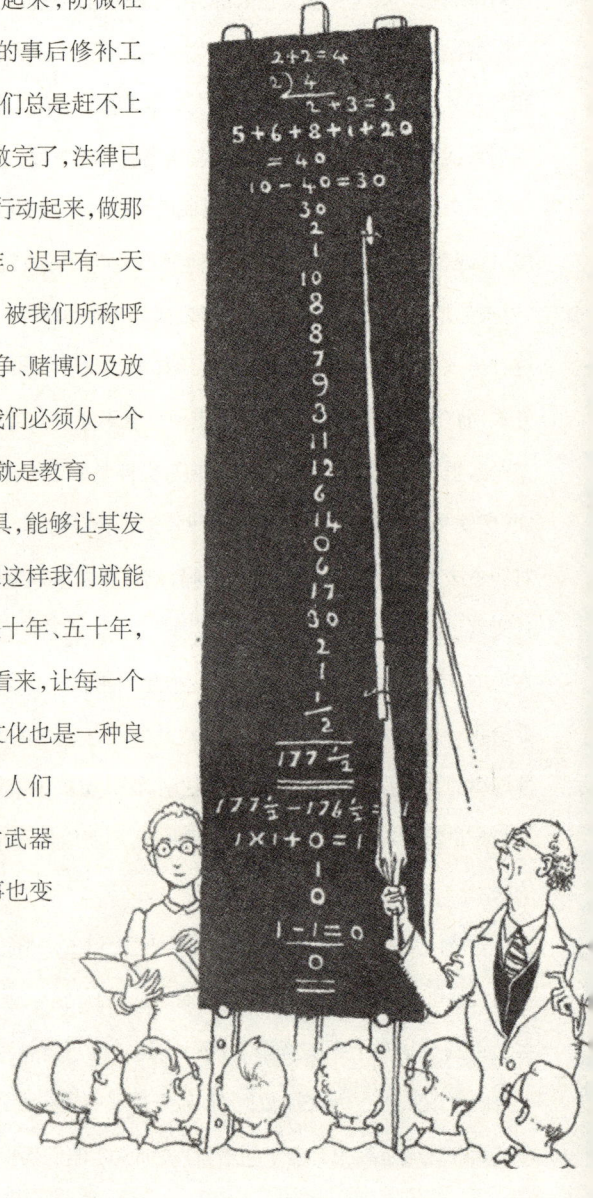

也前途渺茫,我们为之所付出的大部分代价和苦痛也前功尽弃。大自然按照自己的法则行事,虽然我们不能错过我们这个系统中的任何信息,然而我们也不能确信到底他们被利用了多少,或者另外一套同的体系中无法产生类似的功效。

书籍中记载了人类历史上最高雅的智慧,因此一定会成为我们文化概念的承载者。历史上出现的最杰出的人物,比如佩里克莱斯、柏拉图、恺撒、莎士比亚、歌德以及米尔顿等,无不博览群书,受到各方面的良好教育,而且聪明过人。他们的意见在人类中有足够的分量,因为他们总会有办法做到知己知彼。我们都认为伟人就应该爱好读书,或者说自发的力量也应该是与人类合二为一。好的批评是罕见的,通常也是珍贵的。我很高兴,总能遇见一些人,认为莎士比亚是超过所有其他作家的伟人,我也喜欢那些喜欢柏拉图的人,因为这种爱绝不会与自命不凡为伍。

但是书籍只有在人们想读的时候才会发挥巨大作用,而人们有时候很长时间才做好读书的心理准备。你也许会把孩子送到校长那里,但是问题是,教育孩子的人是跟他在一起学习的学生。你也许会让孩子参加拉丁课学习拉丁语,但是他所学到的东西却大部分来自上学途中的橱窗。也许你喜欢严格的规则、长长的条款,但是对孩子来说,最有效的却是用自己的学习方式做事,他拒绝所有的陪伴,只接受自己的选择。他厌恶语法和辞典,却喜欢枪支、鱼竿、马匹和船只。好吧,孩子都是正确的,如果你的理论中没有体育活动,那你就不适合指挥他成长的道路。剑术、板球、枪支、鱼竿、马匹和船只,这些都能教育孩子,都能解放孩子,不仅如此,还有舞蹈、服饰以及街头闲谈等。为他提供独特的资源,使他具有一个高贵而独特的才能,这比看书得到的知识还丰富。孩子也许正在学习象棋、纸牌、舞蹈和表演,父亲看到另一个孩子学习代数和几何,但是这个孩子学到的知识已经远远超过这些小儿科的东西。几个星期以来他已经沉浸在纸牌和象棋中,但是现在他发现,像你之前发现的一样,当他从玩了很长时间的游戏中站起身离开时,自己内心空虚,孤独凄凉,并开始鄙视自己。从那时起这些感情就跟其他事情一起发生,并在他的经历中占有很大的分量。这些小伎俩和小成就,如舞蹈,都是使他跻身上流社会的通行证,大师的身份让这个少年有能力对这一行的很多事情作出评判,否则的话,他就会成为另一个极端,变成一个迂腐的学究。兰道曾经说过:"我舞技很差,因此我也吃了很多亏,甚至超过我生活中所有的不幸和苦难所带来的伤害。"假设这个孩子是孺子可教,足球、板球、剑术、游泳、滑冰、攀岩、击剑以及马术都是力量上的课程,也是男孩主要应该学习的课程,尤其是马术。赫伯·切尔伯里曾说过:"一个好的骑手,骑在一匹良驹上,他自己所能成就的要远远少于这个世界能带给他的。"此外,枪支、鱼竿、船只和马匹,在使用者中组成了秘密的共济会。他们像是属于同一个团体一样。

这些艺术中当然也有其不好的一面。对于少年来说,他们的主要价值并非娱乐,而是认识他们,了解他们的用途,让他们知道这些并不是偶然产生的事物。我们总是信奉迷信。每个阶级的人都把注意力集中在他们所没有的优势上。雅士向往野蛮的力量,民主人士憧憬出生和长大。大学教育的一个好处就是告诉孩子它的用处。我认识一个生活在一线城市的人才,他把精力都集中在接受大学教育上,但最终却错失了,他自己的哥哥已经达成了心愿,于是他开始不自在,总觉得两个人从此就不平等了。与那些专业人士的水平相比,他那点微乎其微的优势根本抵消不了这想象中的缺陷。舞会、骑马、酒会以及桌球让一个贫穷的孩子变得高雅浪漫,而实际上这些东西本身并不具备这些品质。如果可能的话,即使一两次,让他们自由地接触这些艺术,得到的效果要比所付出的花费大得多。

我并不太提倡旅行,我发现人们跑到其他国家是因为他们在自己的国家里

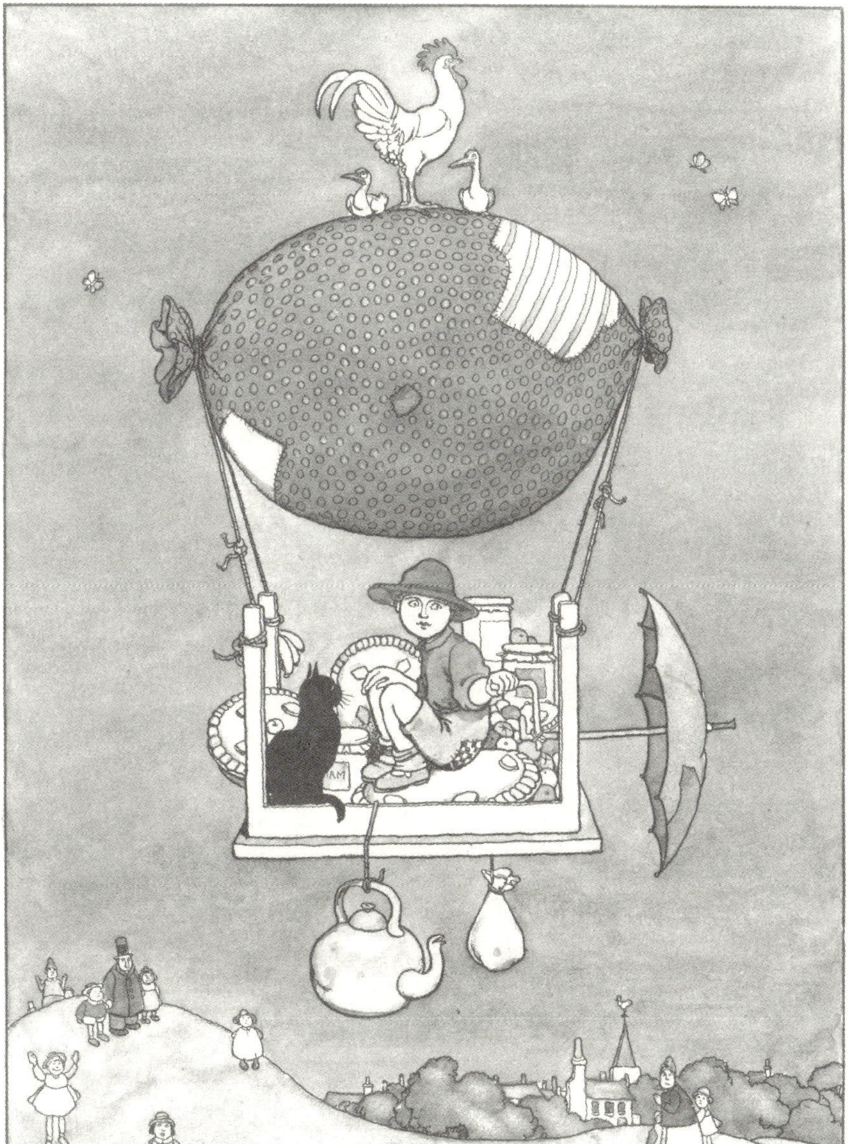
W. HEATH ROBINSON.
JAM

做得并不出色，后来又跑回自己的国家，那是因为在那个新地方他们更是一事无成。在很大程度上，旅行只能以一种观光的轻便方式才能进行。如果在家里你什么任务也没有，那你还是什么呢？因为对旅行吹毛求疵，我的话已经被引用多次了，但是我本非恶意。我认为，在人类的心里有一种不安分的情愫，这种情愫构成了人们的欲求。所有那些受教育的美国人跑到欧洲，可能是由于他们在国内的思想所致，亦如整个国家的习惯一样。一个著名的女教师说过："一个女孩的教育思想就是无论如何都要去欧洲接受教育。"难道我们永远也无法让这种"去欧洲"的思想从人们的脑袋中驱除吗？人们对自己的命运再清楚不过了。那些在自己家里无所作为的人，即使到了国外也是如此。他去那里只能是在一个更大的群体中掩盖自己的渺小和无能。难道你不认为你会在那里找到你在国内没有发现的东西吗？其实各个国家的事物从本质上讲都是一样的。难道你以为世界上存在一个国家，那里的人不用牛奶锅，不用襁褓包婴儿，不烧树枝，不烤鱼吃吗？真理无论到了哪里都是真理。就让他去吧，他会发现其他地方的美丽和价值都一样。

  当然，旅行对一些人来说也是有价值的。正因如此才有了自然学家、发现家和水手的存在。有些人生来做一个导游、交流人员、使者、传教士，或者信使，而另一些人则适合做农民或工人。如果这个人天生乐观，适合交际，那大自然就会让他在社会中活跃地发挥自己的作用，我们也必须追随自然的旨意行事，协助他完成他的活动，孜孜不倦地创造价值。但是我们决不能把自己禁锢在一个地方毫无突破，而应该让旅行发挥更大的价值。农场里长大的孩子，从来没有走出居住的那一亩二分地。人们都说这样的人在城市里没有任何机会可言，这些孩子以及这类人把城里铁路或其他苦差事当成是自己发展的机遇。福蒙特州和康奈迪克州里贫穷的农村孩子，以前都会把自己的知识归结为自己在南部各州沿街行商的结果。加利福尼亚和太平洋海岸现在已经变成这个阶级的大学,亦如弗吉尼亚州曾经的地位。他们的标语就是——"拥有机会"。而所谓的"了解世界"或者旅行也是人们脑海中优越性和超前性的代名词。难怪对于一个明智的人来说,旅行会带给他诸多好处。他会学会多种语言,会结交很多朋友,还会接触到多种艺术和贸易领域,这样他会逐渐完善起来。外国与本国就是一种对比,而进行比较的人就是他自己。旅行的一个用途是向别国介绍本国的书籍和作品(正如我们去欧洲的目标就是将其美国化),另一个用途就是发现人才,结交朋友。原因很简单,大自然不会把果实都放在同一个地方,她会分散在不同的高度,人们达到每一个等级都会获得新的成果。因此,知识和高尚的品质作为果实,也分散在世界上的各个地方。因此如果有六七个老师,他们能够教授人们如何达到自己的目标,那他们也分散在各个角落,甚至会有两三个完全在地球的另一半面。

不仅如此,每一个领域都有自己的一个至点和极限,每当晨星在我们的内部天空中静止不动,每当人们需要一种外部力量时,就需要转移一下注意力或作出相应改变来解除静止不前的状况。旅行也可以作为解除病痛的一剂良方,从某种角度上来说,这种良方也是最好最适合的。如果一个人目睹了乙醚发挥作用,能够让人们身体麻痹忘记疼痛,就会开始思考可不可以用来治疗伤口、癌症、破伤风,继而为像杰克逊医生的巨大发现这些事情而兴奋不已。因此一个游览了巴黎、那不勒斯或伦敦的人会说:"要是我能离开家到这里来,那我的思想肯定会在这最奢侈的娱乐场所和住所中得到慰藉,而这些地方都是人类耗费数年才能达成和累计起来的。"

与出国旅游带来的好处类似的还有铁路的美学价值,它能把城镇和农村生活的好处连接起来,我们一种也缺不了。人们应该住在大城镇或附近,不管他有什么样的才能,都会吸引与他有相似才干和价值的人聚集在一起;而在城市中,对所有公民的吸引力,在于坚信迟早有一天它会战胜所有与之对抗的因素,并在年内将最荒诞的隐士也拖入尘世。在城镇中,人们能找到游泳学校、体育馆、有吗雅艺术馆、射击场、剧院、歌剧院以及自然历史博物馆,还会有舞啃大师、国家级演讲家,当然也少不了外国旅行家、图书管理员和他喜欢的俱乐部等。而在农村,他能在一个僻静的角落沉浸在书籍的海洋;可以进行体力劳动,过着低成本的生活;脚上穿着旧鞋,他可以到荒野游戏;可以到山丘研究几何,还有令人流连忘返的田园。奥布里写道:"我听托马斯·霍布斯说过,在德文郡伯爵位于德比郡的家里,有一个足够他用的图书馆,还有足够的书籍,那里收藏了适合他购买的所有藏书。但是想要进行一个流畅得体的谈话却并非易事,尽管他认为自己有能力,整个谈话按照自己的思想组织好,但是他发现自己犯了个大错误。在农村,长久以来,人们想要进行一场好的交流的话,人们的理解能力和创造力能使他们身上的苔藓缩小,就像是苹果园里的旧篱笆一样。"

城市能给我们带来冲突。人们都说,伦敦和纽约能让人变得精明起来。我们所受的教育中很大一部分都是有关同情心以及社会性的。不管是男孩还是女孩,如果能在信息灵通、条件优越的家长指导下成长,那他们必将举止优雅、大方得体。福勒说过:"拿索伯爵威廉,只要他优雅从容地摘掉帽子,那他仅用自己得体的举止就能赢得西班牙国王的青睐。"如果整个社会风气不佳,那生活在其中的人们也不会很高尚。他们彼此之间所散发出来的气质就会影响彼此。尤其是女人,想要得到像斯塔尔夫人那样的女人,需要大量有良好教育、聪明优雅、博览群书的女人做基础。她们应该习惯轻松优雅的环境,能够戴着眼镜,懂得绘画、雕刻、诗作,在优雅讲究的社会中生活。一个商业集团的主席,或一个顶尖律师或政治家与来自全国各地的军人联系,而这些人也是社会进步的驱动器。一个

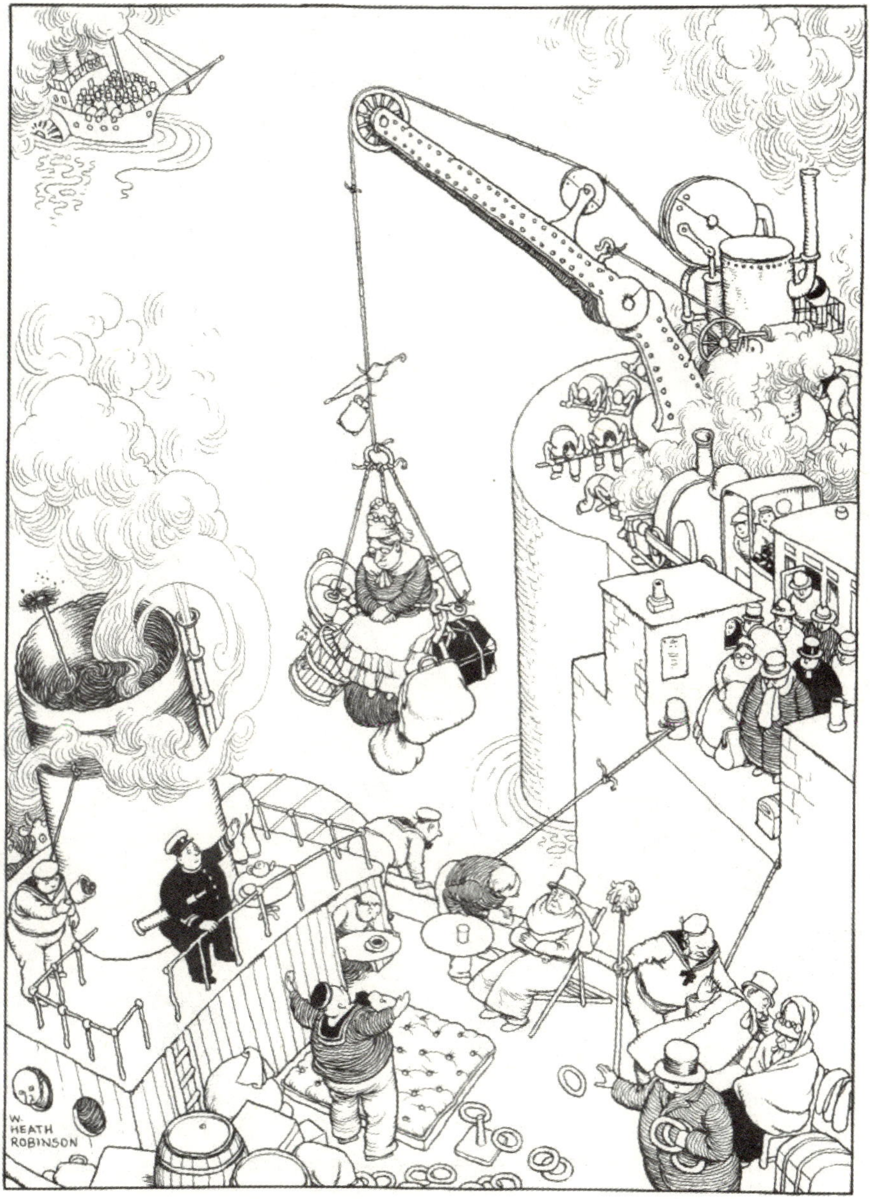
W. HEATH ROBINSON

LUNCHEON HOUR ON THE EMBANKMENT

本身就有高强的领悟力的人,我们很难再为他提供更透彻的建议了。此外,我们还需记住:一个社会如果拥有百万人口,那什么事都有可能发生。伦敦给人们带来的最高的想象力是:在这样一个鱼龙混杂的社会里,人们可以相信那些浪漫性格的人是存在的,那些诗人、神秘主义者以及英雄,都会希望可以直面它们的对手。我希望城市能够以其润物细无声的方式教给他们最好的课程。自负是人们的弱点,在美国年轻人身上表现得尤为明显。他从不发表什么演讲,总是以低调的商业口吻而避免任何形式的自夸和吹嘘。他们都是平庸之辈,穿着不起眼的衣服;不做任何口头承诺,却做得很多;他们用单音节说话,也总是以事实为基础不做任何夸大之词;对于自己的工作,他们总是称之以最低微的头衔。因此,他们是最不具杀伤力的一类人。他们开口说话总是离不开太牛气和新闻,但是他们却有着独特的思想,求知若渴,能进行哲学思考。那些隐姓埋名的伟人,他们的奇闻异事一定会激起人们无穷的想象力,就像穿着粗布灰衣的国王体察民情,正如拿破仑以自己的言行影响一个普通士兵,或者布鲁内尔、斯科特、贝多芬、惠灵顿、歌德,或者任何有卓越力量的人,他们都默默无闻,却影响巨大。伊巴密农达被人们称为是"说的少,但是能专注地倾听外部世界的声音"。而高斯呢,相比那些奢华的衣服,他更关注那些琐屑的事物以及与陌生人交谈过程中对方的表情表现,这让他看起来比之前更变化无常,难以捉摸。旧式帽子和旧式大衣也有自己的优势。我曾经听人们说过,整个国家的人都喜欢一种绒面呢,但是这种面料穿在身上却能带来困扰,人们总是不能活动自如。那些厚大衣就像是红酒,它并不束缚你的舌头,人们所说即所想。一个古诗人曾经这样说:

远走高飞,但处世谨慎,
你就会很确信地发现,

越是可怜，越是居于基础，
就会看得越透彻。

与此类似，米尔尼斯在《卑微的行业》中也曾写道：

对我来说，人类正如其本质，
不带任何面具掩饰。

说也奇怪，人的脑袋里竟然没有水分存在，却有一点空气。一个精明的外国人谈到美国人时曾说过："他们说话总是带一点演讲的意味。"但是书上记载了安格鲁-撒克逊人特点之一，也就是习惯性的自我鄙视。可以肯定的是，在古老而又人口密集的国家里，百万的上等衣物中，即使再精致的衣服也会显得毫无差别，但是其中却可以发现那些富有幽默感的人。英国聚会上，一个没有显著特征或得体举止的人，面色赤红，却会向人们高谈阔论多个话题，也与世界上的名人交好，甚至让你产生错觉，以为自己就是置身于一堆大人物中间。难道是在庞大的美国森林里，即将灭绝的古老野蛮人也得到重生了？是钟爱绯红色的羽毛，还是珠子或者金属丝？印度人都喜欢红色衣服、孔雀毛和刺绣。我记得一个下雨的清晨，在巴勒莫城里，街道上到处充满了绯红色的雨伞，挤挤挨挨、簇簇拥拥。英国人品位一般，贵族的马车也平庸无奇。华丽的装束意味着新的危险的财富。与皮姆先生一样，皮特先生也认为"先生"这个称谓要比欧洲的"国王"好。他们的内心燃起巨大的野心，战争爆发之前，这些国会下议院的议员们坐在阴暗简朴的会议室里也能统治整个世界。

我们都想要住在城市里,并希望它就是所有事物的中心,但是城市却通过放大一些琐事降低我们的身份。农村人会发现城镇就是一个餐馆或是一间理发店,他已经错失了地平线、山脉、壮美的平原,并随之丢失了清醒的头脑和积极的情绪。他已经成为逢迎顺从、能说会道的人,他们活着就是为了展示并卑屈于公众意见。生活被卷入一片混杂中,充满了怜悯的关心和灾难。你也许会说,只要生命有属于自己的目标,那就应该得到上帝的尊重,然而在城市中,他们却因为一些琐屑的扰人之事而背叛你。

违背上帝的,
是沉重的怪物,
当上帝与自己的部下匹敌,
我们这些一代一代的部下,
轮到我们了!我们要发号施令,
宙斯已经将这个世界,
交到了我们的手上。

除了噪音,除了那些吵嚷痛苦的人,什么是可憎的?那些一路向东的人,或者就只为吃饭的人,派人去请医生的人,纵容自己的人,那些为自己在某个地方占得一席之地而举杯庆贺的人,那些费尽心机保证自己地位的人。忍受了一次就会有以后无尽的苦痛,随后便如日落西山,每况愈下。让这些琐事把我们从自负的陷阱中拖出来,从而获得哪怕小小的安慰。对于那些正在工作的人来说,霜冻只有一个颜色,他进来的时候早已忘记所经历的风雨。让我们学着过简朴的生活,衣服不必华丽,住所不必太奢侈。味觉上主要的习惯也给我们带来不易察觉的良好效果。我们也不能陷入吹毛求疵的状态中,执意坚持某一种饮食毫无道理可讲。说到底,不管是什么事物,都是由相同化学元素组成的。

一个志向远大的人必定无欲无求。心中有目标,又怎能关心饮食、床铺、服饰、人们的问候以及恭维之词呢?他也不会在意自己在公司的形象和财富,因为在他心中,那些机制和工人们都是不足取的。在斯特墨兰,沃兹沃斯曾经表扬我,说我为他国家的公民树立了榜样,使那些给人们以安慰的文化得以保留。一个男孩,带着生锈的帽子,穿着不合体的衣服,但是他却有可能进入大学,在图书馆里学习,为实现目标接受高等教育。不管在城镇还是乡村,在贫穷以及中层阶级人中,都存在着明显的自我否认和男子气概——他们都没有也永远不会被书写过描述,但是却使世间充满温馨和幸福;他们省下了流水般的花销,只购买生活的必需品;他们日益苍老,却让孩子们受到教育;他们卖掉马匹,建起学校;他们每天起早贪黑地工作,在工厂里兼着两份工,甚至三份、乃至六份,他只是想赎回父母抵押的农场,然后一身轻松地重新投入工作。

我们拙劣地共享着城市社会生活的益处,这些好处必须被利用起来,但是必须以一种慎重的、骄傲的方式,而那些不需要他们帮助的人往往是最能让这些益处发挥出最佳作用和价值的。隐居,作为平庸之才的自我保护措施,都是那些人才最坚定的朋友,寒冷昏暗的隐蔽场所能为他们遮挡阳光和星辰。那些需要激励并带领同胞前进的人们必须避免与其他人同行,从生活、呼吸、阅读、写作等日常生活,到被时间冲蚀了的个人观点。毕达哥拉斯曾经说过:"清晨应该是独处的时间。"大自然总是想象力非凡,这也是她绝不会与其他人共做的事情。她喜欢做的事就是与那些既能严肃认真有时又会心不在焉的神圣力量进行心灵沟通。可以肯定的是,柏拉图、普罗提诺、阿基米德、赫尔墨斯、牛顿以及米尔顿等人都不喜欢群居生活,而是时不时地远离社会,独自隐居进行自我保护。聪明的教师懂得从时间上、生活安排上,以及隐居的时间和习惯上,将这种自我保护意识传授给年轻人。大学生活最大的好处,在我看来,可以称为是机械或呆板的,父母可能毫不犹豫地让子女上剑桥,决不会认为其在家里待着会有什么用处。我们所称的隐居,也标志着其思想上的个性,但是如果这种思想能与两三个或更多的人分享的话,那所创造出来的快乐就会得到放大,而且更高贵。尼安德在给几个宗教朋友写信时说:"我们四个人会在哈雷享受到上帝之城所带来的福佑,愿我们的友谊地久天长。但是我越了解你们,越对自己不满意,也越对自己身边的伙伴们不满。他们的出现让我大脑不再清醒,共识也消失了。"

还会有更多的关系出现,而由此产生的压力会在独处冥想的作用下得到缓解。圣人和诗人会寻求隐居来满足大众甚至整个宇宙。文化的秘密在于使人对自己所接触到的大众的兴趣更胜于对自己的兴趣。只要有一首新诗出现,报纸上便会充斥着对它的各种评论,人们的谈话内容也紧紧围绕着它,毕竟通过这些方式能够轻而易举地消除人们对它所下的结论,而且通常来讲,这些结论都是负面性的。从某种程度上讲,诗人都属于手工艺者,他们所感兴趣的东西都是别人对自己的赞赏,而非责备和批评,即使这些评论再公平也无济于事。也正是由于这些可怜的小诗人倾心于赞赏,拒绝批评,所以他们不会受到任何伤害。科夫说:"诗作《教化》是一个彻底的赢家,既有宵禁般严峻的法令效果,也赢得了人们的拥护和支持。"但是最终得到的只能是前者,因为它能带来金钱上的快乐。

我们所拥有的一切和行为举止都一定要与智慧相伴,否则它们会一文不值。我必须要有自己的孩子,必须要有自己的人生经历,必须要有自己的社会地位和个人历史,我的思维和话语都要有肢体承载物和基础。但是要赋予这些东西价值的话,我就必须把他们看成是偶然性的、引人注目的财产,这些财产要展示给更多的人，而不仅仅是我自己。在学者中，我们会经常看到这种抽象物，并把它看成是理所当然的。但是如果这些发生在普通人身上，那该显示出多大的魅力啊！正如恺撒一样，波拿巴也是一个睿智的人，能从本质上观察事物，不带任何个人色彩。他虽然也是一个利己主义者，但是他能公平地对一部剧作、一座建筑、一个角色作出评价，给出不偏不倚的意见。如果我们认识一个政界或商界的名流，发现他也很聪明并有技巧，那很大程度上都是我们的个人所见。正如我们认识长期议会的上校费尔法克斯伯爵，他热衷于古文物研究；或者是法国弑君者卡诺，他在数学上的高超天赋；或者一个在诗作上成绩卓然的银行家，一个献身于鸟类学的党派记者。所以在旅行中，在枯燥乏味的阿肯色州或得克萨斯州野外，我们会发现，如果我们旁边座位上坐着一个人，正在品读贺拉斯的诗作，看军事新闻，或者是体育消息的话，我们会有一种冲动去拥抱他们。当然这也需要勇气和力量，军人、海军上校以及土木工程师有时都会背叛这些精细的洞察力，只有在不当班时才会对这些能力温柔相待。人们总是会轻易陷入幻想，但是谁又能知道他不是这些幻想的玩物呢？我们能改变的只是种种说法，而不是教义本质，所以我们只能说文化能给人们带来美感。一个只追求让自己有用的人都是乞丐，他们在社会这个大机器中只能充当一枚铆钉或大头针，别无他用，所以也不会达到泰然自若的精神状态。每天我都希望人们有对美的看法和感觉，但是也因此而忍受痛苦。他们不懂得润色物体，酝酿特殊时刻所带来的魅力，对个人行为方式的魅力也一窍不通，更别提自控和仁慈。精神宁静和开朗都是绅士的标志。希腊的战争遗迹都是静止的，彰显着对在暴力行动中凸显出来的英雄们的尊敬和爱戴，就像尼亚加拉瀑布，下落时的速度之快已经无法以语言描述。文化所要创造的面孔就是兴高采烈的、富有智慧的，成功亦是如此。因为这就是大自然和智慧所要达到的目标。

当我们更高级别的能力处于运转状态时，我们都会受到一定限制，尴尬笨拙和不适取代了自然和谐的行动。人们会发现，考虑重大时刻或天文学上的空间都是对思想的尊重之举，也会带来对死亡和消逝的蔑视。美好的自然风光、绵延的山脉会使我们焦躁的思想渐渐平息下来，从而巩固我们的关系。甚至高高的大拱顶或大教堂广阔的内部空间都会对人们的一举一动产生巨大影响。我听人说过，在高高的屋顶下，或是宽敞的大厅里，即使是再拘谨呆板的人也会不再笨拙。在我看来，雕刻和绘画会带给我们得当的行为方式，抓住奔跑的灵魂。

但是不管怎样，文化总要通过更高层次的融会贯通中得到增强和提高，不管是雄辩上的、政治上、贸易上的，还是实用艺术上的技巧。用以调整和排列特定事物的思想和力量，其崇高之处只能结合所有方面进行观察才能得来。一个演说家，只要看到过事物以非凡的秩序存在，以后就会牢记脑海，会从更高的层面上来观察和处理事物，即使他自称对哲学一无所知，在处理有关哲学问题上也会

头头是道，井井有条，丝毫不会被眼花缭乱的外表所迷惑或吓倒，从而会从众人里脱颖而出。一个与华盛顿的政党首领一起占据有利位置的人会以清醒的思维和判断力阅读报纸上的言论，猜测各个地方政客的意图，他们会准确判断出所有人的目的所在。阿基米德只要看一眼康涅狄格机就知道其优劣。一个不仅知道柏拉图的作用，还有圣·约翰的人，很轻而易举地将自己处理的事情提高到一个高度。柏拉图说过，伯利克里所取得的成就受益于阿那克萨哥拉的传授，伯克在影响世事时便要从更高的境界降下来。富兰克林、亚当斯、杰斐逊、华盛顿，都是具有高尚人性的人，但之前他们也都是在啤酒店里进行着现代参议员里的唇枪舌剑。

但是文化也有其更高的秘密，绝非生手所能参透，非要精通者才行。这些都是勇者的课堂。对朋友，我们必须要熟悉他的每一面，即使是我们最不希望看到的丑陋的面孔。灾难也能成为我们的良师益友。本·琼生在给缪斯的演讲中曾明确表示：

给他长期的吝惜和怨恨，以及所有的邪恶思想，
让他一直心怀疑虑，
失去所有的朋友，
甚至迷失所有通往美好的道路。
跟我在一起你会是比单独一个人更优秀的缪斯，
你所带给我的是，福佑的贫穷。

我们总是希望通过自己的死记硬背来掌握哲学，在英雄行为中实践哲学。但是明智的上帝说过，人们应该接受说真话所带来的羞辱、贫穷和孤独。不管顺

境还是逆境,我们都应该从中学习成长。如果处境不安,那个人品质就会起到更加决定性的作用。即使变革会使你五年的时光缩聚在一年也不要畏惧;即使我们会偶尔树敌也不要软弱;偶尔受排斥也要心甘情愿,要勇敢地接受大众最冷酷无情的蔑视,这会锻炼我们的心智。尝遍世上所有的苦难和甜蜜才能最终修成正果。他必须要有能力控制自己的憎恨之情,但不应将其牢记在心。他没有朋友,也无所谓敌人,只把人当成是取得力量的通道。

　　志向高远的人在温暖的花房和受欢迎的环境中一定会惴惴不安。上帝有时会让难得一遇的人才身陷囹圄,以此考察他的坚强性格,正如果实外表的毛刺,其存在的目的就是更好地保护果实。如果等待你的是美好的事物,那它不会轻易到来,也不会穿着华丽,更不会唾手可得。受欢迎的都是漂亮可爱的玩具。波菲力说过:"艰难和困苦都是通往上帝的必经之路。"在前人的观点看来,不屑阳光的人都是伟人,与命运抗争亦是勇士之举。他们宁肯晚点起航,以避开风浪,卸除锁具,直到同伴也扬起彩旗,鸣枪放炮驶入港湾。世界上没有任何物品不能用金钱购买,而只有和蔼可亲的品行不需排在高远志向和自视清高之列。

　　高斯的母亲曾经指责贝蒂不注重自己的着装,贝蒂反驳道:"法兰克福已经这么贫穷了,如果我还不能依照自己的意愿想做什么就做什么的话,那我就不能走到现在了。"对于那些不可思议的轻浮的当地思想,年轻人必须按照其真实价值进行评估。我们活得越久,就越要忍受人们最基本的生存方式,每一颗勇敢的心都应该把社会当成孩子一样对待,决不能允许它发号施令。

　　贝蒂说过:"所有那些有严格规定的道德阶级对人性来说代价都太高了。"谁想要那些严厉苛刻的条约呢?谁想要拒绝卓越和礼貌,而成为贫穷、低级和无礼的典型呢?而那些敢于这么做的人,谁能一直保持着甜蜜的性情和高昂的精神呢?高尚的道德本身并非快乐,但是最终会赢得人们的拥护以此得到补偿。那些坚定地抵抗同代人观点的人,我们带给他们的多少荣耀,多少人类的泪水啊!人之所以成为大师,是因为他能长期让人们信服并支持自己的观点。

请允许我在这里说,文化不可能开始得太早。与学者交谈,我发现他们在更粗鲁的同伴身上,已经丢失了自己童年纯真的思想,而光这一点就能赋予想象力非凡的文学以无限的宗教品质。我还发现,作为被欣赏者的后代,那他受人欣赏的几率将大大提高,而那些现在落在别人后面而不能成为学者的孩子,不仅是落后了几年而已,甚至可能是有一代人的差距。我认为当学者本身就是一个体面像样的行为,在旧社会,人们会发现出身良好的富人,年轻时的一阵热血沸腾后都会成为心思缜密的丈夫,都会有一种感觉,通过自己的管理,所拥有的财产不会受到任何伤害,并会代代相传,完好无损。所以,一个考虑周全的人都会视自己为安抚,拯救和提高人类的人,他会回避每次通向快乐和成功的力量之旅,这会阻碍社会和世俗的积聚过程。

化石层告诉我们大自然是以最基本的形式开始的,进而上升到更复杂的形式,而地球对其生存适应到什么程度,生物就会进化到什么程度,高等生物出现,低等生物随之消失。我们中很少有人能被称为是完人的。我们身上都还残留着先前低等动物所具有的器官。地球上这百万计的人,但是他们还不能称为是人。其中有一半还面朝黄土背朝天,挣扎着获得自由,人类需要那些能使自己获得自由的乐曲。如果爱,请深爱,不管其中充满伤悲还是欢笑;如果有欲望,就势必要经历刑罚和折磨;要打仗就要拼死抗争;要行善就要满怀慈悲之心;要经商就要有足够的资本积累;搞艺术就必然遇到投资;研究科学就要穿越时间和空间的深度与前人沟通交流。只有这样才能让呆滞的神经重新波动起来,只有破茧才能冲破封堵的围墙,让新生事物生长、繁荣、自由,让我们为未来铺平道路,高唱胜利的凯歌吧!四足兽的时代已经过去,用智慧和心灵说话的时代已经到来。世界上将不会再出现任何形式的罪恶。人类文化不会节省什么,反而会囊括所有的物质材料。他会将所有障碍转变成对自己有益的工具,将所有的敌人变成助力自己前进的力量。巨大的灾难只能产生更有用的奴隶。如果有人能从大自然的努力中读出暗示人类未来和命运的线索,来改善和提高自己,并带动整个人类走向更好,我们就敢确定,没有什么是他克服不了或转变不了的。最后,文化必将打败嘈杂和混乱。他将把愤怒转化成灵感,将地狱转变成天堂。

只有公正的事物方能接近美好!

我们一旦睁开双眼,

仅仅那些线条和外在

就能迷惑住所有的感官。

请你们再次屏气凝神,

那么现有的一切才华

均能由画像的比例

纯美的色彩展露出来；
假如这些无声的艺术品丢失了，
他们所引以自豪的图案和绘画
也许会从你那开辟新的天地，
在他们真正的动向里，
一股强烈的尊严和崇敬感
指引着我们新的步伐。(本·琼生)

礼仪

据说，在我们这个世界上，居住在不同地区的人们一点都不了解彼此的生活。我们的探险远征队看见过斐济岛的岛民们食用人类的遗骨，有人说，他们还会吃自己老婆孩子的遗骨，而没有一丝一毫的忌讳。古尔诺（古希腊底比斯城的西部）的现代居民的家庭管理理念就明智豁达得有点过分。他们维持家庭几乎没有什么必需品，只需要两三个陶罐、一块磨面的石头，再加上一张当床用的垫子就可以了。他们所谓的房屋其实就是坟墓，无需交租金，也不用纳税。什么样的雨都浸不透屋顶，房屋没有门，因为屋里没什么可偷的东西，根本就不需要房门。如果他们不喜欢现有的房子了，就会离开这个房屋，踏进另一个自己比较喜欢的，因为他们手底下有很多这样的房屋可供使用。为我们提供事实依据的贝尔佐尼（18世纪末19世纪初意大利工程师、探险家和埃及学家）就补充说道："这些人至今还居住在坟墓里，周围全是古老民族遗留下的尸骸，而对这个民族他们几乎一无所知，我们和这群人一起谈论幸福，真是有点天方夜谭啊。"在博尔古沙漠里，岩石中的蒂布人仍然像悬崖峭壁上的燕子一样住在洞穴里，邻族人说这些黑人说起话来就像蝙蝠尖叫一样，有时还像飞鸟啼鸣。另外还有就是，波斯人还没有自己正儿八经的名字，彼此之间就是靠着身高、体型或者其他一些临时性的记号来互相称呼，这些根本谈不上是名字，充其量也就是绰号罢了。外面的人们渐渐来到这个人迹罕至的地区，找寻食盐、枣椰子、象牙还有黄金，进而把这些东西卖给世界上其他一些国家。那里的那些消费者根本无法与这些食人部落以及偷窃者相提并论，他们根本不属于同一个种族。在那些文明国度里，人们靠着金属、木料、石块、玻璃、树脂、棉花、丝绸以及羊毛过活。他们居住在体面的建筑里，制定了自己的法律，并借助很多国家的帮助来完成自己的意愿，尤其是他们想致力于建立一个完美的社会，让自己的仁人志士游历整个世界，或者是成立一个独立自主的贵族团体，又或者与世界上那些最优异的民族建立友好的邦交关系。这样的社会没有任何成文法律,也没有任何严格的人为束缚,却仍然能够永世长存,它把每一块新移居的岛屿变成自己的殖民地,把在世界上发现的那些人类精华或者非凡的自然美景都据为己有。

现代历史最引以自豪的事情就是创造了绅士,试问还能有什么事情能比绅士的出现更令人瞩目的呢?这种绅士情操就是骑士精神,就是侠肝义胆的忠诚。英国文学,从菲利普·西德尼到沃尔特·司各特,有一半的戏剧作品还有全部的小说都在刻画绅士这一人物形象。"绅士"一词就像"基督徒"这个词一样神圣,人们对它赋予了极其重要的意义,从此以后它成了现在以及前几个世纪的时代精神,成了一种崇高的人格还有那些难以言表品行的象征。尽管绅士一词会让人联想到轻浮和荒诞,但是人类对它那持之以恒的关注,还主要是因为他所具有那些宝贵的品性。有一种元素可以将这个世界上那些最强大的人物团结起来,这种元素使得他们彼此相知彼此友爱。这种元素非常精妙,人们可以立马觉察出来这个成员是不是和他们一伙的,具不具有共济会式的标记。不是任意一样东西都具有这种魔力,而必须是人类所具有的所有性格和才能的共同体。它看似是一种亘古不变的混合体,正如大气那样持久不变的混合物一样,尽管很多气体糅合在一起,不停地混合糅合,丝毫不会影响大气的性质。法国人对上流社会的评价"应当如此",我们也必须如此。这是上流社会所拥有的才能和情感的自然产物。这个阶级永远活力无限,在这个时代引领整个世界的新潮流,虽说不上圣洁,也谈不上是最幸福快乐崇高的人群,但是它是这个世界上迄今为止最为优秀完美的社会。它不仅仅有一群才华横溢的成员,还有着自己的精神支柱,这种精神集中了很多种诸如美德、智慧、美貌、财富还有权力这样的元素而构成一股强大的力量。

现有的所有词汇都难以表达清楚礼仪和社会文明所具有的高雅,因为优雅

的程度是不固定的,到头来却是把一些人为的感觉当作了既定的原因。"绅士"这个词本身不具有其他相关的抽象概念,人们也难以了解它所具有的品质。Gentility(文雅)这个词失之鄙陋,gentilesse(温厚)又流于古旧。然而,在我们的本语中,fashion(风尚)一词常常带有狭隘危险的意味,因而必须将它与那些绅士所宣扬的英雄气概区分开来。然而,一些常用的词汇必须得到重视,这些词很有可能会解释清一些问题的本源。诸如像礼仪、骑士精神、风尚这类的名词,我们进行区分的关键点就在于,这类名词映射的是花与果实的关系,而不是树的纹理。我们这次的目标是探讨美,而不是价值。然而现在,我们得出的结论却遭到了质疑,尽管我们的言辞已经很好地表达出了大众的感受——现象映射本质。绅士必须是实事求是的人,是自己行为的主宰,而且他的举止中都应当渗透着自己的意志,丝毫不能依赖和屈服于他人,也不应当受他人思想观点的蛊惑,也不会因为财富改变自己的立场。除了实事求是和自我主宰以外,"绅士"一词还预示了善良或者仁慈,首先是男子汉气概,然后才是文雅。毫无疑问,很多人认为,绅士本身肯定会有一个安逸和富有的环境,而安逸和富有也是绅士所具有的人格魅力和仁爱的自然产物,他们真正拥有并且散播世界上的一切财富。在动乱年代,那些杰出的人物都会抓住机遇展示自己的勇气,证实自己存在的价值。因此,在封建时代,有很多人从群众中脱颖而出,他们的名号犹如惊天动地的春雷,震耳欲聋。而且,英雄人物的力量永远都不会过时。时至今日,他们的英勇精神仍然举足轻重,在当今这个美好的社会里人员耸动,只有那些英勇务实的人们才会遐迩闻名,得到自己应有的地位和尊重。战争的争夺已经过时了,但是政界和贸易的竞争仍然继续着。我们相信,这些英雄人物会在新的领域继续立于不败之地,继续展示自己的人格力量。

　　权力至上,否则也就没有领导阶级可言了。在政治和贸易领域,好斗者和江洋大盗要比那些夸夸其谈的演说家、兢兢业业的职员更有发展前途。天晓得有多少位绅士般的人物恭恭敬敬地等待机遇的来临。但是如果从严格意义上解释绅士这词,从意义上进行强调的话,人们会发现它真正的涵义就是新颖的创造力。它所指的是这样一类人:他们独立自主,按照自己的天性办事。我们在说要有一个好主人的时候,前提条件必须得有一个温驯的动物,这个动物至少具备了无法比拟的优秀性情。然而,对统治阶级而言,事情就复杂得多了,他们必须具备普通家畜主人所具备的一切,但这还远远不够,他们必须让自己的臣民们时刻感受到那种威严的气势,这种气势会帮助减少不必要的麻烦,也让那些智者噤若寒蝉。那些精力充沛的阶级,生活中经常举办喜庆的宴会,来展现自己的友好情怀,他们胆识过人而又喜欢尝试新鲜事物,他们那种生活的激情真是难以言表,就连那些神情严肃的学者也望而生畏。女子们所展现出来的勇气就像隆狄巷战斗①,或者是一场海战那样威力势不可当,会产生无法估计的后果。面对突如其来的袭击,一些智者会利用大脑储存的知识勉强应对。但是面对这些突如其来的高手,大脑所储存的知识只不过是像一个手提篮子带着下贱标记的乞丐一样,发挥不了多大作用。社会的统治阶级必须具备处理国际事务的能力,必须能胜任全面的职责,必须是真正的恺撒式人物,具有广泛的亲和力。我真不敢苟同弗兰克勋爵那过于胆怯的言论——"必须要有两个人同时参加一场宴会,因为要有一个英勇的人去处理那些最繁琐的仪式。"我认为绅士就是那些英勇的人,他的教养礼貌是很难有人超越的;只有那些性情丰富的人才是真正的大师,那些与之交谈的人们只不过是点缀他们自己的装饰品罢了。我们这里所讲的绅士,在所到之处都能让人们马首是瞻:他在教堂里祈祷,影响远超过那些圣徒;在战场上作战,远胜过那些久经战场经验丰厚的老兵;在会堂上言行举止,令所有风雅人士黯然失色。他既能与江洋大盗为伍,也能和文学家们畅谈。因此,如果你想提防他,那纯粹是徒劳无功。他能洞悉所有的心灵,我若要否定他就等于同时也否定了我自己。那些在亚欧大陆最有名的绅士就是这样的人物,他们拥有无限的力量,诸如此类的伟人有:萨拉丁、萨博尔、希德、裘里斯·恺撒、西庇阿、亚历山大、伯里克利。他们心无旁骛地坐在自己的座椅上,才能极其卓越,超凡脱俗,凌驾于一切之上,掌控着世界万物。

　　人们一致认为,要成为这样一位全面精通的人物,一笔丰厚的财产是少不了的。然而这些物质财富只能处于从属地位,就像在跳舞中总有一个领舞的人才行。金钱不是最重要的,最重要的是那种广泛的吸引号召力,这种力量超越了党派和团体的狭隘范围,能让各个阶层的人一起响应你的号召。如果贵族只能对

---

① 隆狄巷战斗,1814年7月25日英美双方在尼亚加拉瀑布附近的隆狄镇所进行的一场战斗,堪称史上最血腥,伤亡最严重的战斗。

088

社会风尚具有影响力,而不和劳动阶级有所联系的话,那么他根本无法真正成为社会风尚的领军人物;如果公众的领袖无法放下身段和绅士们交谈,那么绅士们就能立马感觉到这个君主迷恋上自己的角色,喜欢发号施令了,这样的君主根本就没什么值得人敬畏的地方。第欧根尼、苏格拉底和伊巴密浓达都是贵族中的绅士,在贫穷和富有同时向他们张开双臂时,他们英勇地选择了贫穷。在此我只是引用了一些古人的名字,但是我所要谈论的是却是我们同时代的人们。财富不一定会在每个时代都能成就这些身怀绝技的骑士,但是每个阶层的人们都推举出了本阶级的榜样人物。我们这个国家的政治、贸易都是由这样一群鲁莽而又不负责任的人们掌控着,这群人有着执拗的创造力,拥有广泛博大的同情心,因而能和广大群众打成一片,进而使他们的活动得到广泛的认可和普遍接受。

那些品位高尚的人们逐渐接受了绅士阶层的礼仪,还以极大的热情遵守他们的生活规则。这些礼仪界的大师们彼此交谈切磋,那些聪明高雅的人们也加入大师们的行列,他们平易近人,彼此之间友好相待、相互激励。接着,这种高尚的礼仪、最得体的仪态,迅速在人群中间传播开来,得到了越来越多人们的拥护和支持。之后,人们迅速达成一致——丢掉一切多余的繁文缛节,将那些优雅的礼仪发扬光大。高雅的礼仪在未开化的野蛮人面前显示出了势不可当的威力。这是一门微妙的防御科学,用来阻挡和胁迫敌人。然而,一旦发现与对手旗鼓相当,他们便会放下利剑---攻击和防御能力就都消失了。由此,青年人会发现自己置身于一个更加透明的氛围里,在这里人生成为一场轻松有趣的比赛,因为赛手之间不会出现任何摩擦误会。礼仪的目的在于促进生活和谐,消除各种障碍,让人们轻轻松松充满活力。礼仪在我们的交易和交谈中起着润滑剂的协助作用,就像有了铁路出行才能更加便捷一样,礼仪为我们扫除前进路上一切可避免的阻碍,人们因此无需担心会应对任何难题,只需留出闲心来欣赏无限宽广的美

BLUE BUN
AERIA
GOLF C
PICTURE • PALA
CHANGE HERE FOR
PEKIN
MARGATE
LEICESTER SQUARE
HEATH
OBINSON

CLUB HOUSE
BARGAINS
SALE
SALE
LUNATIC ASYLUM
ALHAMBRA
CHICAGO
PUTNEY
BERLIN

景便可。这些礼仪很快就固定下来了,一种更为得体的礼貌意识继而得到了更广泛的推广,于是礼仪也就成了文明社会和社交规范的象征。礼仪的发展促进了风尚的产生,这两者之间的区分并不明显,只是风尚确实是一股最强大、最美妙、最变幻莫测的力量,也是人们最惧怕但追随最多的潮流,即便道德和暴力在它面前,也毫无用武之地。

权力阶层和那些排外的附庸高雅的上流社会之间有着千丝万缕的关系。上流社会里充斥着达官显贵,反过来达官显贵们利用权势又不断扩展自己的阵营。这些有权优势的人又进一步加剧了风尚的不确定性,使其更加变幻莫测,因为他们在风尚的易变中找到了归属感。拿破仑,这个革命的产儿、老贵族的终结者,从未停止过对圣热尔曼区的渴望。毫无疑问,他对此地区怀着这样的信念:地区的风尚可以使这里的臣民对他更加俯首帖耳。虽然是以一种奇异的方式,风尚体现了一切果断的美德。这是一种凋零的美德,是一种死后的荣誉。它并不眷顾伟人们,而是对伟人的后代青睐有加。它是一座纪念"昔日"的殿堂,往往与当代的伟人针锋相对。伟人一般进不了风尚的殿堂,他们在此领域徒劳无功,尽管不停地奋斗着,却一无所获。伟人们的子孙成就了风尚,这些子孙因为有先人的功绩和美德做铺垫,自己的姓氏也有了无尽的光彩,自己的身上也印上了卓越的印记,自己的生活也有了文明和慷慨大度的滋润,自己的机体内部也有一种成就健康和优秀的基因。如果说他们拥有的不是工作的最高能力,那么他们肯定具备了充分享受生活的特权。科尔特斯、纳尔逊、拿破仑这些掌权阶级、永垂千古的英雄人物或许明白了风尚就是无尽的欢宴和永恒的庆贺,这些殊荣他们也曾经领受过。风尚就是那些找到存在价值的才华,就是那些已被消耗殆尽的墨西哥、马伦戈特拉法尔加。他们看到风尚已经把那些曾经如雷贯耳的大名又带回了现在,大受人们的吹捧,就像五六十年前他们所受到的拥戴一样。这些伟人是风尚的播种者，他们的子孙才是真正的收获者。然而，在事物的发展进程中，他们的子孙又被新一批眼光更加敏锐、体魄更加健壮的竞争者抢去了丰硕的果实。城镇是乡村发展到一定阶段的产物。人们说，一八〇五年欧洲国家的所有正统的君主都是低能儿。如果不是乡村田野的磨炼，今天这些城镇也许早在多年前就灭绝、腐烂、瓦解掉了。昨日的乡村发展成了城镇，进而变成了现在我们所看到的都市和宫廷。

贵族和风尚都是时代发展的必然产物。这两者之间的互相选择和磨合的进程是牢不可破的。如果他们联起手来激怒了最弱势阶级，那么这些遭受压迫的劳苦大众就会奋起反抗，用自己的铁锤打垮那些占少数人口的统治阶级，并将其消灭，一个新的阶级就会马上登上了统治的宝座。这道理就像一碗牛奶上面必然要飘起一层奶油那样简单易懂。如果民众消灭了一个又一个的阶级，直到最后只有两个人存活下来，那么其中的一人必然会成为领导，另外一个就身不由己地侍奉效仿自己的君主。你也许认为这少数派成不了什么气候，因此根本就不把他们看在眼里记在心里，但是这少数派的生命力极其顽强，而且也是这个国家的重要组成部分。我了解他们的成就，因此对他们这种韧性、不屈不挠的精神感受至深。他们对那些细微琐碎的事物也管理得井井有条，我们从他们身上认识到了：不要把持久的统治当作想当然的事情。我们生活中很多人都受到过一股强大的道德教育的影响，比如爱国运动、文学革命、宗教活动等运动的影响，由此我们深刻地体会到了道德力量统治着自然和人类。我们想当然地认为所有的区别和联系都是脆弱易变的，这就像社会地位或风尚一样飘忽不定。然而，年复一年我们看到却是少数阶级所具有的旺盛生命力，在波士顿或者纽约人的生活中，即便在没有国家法律政策的支持下，它依然发挥着重大影响。埃及或者印度有着这个世界上最牢不可破或者最不可逾越的阶级界限。这里无数的社团、组织通过这样那样的渠道相互联系着。这里有商会、军团、大学社团、消防俱乐部、专业协会、政治、宗教会议等。在这里,人们促膝交谈、亲密无间。然而,一旦聚会结束了,各个成员一年都不能再见到彼此。他们都各自回到自己所属的阶层,瓷器还是瓷器,陶器还是陶器,互不牵扯。也许风尚的目标是琐碎的,抑或者风尚根本就没有目标可言,但是决定这种集会和交流的因素却并不琐碎也不随机。在这个等级森严的社会,人们的阶级地位取决于他们在社会结构中与其身份所处的对称地位,或者取决于大众对其在社会结构中对称地位的认可。同一阶级的大门只会应本阶级的需求而打开,那些天生的绅士会轻易走进去,并把那些老贵族赶出来,因为他们已经丧失了固有的阶级地位。风尚了解自己的本性,那些本身具有良好教养、身世显赫的人们能够在别的国家迅速找到自己的同类,并能够很自然地亲热交谈起来。在伦敦和巴黎,那些野蛮部落的首领只需亮出自己的腰垫,就能立马显示出自己高贵的地位。

如果我们要列举风尚的好处,那么最首要的一点就是它根基于现实,最痛恨那些虚情假意的人——风尚的乐趣就在于把那些虚情假意的人排除在外,将其弄得晕头转向,让他们永不能踏入风尚的殿堂。我们反过来会谴责那些阅历丰富的人们,谴责他们的老于世故。然而我们严格按照自己的礼仪标准审视一切事物,哪怕是那些最琐碎的事情,这种审慎的态度便构成了侠义精神的根基。任何一种自助,不管多么健全多么完善得体,都会受到风尚的影响,在通过风尚的考察后便会得到一种自主权,能够自主处理自己的一切事物。圣洁的人总是高雅得体的,如果他愿意,可以畅行无阻地进入任何一个戒备森严的圈子。命运弄人,那些赶牲口的小伙子也会被阴差阳错地带到了风尚浪尖上,只要他面对这绚丽的新环境没有晕头转向,不会没有自知之明脚穿铁靴还想跳华尔兹和那些轻松活泼的舞步的话,也能顺利通过礼仪的考验,并能找到自己的乐趣。因为礼仪

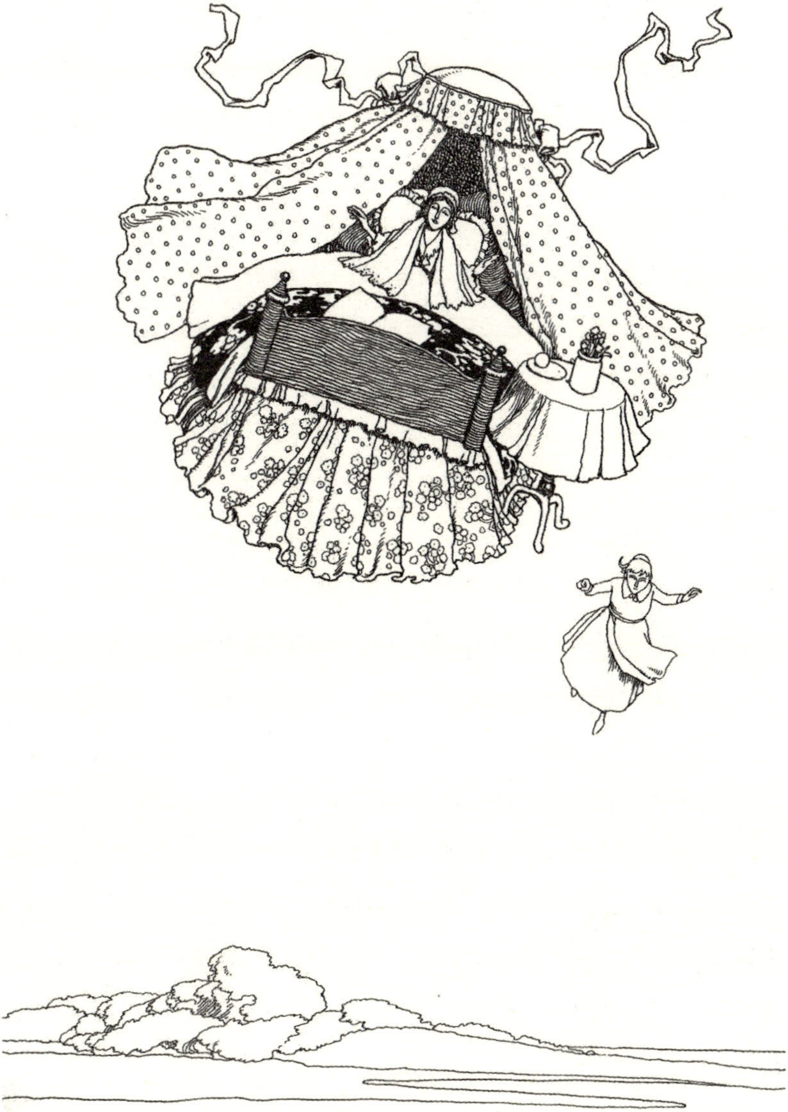

本来就不是固定的，而且个体的力量远远高于那些死板的行为准则。初涉舞场的少女、初涉都市宴会的乡下小伙，都心知肚明必然有一定的礼节约束着自己的行为，寒暄问候是少不了的，否则那些不按照礼节办事的人必然会被扫地出门。慢慢地他们就明白了，要想任何时候要保持好自己的仪态就必须具备良好的判断力和温顺的个性，畅所欲言还是保持沉默，开怀畅饮还是滴酒不沾，留下还是离开，是规矩地坐在椅子上还是和孩子们一起舒展地躺在地板上，是倒立还是直立，诸如此类的抉择等等等等，他们就这样以一种独特而原始的方式学会了这些社交规则。坚强的意志总是合乎风尚的，谁不想合乎风尚就随他而去吧。风尚所要求的无非是泰然自若以及自我满足。那些具有良好教养的人必然是明智之士，在他们这个圈子里，人们固有的礼仪和个性都清晰地展示出来了。如果那些自封为最时尚的人却没有教养，那他就一文不值了。我们都倡导自助，如果有人对自己目前的地位非常满足，根本就无需任何人的好评来做点缀的话，那么我们就会很容易原谅他身上的其他不足。然而，你若对社会上那些显要人士卑躬屈膝，那么你也就丧失掉具备高尚资质的特权了。他只是个下属，我和他没有任何瓜葛，我想和他的领导讲话。人不应当到一个远离他的地盘或社交范围的地方去生存，不是说他的亲朋好友必须得亲身随同，而是说那个地方必须具备熟悉亲切的生活氛围。面对新的人群，他应当保持同样心态来面对眼前生疏的人际关系，这是日常交往所避免不了的，否则他本身所具备的亮点都会被埋没，继而成为形单影只的孤儿，别人的欢笑从此都与他无关。"要是你还能看到维奇·伊恩·沃尔翘起尾巴就太幸运了！"但是维奇·伊恩·沃尔从此以后就只能随身带着自己的行李过活了，这种生活如果不能算作一种附加的荣耀的话，那也只能是脱离社会后茕茕孑立的失落了。

现如今，总有一些人会成为社会认可的精神支柱，任何时候他们那轻微的一譬就无形中给那些好奇的人们这样一种信息：他们在这个世界上的地位是牢不可破的。他们都是管理小神灵的要人。把他们的冷漠视为神灵赐福的先兆并心怀感激，允许他们所有的特权吧。他们很清楚自己的职责，他们若不是具有一身的本领，人们也许就不会这么敬畏他们了。但是请不要以他们的自负来衡量这群人的重要性，或者想象着花花公子也会成为决定荣誉和耻辱的主宰。他们拥有自己的规则系统，否则他们这群作为时代的起航者，如何才能肩负起挑选适合人选的重任呢？

人与人之间最重要的就是真实性，因此我们在任何一种社会形态里都能找到这种真实性。我们通常直截了当地直呼其名，介绍新朋友互相认识，实事求是地讲，这位是安德鲁，这位是格雷戈里。他们直视对方的眼睛，紧握对方的双手，通过观察对方的外部特征来记住面前的这个人。多么温馨的事情啊！绅士从不躲避别人的目光，他直视对方的眼睛，首先要传递给对方的是：我就是你所要见的人。我们究竟想从无数的拜访和款待中期待些什么呢？难道是为了对方门上的帷帐、墙上的壁画、抑或是屋内的装饰？还是我们依旧会不厌其烦地询问"有人在家吗"？我也许可以随便走进一所大豪宅里面，这里资产雄厚、家具齐全、舒适、奢华、有品位，然而却难以见到支配这一切财物的主人；而当我走进一家农舍，远远的就看见一位农民在屋里，他也能感到我是特地来找他的，因而走出来亲热地迎接我。因此，如果一位绅士有宾客要来，那么即便是自己的君王召见，也不应当偷偷溜出家门，而应在家门口迎候贵客，这是古老封建社会礼仪中最为基本的一条。没有主人接待的府邸，即便它是杜伊勒利宫（法国旧王宫，始建于1564年，1871年被焚毁，现尚存于杜伊勒利花园）或者艾斯克利亚尔建筑群，也毫无价值根本不值得亲自拜访。然而，这些豪宅即便有主人接待，那种待客方式也难以让我们满意。据我们所知，几乎所有这样的达官显贵都有一栋漂

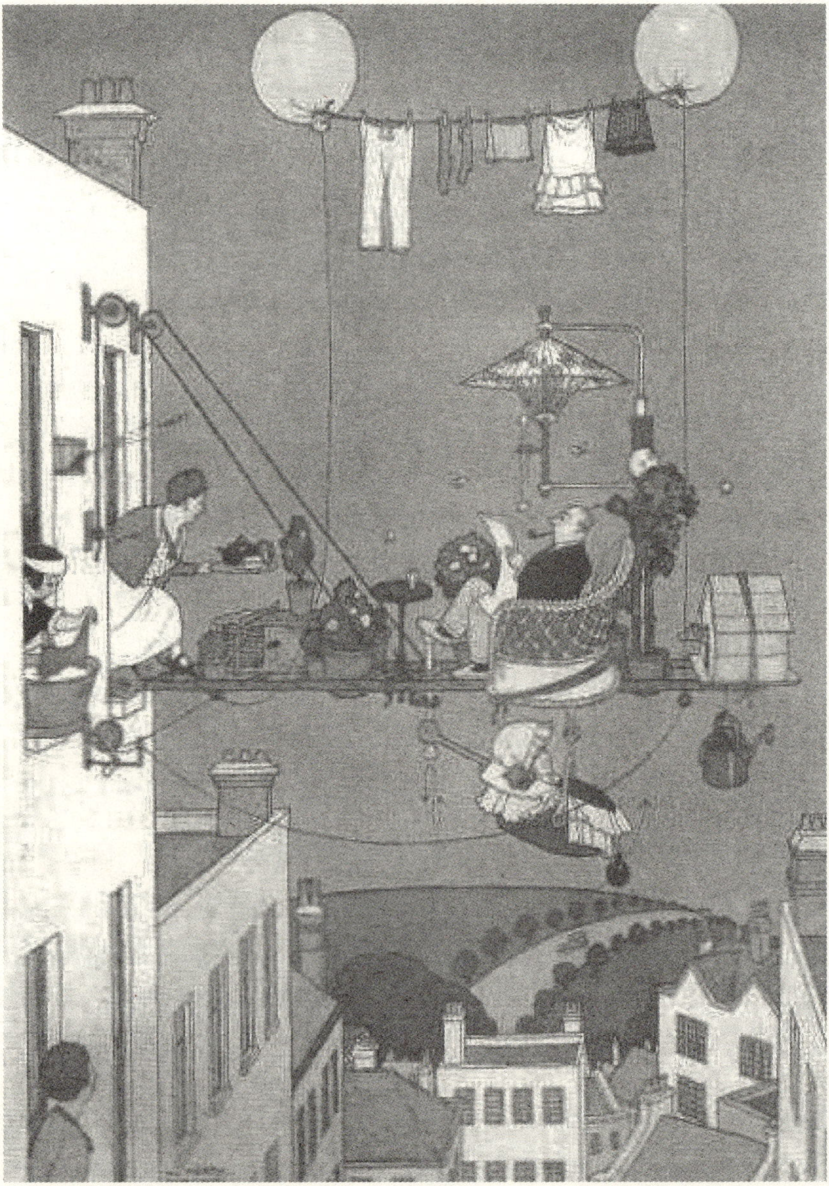

亮的房子，里面藏有精美的图书，有温室、有花园，配有成套的装备，还有各种各样的小玩具，然而这些东西犹如一道道屏障横在主人和客人之间。这让我们觉得，人都有一些诡秘、躲躲闪闪的习性，他们害怕把自己完全暴露在同伴之下，难道不是吗？然而我也明白，要强迫人们把这些屏障都拆除掉，还真有点不近人情了，不管来客有多显贵或者是渺小，这些屏障确实提供了一些实实在在的便利，让主人好有些心理准备。我们会邀请一些朋友过来玩，他们会彼此间自娱自乐，他们也会就屋内的一些奢侈品和装饰来和一些年轻人调侃，我们就可以落的清闲而不用费劲心思招待他们了。如果哪天，一位百折不饶、就爱打破砂锅问到底的现实主义者突然来到我们门前，我们又不想和他面对面地交锋，这时我们就可以躲到帐子后面，这就像伊甸园的亚当听到上帝的声音赶紧躲起来一样。法国教皇在巴黎的使节——红衣主教卡普拉拉，为了躲避拿破仑锐利的眼神而专门戴了一副奇大无比的绿色眼镜。拿破仑注意到了这副大眼镜，很快就想出了办法让对方把眼镜摘掉。然而当事情发生在拿破仑自己身上时，就没他想象中的轻松了，尽管他有几百万大军做后盾，还是难以抵挡一双自由人的眼睛，而是依靠礼仪用三道屏障把自己保护起来。全世界都从史达尔夫人那里了解到：拿破仑如果发现人们在盯着他看的话，就习惯性地收起所有的面部表情。然而，帝王和富人向来就不是待人接客的行家，地租账和花名册从来就不能使偷偷摸摸、遮遮掩掩的人们变得威严高贵。礼仪的第一要义在于诚恳相待，这也是一切教养良好的人必须具备的品质。

  我最近一直在读赫兹里特先生的翻译作品——蒙田先生的意大利旅游见闻，真的是为当时那股自尊的时代风尚所深深折服。因为他是一位法国绅士，因此他的到来也就成了一件要事。无论他走到哪里，只要沿途有王子或知名绅士的府邸，他都要亲自拜访，这不只是自己的职责所在，更是文明社会应有的礼仪。不管任何住所,只要他住过几周,在离开之前他定要找人把自己的纹章油漆一遍挂起来,以此来表示自己对这栋住宅的永恒纪念,这也是绅士所具备的品质。

除了这种高雅的自尊以及良好教养所具备的特质以外,我最想强调和坚持的一点便是尊敬。我希望每把椅子都可以成为王座,人们可以像尊敬国王似的来敬重它的主人。我希望朋友之间也可以存在一种威严,而不要过于亲密。就让我们从自然那些难以言传的本性以及人类那超凡脱俗的独处中学会独立自主吧;就让我们彼此之间不要太熟悉,给彼此留些遐想的空间吧。在人们走进自己的房屋之前,我倒是希望可以领他先穿越一间布满威严庄重雕塑的大厅,这有助于提醒他保持内心的平静和从容。我们应当像刚从国外归来一样,珍视在国内的每一个清晨,白天里终生相守,待到夜晚我们又像将要远离他乡那样,对每个夜晚恋恋不舍。在这个世界上,我希望每个人都是一座不可侵犯的岛屿。我们就像奥林匹斯山上的众神那样,围绕山周围分立而坐,他们既能侃侃交谈又能保持适当的距离美感。没有任何尘世间的纷纷扰扰可以影响到这片圣地。这就像是保持对方永久甜美芬芳的没药和迷迭香。情侣之间也应当保持一种陌生感。如果他们过于亲密,一切美感便会变得混乱而庸俗乏味。要把这种尊敬升华到中国礼仪所固有的矜持层次上并不困难。但是淡泊明志、宠辱不惊才是真正可贵的品质。绅士默而不语,淑女娴静致远。可以理解的是,我们经常嫌恶那些入侵者,他们为了一些琐碎的便利,便把布置整洁的房屋搞得鸡飞狗跳,确实招人憎恨。同样的,我们也非常厌恶有些人为了迎合邻居的需要而滥用自己的同情心。难道我们就必须非得迎合彼此的趣味吗?因为即便是傻子,彼此在一起住久了也会知道对方的喜好。在此我恳求我的朋友们,如果你想吃面包,就直接向我要面包,如果你想要黄樟或者砒霜,那也尽管向我直接说好了,不要把盘子直接递给我,好像我是你肚子里的蛔虫对你的心思一清二楚似的。任何自然的礼仪都因为审慎和隐私而变得威严。让那些礼仪的奴隶去忙乱吧。无论多么遥远,对我们礼仪的一切赞美和仪式都能让我们联想起命运的庄严和神圣。

礼仪之花是承受不起过多的拨弄的,如果你胆敢拨开它的叶子想一探它的内部构造,那么你会发现自己的这项探索也是需要动脑子的。对人类的领袖人物而言,他们的大脑、肌肉还有心脏在各自发挥功能上都必须成恰当的比例。礼仪上的过失往往是由于缺乏敏锐的领悟力造成的。人类的躯体构成过于粗糙,以至于难以承受精妙的优雅举止和习俗的考验。对于良好的教养来说,兼备友善和独立自主的品性是远远不够的。我们急切地想在我们的同伴身上找到发光点,这也是出于对美的敬重。田野和工场里本身还需要别的其他美德,然而即便是与那些我们最熟悉的人交谈,一定的情趣也是必不可少的。我情愿和那些不尊重真理或法律的人一起就餐,也不想和一个邋遢的不修边幅的人在一起吃饭。道德品质统治着这个世界,但是在短距离内,理智成了一切事物的主宰。在我们生活的各个方面,适宜和公正已经成为衡量事物的统一标准,只不过没有以前那么严格罢了。在精力充沛的能人志士这个圈子里,人们所有的共同优势便是良好的判断力,克服种种限制,为达到既定目的而不断奋斗。良好的判断力几乎容纳了所有的天赋。它的性质中还包含一种社会性,尊重一切能使人们团结起来的事物。它喜爱分寸,它对美的热爱主要是体现在对尺寸和比例的热衷上。那些经常大呼小叫、夸大其词或者气势汹汹的人只会把整个客厅的客人吓跑。如果你想别人爱你,那么就先热爱分寸吧。如果你想掩饰自己缺乏分寸的不足,那你必须得有惊人的才能或者是超人的天赋了。这种洞察力可以擦亮和完善社交手段的所有部件。社会可以承载容纳一切才能和特殊天赋,但是因为它的性质是一种集会,因此它热衷一切集会性质的活动,或者是能把人聚在一起

的事物。因此,依据是促进还是破坏友谊的标准,也就有了好的和差的行为举止之分。因为风尚并不是绝对的良知,而只是相对意义上的;良知不是只从属于某个人的,而是公众所共有的品质。它憎恨性格中的乖戾、尖锐,也憎恨争吵不休、自高自大、孤独自闭、郁郁寡欢的人们。它憎恨一切妨碍社会和谐的事物,然而它敬重一切让人精神百倍的特性,因为这有利于促进人们互相友爱和睦相处。一般情况下都是通过灌输智慧来提高礼仪的价值,但是理性所散发出来的光芒同样深受上流社会的青睐,因为它是社会准则和信誉最宝贵的财富。

我们的欢乐必须接受阳光的滋润,但是必须把光调得柔和些,遮挡一下,要不然就太刺眼了。精确在美感中必不可少,就像礼仪中急需敏捷的洞察力一样,但是过于仓促地作出决定也是不可取的。有人在社交中过于精确,对时间控制得分秒不差,对事物过于精心。如要进入美的殿堂,他必须把那洞悉一切事物的本事收敛一下。社会喜爱克利奥尔人的天性,喜爱低迷慵懒的举止,因为这样的举止可以掩盖理智、优雅和善意;社会喜爱一片沉寂的氛围,因为这样可以解除批评的尖锐武装,或许还因为这样慵懒低调的人可能会留有一手,不会在一些表面的事物上耗费心神,而是为最后的比赛积蓄力量;社会还喜爱睁一只眼闭一只眼,因为这样就不会看到烦恼、变更和一切不便,而这些负面事物却可以让敏感者眉头紧锁、缄口沉默。

因此,除了那些培养高雅品位所需的个人才华还有敏锐的洞察力之外,贵族阶级还必须具备一种更为重要的品质——善良,这一品质早已得到全社会的关注,并且映射了不同层次的慷慨大度,从最卑微的办事意愿和能力到至高无上的宽宏大量和仁爱。我们还必须有洞察力,否则彼此之间就会南辕北辙,难以找到合适的谋生之道。然而,智慧本身就是利己空洞的,要想在社会上出人头地,还必须具备一定的诚心和同情心。如果一个人本来就沮丧失意,那么在和人们的交谈中他就会发现在自己的脑海里难以找到适合场合的话语。他所有的话都因此而显得驴唇不对马嘴。如果一个人和人们交谈得非常开心,那么他就会得心应手,能在恰当的时机巧妙地表达自己。那些社会的精英人物,又被称为"具有完整灵魂"的人物,他们都是一些能人,不仅富有智慧更有着独特的人格魅力,完全不会以自我为中心而冷落了同伴,相反他们会让大家过得很充实,让分分秒秒都有意义;不管是在婚礼还是葬礼上,舞会或者是陪审团中,水上聚会还是射击比赛,不仅自己能得到满足感,也让别人心满意足。英国是一个盛产绅士的国度,一切应有尽有,在本世纪初就出现了一位深受世人爱戴的天才人物——福克斯先生。这位模范天才不仅能力超群,而且天性酷爱社交,热爱民众。伯克和福克斯因意见不合在下议院展开了激烈的辩论,在议会史上这种激烈精彩的辩论实在少见。福克斯向自己的老朋友饱含深情地陈述彼此间深厚的友情,在场人员无不感动得泪流满面。另一则趣闻因为和我在此想陈述的主题密切相关,因此想斗胆借用一下

他的故事。有个商人长久以来一直在跟他催债,要他偿还一笔三百吉尼的期票,一天这位商人看到他正在数金币就又过来催促他还钱。福克斯说:"恐怕不行啊,这是还谢立丹的钱啊。这是一笔信用欠款,万一我遭遇什么不测的话,他可就拿不出什么凭据了啊。"那个债主说道:"既然这样,那我把这笔债也改成信用欠款吧。"接着就把期票撕得粉碎。福克斯感谢商人对自己的信任,把钱还给了他,说道:"欠他的债更早一些,欠谢立丹的债再往后推推吧。"他热爱自由,关爱印度人,热爱非洲奴隶,深受人们的欢迎爱戴。1805年他访问巴黎期间,拿破仑就对他说:"福克斯先生永远是杜伊勒利宫最为重要的客人。"

也许我们不论何时都把仁爱作为礼仪的根基,在此大肆赞美礼仪,有点显得滑稽可笑。风尚这一变幻莫测的景象这时便会站出来,嘲笑我们的赞歌。但是,我不否认风尚从一定程度上讲确实是一种象征性的社会规范,同时我依旧相信仁爱是礼仪的根基。如果能力允许,我们必须具备礼貌这一素养,但是最重要的便是尽一切力量让礼仪成为社会风尚。风尚假装成为一种体面的风范,然而在所有人看来,往往只是舞厅的规范罢了。然而只要它是最顶层的阶级,那么这个圈子里的精英人物就深信:自己这个圈子里肯定会有一些必不可少的品质和一些优秀的潜质。但是我们不能由此得出人类愿意轻信任何反常荒谬的事情。这些神秘仪式让那些乡野村夫由衷地敬佩,人们对了解上流社会的细节变得越发好奇,这些现象都不能说明人们对于文明礼貌的普遍热爱。我明白,如果我们真正进入那公认的"顶层社会",按照诸如公正、审美、利益这样奢侈的水准严格要求在场的每一位人,那么我们就会发现人与人之间的悬殊实在是大得滑稽可笑。君主和英雄,圣人和情人,这些雅士还不是引领时尚的人物。时尚也有很多的等级,也有很多试用、接纳的规矩,时尚并非仅仅只是那些高雅的事物。人们不仅仅可以享受征服一切的权利,天才对这种权利情有独钟,人类个体也可以尽情地展示自己那自然流露的高贵气质，而不会对眼前的一切提出过多的要求。因为时尚喜爱的是英勇猛将，就像希神瑟茜女巫喜爱那些有触角的同伴一样。有位绅士今天下午会从丹麦过来；那位是莱德勋爵，昨天刚从巴格达过来；这位是弗里斯船长，从特纳盖恩角赶过来的，还有这位是西姆斯船长，刚从地心里窜出来；这是热瓦纳先生，今早上刚乘热气球降落；这位是改革家霍布莱尔先生；这位是尤尔·巴特牧师，他在自己的主日学校，使得整个热带地区都皈依到他的门下；这位是托雷·德尔格雷克先生，他用那不勒斯湾的水浇灭了维苏威火山；这位是波斯大使斯巴希；这位是杜尔·威尔·沙恩，这位被流放到尼泊尔的总督把新月当成了自己的马鞍。然而这些人物犹如昙花一现，只是短暂的耀眼，明天他们就被赶回原来的小角落里，因为在时尚的大堂里，每个座位都有无数的人观望着。艺术家、学者还有那些最为普遍的知识分子，他们绞尽脑汁想进入时尚的殿堂，通过自己的成就为自己赢下立足之地。还有一种途径就是广泛体验各种生活，在圣迈克尔广场度过整整一年，浸泡在科隆香水里让自己芳香洋溢，受人邀请并得到引荐，在人物传记、政界和闺阁韵事方面都略知一二，为自己打下牢固的基础。

然而这些华丽的装饰也许融入了很多优雅和智慧。让那些寺庙的大门和各个房间都装饰上神奇古怪的雕刻。让那些信条和戒律也可以像滑稽的诗文模仿那样以一种低俗不雅的方式展示威严。礼貌的一切形式，都无一例外最大化地再现了仁爱的价值。如果这些礼貌的话语出自自私自利人的口中，用作谋私利的手段，结果又会怎样呢？如果那些伪君子以虚假的礼貌将诚信一词彻底泯灭，又会发生什么后果呢？如果那些伪君子们表现得温文尔雅，对自己的同伴滔滔不绝，不给别人发表意见的权利，使他人觉得自己完全被排除在外，那这对我们的礼仪又会带来什么影响呢？服务到位不会丧失自己的尊严。慷慨大度并不是法国人的特权，也不是感情用事的代名词。毫无疑问，民众的眼睛和仁爱的激情

105

最终会把真正的绅士和伪君子区分开来。当代人对于詹金·格劳特爵士的墓志铭已有所感悟:"这里埋葬着詹金·格劳特爵士,他深爱着自己朋友,也征服了自己的敌人;嘴巴享受了食物的甜美,双手偿付了应付的代价;他仆人掠夺的一切财富,他都一一归还;如果某个女人给他带来了欢乐,他穷尽一生也要养活她;他一刻也没有忘记自己的儿女,谁要敢动他们一根手指,他就算拼了命也要那人付出代价。"我们的英雄人物并没有就此完全灭绝。平民百姓中也有值得我们尊敬的人物,他站在码头上,奋不顾身跳下水去营救那落水者;仍然有一些怪人投身于慈善事业;一些无家可归的奴隶默默地给人指引道路,给人提供力所能及的帮助;那些波兰的朋友,那些希腊独立运动的支持者;还有那些热心人,自己一把年纪却依旧为子孙后代种下遮阴树,种下硕果累累的果园;还有那些不为人知的善行;还有那些背负恶名依旧自得其乐的耿介之士;还有那些视财富为粪土,迫不及待想把它散尽的热血青年。这些都是社会的中坚力量,直接推动了社会的发展进步。这些也是风尚的缔造者,他们试图规范生活中的行为美德。从理论上讲,所谓的美丽慷慨人士指的就是教会的那些大夫和福音散布者,如西庇阿、熙德、菲利普·锡德尼爵士、华盛顿,以及那些纯洁而英勇的人们,他们用自己的言行来崇尚美。真正的贵族阶层不一定就天生具备高贵的精神,或者是那些和贵族沾点边的人才具备贵族气质,正如光谱最强大的化学能量恰好在光谱范围之外一样。然而这也是管家们的弱点,君主就在自己面前却浑然不知。有了这些阶层的存在和至高无上的尊贵,才有了现在的社会准则。他们的到来应验了古老的预言。古老诸神预言道:

苍天和大地永远是正义的化身
尽管混乱与无尽的黑暗也曾独霸世界;

我们以苍天大地为证,
用我们坚实美丽的身躯证实了一切;
因此,一股崭新的美感紧随我们而来;
我们身上产生了一股比美更强的力量,
这股力量必定可以协助我们,
光荣地战胜古老的黑暗:
因为,它是永恒的法则,
美中的胜者必然也是最高权力的主人。

(引自济慈《海伯利安》第二章)

因此,在上流社会的高雅人种圈子内部,还有一种范围更为狭隘、层次更为高档的圈子,这里凝聚了时代的光芒,布满了礼仪之花;这里犹如内廷和皇室一样,渗透着一种不言而喻的高傲霸气;这里也是仁爱和骑士精神的殿堂。这个殿堂里汇聚了这样一群人,他们天生就带有一股英雄气概,热爱美,喜爱社交,能够美化装饰昔日的辉煌。如果那些组成欧洲最纯粹贵族圈的个体,那些百年来严格保护自己纯粹贵族血统的人们,能够接受我们的检验,我们得以放慢脚步严格审视他们的行为的话,那么这些贵族中间就找不出真正的绅士和淑女。这是因为,尽管从整体来看,贵族阶级那些高贵典雅的礼仪和教养让我们由衷地佩服,但是单单拿出某个个体来看的话,他们的行为远不尽人意。这是因为优雅的气质不是教养所能赋予的,它是与生俱来的。必须抱有一份宽容的心态,否则一味地排斥失礼行为就没有实际意义。必须是由天才来掌握大局,它绝不是要人表现得彬彬有礼,而它本身就是一种礼貌。高尚的行为在小说中很少见,在现实生活中也是凤毛麟角。司各特因真实地刻画上流社会的言谈举止而倍受人称赞。

当然了，在作品《韦弗利》问世以前，国王王后、贵族贵妇们完全有理由指责那些针对他们的荒谬言论，但是司各特的人物对话中没有丝毫责备的意味。他的贵族们互相讥讽嘲弄不甘示弱，但是对话隐晦含蓄，如果再次阅读便感觉索然无味，因为小说里面没有鲜活的生命。唯独在大师莎士比亚的笔下，人物没有矫揉造作，人物特色自然流畅，对话也很精彩美妙；在他笔下我们感受到在英国和基督世界里，做一个有教养的人是多么荣幸的事情啊！在我们的有生之年，有机会在那些天性自然流露的男男女女身上领略那高贵礼仪的魅力，这些人一言一行都展示着自己的个性特点。美的体型举止胜过美的脸蛋；优雅的行为举止又赛过美的体型。与雕塑和绘画相比，优雅的言行更能令人愉悦，它是艺术界精品中的精品。在自然万物当中，人只不过是再微小不过的生命体；然而，人类身上所映射出来的道德光辉，其威力抵得上任一个特大事件，人类的礼仪足以和天地的威严壮观相抗衡。我见过这么一个人，他的教养完全合乎上流社会的规范，但绝不是从那里学来的。他的行为举止独特新颖，俨然具有一种君临天下的气势，不仅给他一个保护层，也给予他应有的财富。他无需上朝求助，眼睛中便一直带着轻松欢乐的神情。他因广泛开启了生活方式的大门而振奋不已，他摆脱了礼仪的束缚，像罗宾汉一样欢快、神采奕奕、性情温和、崇尚自由。如有必要，他还可以摆出帝王般的神态——冷静、严肃，在众目睽睽之下也表现得自然大方。

户外、田野、街道以及公共的会堂都是男人实现自己意志的地方，而在自己的家门口就交出或者收敛一下自己的锋芒吧。女人依靠自己的行为本能就能立刻察觉出，眼前的这个男人爱斤斤计较、冷漠无情或者是愚蠢木讷，换句话说就是缺少那种大方、潇洒、高尚的情操，而这些品质就像大厅的外观一样，对一个人来说是必不可少的。我们美国的社会制度是有利于女性发展的，在这一时刻我深刻地感受到我们国家一个主要的福祉就是女性非常出色。男人意识里的那种令人尴尬的低贱或许导致了一种新式的骑士精神——支持女权独立。正如那些激进狂热的社会改革者要求的那样,让女人也发挥自己的才能从事法律和社会工作。我完全相信,女性骨子里就具备一种鼓舞人心的愉悦天性,而且只有她们自己明白什么样的服务才是最好的。有时候,妇女性情中那种慷慨大度会把她们自己提高到英雄帅气以及一种近乎神圣的高度,从而证实了密涅瓦、朱诺或者波林妮亚的英勇事迹。她们前进的步伐如此坚定,以自己的行为告诉那些最粗野的算计者:除了脚下的路以外,还存在着另外一条不为人知的道路。然而,难道除了那些我们在想象中占有极高地位的缪斯以及德尔福的西比尔之外,就没有这样的女子了吗?她们在花瓶里倒满美酒,插满玫瑰花,整个房间立刻美酒四溢、芬芳满屋;她们激起我们对礼仪的向往;看到她们我们不再拘谨,而是敞开心扉滔滔不绝;她们用油软膏圣化我们的眼睛,因此我们可以看透一切。我们说出埋藏内心很久的话语,那些使我们习惯性缄默的墙壁顷刻间全部倒塌,我们海阔天空侃侃而谈;我们返老还童,就像和同伴们一起嬉戏玩耍的孩子,在广阔的田野里采摘遍地的鲜花。我们呐喊,让我们沉浸在这些美好中,过几天,过几周,那么我们都会成为乐观开朗的诗人,我们笔下就会涓涓流出五彩斑斓的浪漫诗篇。女人就是启发浪漫情感的源头。是哈菲兹还是菲尔多西曾经这样称赞过自己的波斯妻子里拉:她是一股强大的力量,看到她每天都神采奕奕,每分每秒都幸福满满,浑身上下透露着高雅的气质,她那股旺盛的生命力着实令我惊讶万分。她具有强大的感染力,能把性格各异的人融入进一个社会,就像空气或水一样,是一种具有广泛溶合力的物质,她能很自然的和成千上万的不同物质融合在一起。她走到哪,哪里就会变得生机勃勃。她是一个个体,也是一个集体,所以无论她做什么,都能切合事宜,得心应手。她如此富有同情心,乐于逗他人开心。她的举止高贵典雅,可以说在任何场合没有哪位公主可以比她更端庄、更得

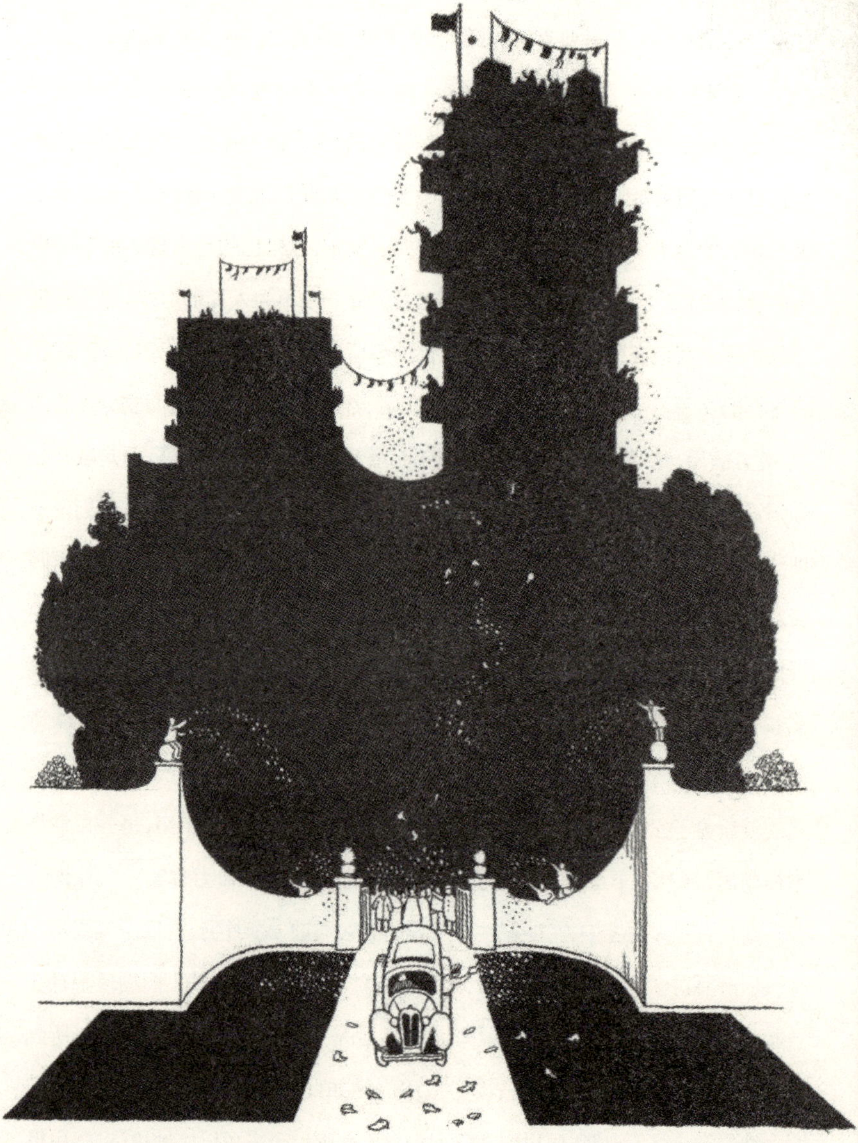

体。她没有学过波斯语法,也没有读过七大诗人的诗集,然而,这七大诗人的诗篇仿佛全是为她而写的似的。虽然她天性不爱思考,而是极富同情心,然而她的天性如此完美,她可以全身心投入地与那些智人交谈,用自己的情感温暖他们的心灵。她相信,正如自己做的那样,以高尚的情操和人交往,那么人们也会对你以礼相待。

我明白这种拜占庭式的骑士精神或者风尚,在那些把当代实事视作科学或者娱乐方式的人来说,它看起来真的是公正端庄而又生动活泼,但是对于那些旁观者来说,就不是那么令人赏心悦目了。我们这个社会体制对那些雄心勃勃的青年一代来说,就像一座巨大的城堡,因为他们在《金榜》上无名,城堡的大门一直紧闭着,他们无法享受到那令人垂涎的荣誉和特权。然而,他们还不知道,这些表面的辉煌是模糊不清而又相对的,只是因为他们的认可才显得伟大;那扇金碧辉煌的大门在他们满腹勇气和美德的时刻,会突然打开迎接他们的到来。然而,有些人注定要遭受反复无常的奴役,对于这些人的苦闷,有一些简单的解决办法,那就是把你的住所迁至一两英里或者最多四英里之外,一般这样就可以缓解你那高度紧张的神经。因为,风尚最青睐的就是那些顽强不屈的精神,比如说是那些即便在窄小的地区也能枝繁叶茂的植物,所谓的狭窄地区通常指那几条狭窄的小路旁。在这些受限地区以外,他们就一无是处了,不管是在农场上、森林中、市场上、战争中、婚姻关系里、文学或科学界、大海上、友谊中还是思想或美德的天国里都一无是处。

然而,我们在这些虚拟的世界里逗留的太久了。事物已经呈现出的价值证实了我们对象征符号的品味。任何称之为风尚或者礼仪的事物,在荣誉、官衔和尊贵的缔造者面前,也就是在爱心面前,都是微不足道的。这就是贵族血统,就像一把火,在任何地区任何可能下,都会依照本性发挥应有的作用,对于一切靠近的事物或者将其消灭或者将其纳入自己的势力范围。这也给现实生活赋予了新一层次的含义。这会让富人一文不值,因为他们只能独享自己的富丽堂皇,别的什么都做不了。什么是富有?你能富有到可以帮助所有人吗?难道你能帮助那些不合风尚、行为怪癖的人吗?住在马车里的加拿大人,那些手持本国领事赐予的"致慈善家"证件的散工,可以断断续续蹦出几个英语单词、皮肤黝黑的意大利人,被监工追打着围着城镇到处跑的瘸腿穷人,甚至是那些可怜的神经病人或者是那些喝得烂醉如泥的男男女女,诸如此类的人们,你能富有得让他们因你的到来而变得体面吗?你能把你的房屋让与他们来躲避饥寒冷漠吗?你能富有得让他们觉得自己可以得到贵人援助,而永远记挂、期盼贵人的到来吗?除了拒绝理由十足的要求外,粗鲁又是指什么呢?如果允许,给他们和自己的心放一个假,来摆脱举国关注下的谨小慎微,除此之外,什么是文雅呢?如果没有丰富的精神世界,那么富人也只不过是丑恶的乞丐。施拉兹的国王,他的精神世界还远不如他门口的穷小伙奥斯曼来的丰富。奥斯曼怀有一个仁慈博爱的心,虽然他的演说非常露骨犀利,没有遵照《古兰经》的标准,引起了所有伊斯兰教苦僧侣的憎恶,但是,不管是那些遭社会遗弃的穷人、行为古怪的人或者是精神失常的人、那些立誓要剪掉胡须或者断了肢的傻瓜,或者是那些神志不清的狂人,一闻其名莫不前来投奔。他那颗博大的心胸横在国家中心,宛如太阳普照大地,温暖舒适,好像一种本能把这些受苦受难者都聚到他的身旁。他内心所拥有的那股狂热,没人可以相媲美。难道这样的人不富有吗?难道这不是真正的富有吗?

然而,若有人说我太不适合做侍臣,说一些连自己都不知所云的话,如果人们这么说我,我并不伤心难过。不难发现,那些根据自身特征而命名为社会或风尚的东西,本身肯定既有好的法则,也有差的法则;有必需的东西,也有荒谬的事物。想彻底废除吧,不忍心;想留作人们遵循吧,又太糟糕了。这让我想起异教神话中的一个关于确定事物性质的传统法则。塞林纳斯说:"有一天,我无意中听到了乔武他们的谈话了,他在讨论毁灭地球的事情。他说,地球本身就已经败落了,那里全是一群流氓和泼妇,情况真是每况愈下啊,这种速度都赶上昼夜更替了。密涅瓦说她希望事情没那么糟糕。人类都是一些滑稽可笑、微不足道的生命个体。也许是因为环境有些奇怪,不管是从远处看还是从近处看,他们的性情都有点模糊不清或者说难以辨认。如果你说他们品质恶劣,那他们就会做一些恶劣的事情。他们中间还没有一个人或者一件事件,可以让智慧女神看清楚的,因此那些在奥林匹斯山上的诸神,也搞不清楚他们的本性到底是好的还是坏的。"

礼物

>

礼物若来自我所爱的人,
它们的到来就恰逢其时;
一旦他不再爱我,
它们的存在便令人尴尬羞愧。

有人说，这个世界正处于破产的境地。还有的说，世界欠自己的债务多得已无力偿还，应当接受衡平法院的审判，最终被拍卖掉。这一普遍的破产状况多多少少影响到了所有的居民，但我并不认为这一破产状况导致了在圣诞节、新年或者其他节日赠送礼物的种种难题。尽管偿还债务很费脑筋，但是能做到慷慨大方总是令人愉快的。然而难就难在选择礼物上了，比如有时候，我想到该给别人送份礼物了，但是苦于不知道送什么，以至于最后错失良机。鲜花和水果总是人们的最佳选择，因为鲜花本身已奠定了自己的殊荣，美的光环胜过世界上的所有必需品。鲜花赏心悦目的特性与那些普通礼物的黯然外表形成强烈反差，它们就像从作坊里传出来的优美音乐那样令人身心愉悦。大自然并不溺爱我们，因为我们是她的孩子，不是她喜爱的宠物。她不偏不倚，对我们而言，大自然严格遵守普遍法则，公正地处理一切事物。然而，这些娇嫩的鲜花看上去却是爱与美的结合体。人们经常说，尽管我们不会听信甜言蜜语，但我们还是喜欢阿谀奉承的话语，因为这表明我们在奉承拍马的人心中占有举足轻重的地位。鲜花给予我们的就是那样的愉悦，这些甜美的暗示统统向我涌来，我是何其尊贵的人物啊！水果也是很受欢迎的礼物，因为它们是鲜花孕育出来的果实，而且人们可以赋予其非同凡响的价值。如果有人打发人来邀请我走一百英里去拜访他，而且将一篮子鲜美的夏季水果放在我面前，这时我会觉得辛苦和回报还是成正比的。

生活所需经常使一些普通的礼物也恰逢其时而透着美感。当一种需要不容许一个人进行选择时，他是高兴的，这就像如果在你门口的那人赤着双脚，你就不会考虑给他一个染料盒了。看到人们吃喝无忧，不管是在家里还是室外，总是一件令人欣慰的事情。因此，能够提供类似的基本需要会给人极大的满足感。必需品作为礼物总是百试不爽。在我们普遍依赖的状况下，让诉愿者提出自己的需要，然后我们尽全力去满足他，尽管有时会带来很大不便，但也不失为一种

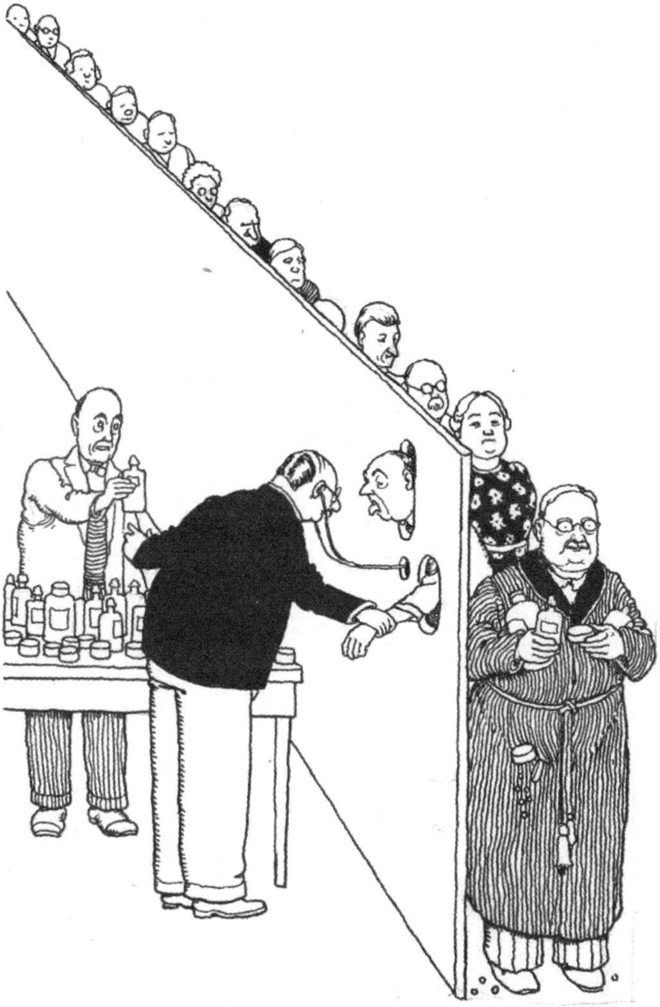

英雄行为。如果对方提出的是荒唐不切实际的要求,那么就让其他人来惩罚教训他吧。我能想到其他很美好的角色去扮演,因而断然不会扮演复仇女神的。

仅次于礼物必须是生活所需的原则,我一位朋友建议的另一条原则就是:送给与某人性格相符的礼物,并且能看到礼物就能想到赠送者来。然而,我们用以表达赞美和爱意的礼物绝大多数情况下都很低俗。戒指之类的首饰本身称不上礼物,只是礼物的附属品罢了。真正的礼物是赠送者自己的东西,是他们的辛勤劳动所得。因此,诗人把自己的诗篇作为礼物赠送他人;牧羊人赠送自己的羊羔;农民赠送谷物;矿工赠送宝石;水手赠送珊瑚和贝壳;画家赠送图画;女孩赠送自己亲手缝制的手帕。这才是正确且令人愉悦的送礼之道。因为当礼物体现出赠送者的个人特点,财富成了他品质的指标时,这就使社会在很大程度上重获根本。如果你走进商店买了一件首饰送我做礼物,这件礼物不能体现你的生活特色以及才能,而是体现了金匠的才华,那么这样的礼物就毫无人情味可言了。金银首饰这样的礼物通常被视为证实罪恶的物证,或者是经由敲诈勒索所得,最适合进贡国王或者是那些自以为身份高贵但并无实质财产的达官显贵们。

恩惠之道犹如一条险恶的海峡,我们必须小心翼翼的航行,而且船舶足够坚固才行。接受礼物不是一个人应有的职责。你怎敢送礼呢?我们希望自己可以自给自足。我们不会轻易原谅一个施舍者,喂养我们的手会面临着被反咬一口的危险。我们愿意接受爱所带来的任何东西,因为这实际上是我们从自己那里接受礼物的一种方式;但我们不乐意接受他人赠予的礼物。有时候,我们会憎恶我们所食用的肉类,因为依靠肉来过活似乎有辱我们的人格:

兄弟,如果朱庇特主神要赠与你一份礼物,
那么当心你在他手里什么都得不到。

我们要的是全部。少一丁点我们都不会满意。如果除土、火、水之外，社会不给我们提供机遇、爱情、尊严和敬仰的对象，那么我们肯定就会对社会横加指责。

能够欣然接受礼物的人是令人钦佩的。我们收到礼物时抑或高兴，抑或悲伤，这两种情绪都是不足取的。我觉得如果我为一件礼物而欣喜或悲伤，那么这就等于是在伤害情感，降低自己的人格了。如果因为一份礼物我的独立人格遭受侵犯，或者赠送礼物者不了解我的内心，我会很遗憾，断然不会接受这份礼物；如果一件礼物让我大喜所望，我也会感到羞愧，因为赠送者看透了我的心思，知道我喜爱的是礼物本身而不是他本人。实际上，这份礼物应当是赠予者流向我的水，这就等同于我的水也会流向他一样。当水在同一个水平面时，我的东西就会流向他，他的东西也会流向我。他所拥有的一切都是我的，我所有的一切也都是他的。当你的油和酒都是我的时候，我就完全可以对你说，你怎么能把这罐油或这壶酒当作礼物给我呢？这样的礼物送的还有什么意义啊？从这里我们明白了，适合做礼物的是那些美好的东西，而不是有用的事物。这种馈赠实质上等同于无条件的占有，因此受惠者不会心存感激。这就像所有的受惠者都憎恨泰门老爷们一样，这些老爷们根本不考虑礼物本身的价值，反而对赠予者的金库垂涎三尺。我是宁愿同情那些受益人，也不会同情那些泰门老爷的愤怒。期待别人的回报是遭人唾弃可鄙的行为，因此受益者毫不领情的态度是对他们最好的惩罚。能够安然无恙、心安理得地摆脱一个因为不幸而受你照顾的人真是莫大的幸福。这种受惠于人的处境犹如身上背着一个沉重的包袱，难怪受惠者很想抽你一记耳光。在此我赠予各位绅士一句金玉良言，这也是我最佩服佛教徒的地方，这些佛教徒们从不表示感谢，他说："不要奉承你的施主。"

在我看来，导致种种矛盾的原因在于，人与礼物之间根本没有同等性可言。

119

对于一个宽宏大量的人,请不要赠予他任何东西。因为一旦你为他效劳之后,他慷慨大方的回报会立马让你欠了他一大人情。一个人给予朋友的帮助与朋友回赠的谢意相比是微乎其微而且自私自利的,对此他心知肚明。不管是在给予帮助前还是现在,都改变不了这一事实。与我对朋友所怀有的善意相比,我能力范围内对朋友所做的好事看似太不值得一提了。而且,我们为彼此所做的,不管是出于好意还是恶意,都是那么偶然,随机性很强,因此我们很难坦然心无愧疚地接受朋友的谢意。我们很少采用很直接的表达方式,而是很乐意接受迂回曲折的话语,我们很少满足于直接赠予或接受恩惠。但是,公正廉洁的人会在不知不觉中在所到之处散播恩惠,而当得到受惠者的感激时,又会感觉非常惊讶。

  我不敢蔑视爱的威严,因为他是礼物的灵魂和守护神,我们切不可对他发号施令。让爱一视同仁地去赠予吧,不管他给予的是整个王国还是花花草草。生活中总会有那么一些人,我们希望从他们那里得到精美的礼物,让我们保留着这份期盼吧。这是我们的特权,而不受市政规则的束缚。至于其他呢,我希望看到的是我们自身绝不能像商品那样卖来卖去。热情与慷慨的主宰者不

是我们的意志而是命运。如果我觉得,我对你来说并不重要,你不需要我,也感觉不到我的存在的话,那么我仍然是被你拒之门外了,尽管你提供给我房屋还有土地。这样的帮助没有任何价值,只是混同一般的服务,充其量这也只不过是故作聪明的伎俩罢了——仅此而已。受惠者也只会把你的帮助当作苹果一样吃掉,而后把你忘得干干净净。但是如果你给他们的是真爱,他们就会时刻感觉到你的存在,并为你的陪伴而欢欣鼓舞。

太阳落山了,但他的希望永不坠落,
星星升起了,但他的信念早已升起,
他凝视着茫茫的宇宙,
一切显得那样深邃而古老,
时间默默地流逝,
他在苦难中磨砺出辉煌。
他的言辞比细雨还轻柔,
黄金时代因他而再度回归,

他的行为赢得了无限敬仰，
一切功绩都因此而黯然失色。
对于自己创造的作品，
他既不懊悔也不夸耀，
因为事实会替自己说话，
如同从不改悔的大自然，
她的每个行动都留下了印迹。

性格

>

我曾在书中读到过这样一条消息：一些听过查塔姆勋爵讲话的人认为，人类身上有一些品质比这位勋爵所宣扬的更加美好。还有人抱怨我们英国那位杰出的法国革命历史学家，说他虽然讲述了有关米拉波的种种事实，但这些事实并没有证实他对这位天才的评价言之有理。在普鲁塔克的英雄录中，有关格拉古兄弟、亚基斯、克莱奥梅尼等人的史实记载与他们的名声也不相符。菲利普西德尼爵士、萨克斯伯爵、沃尔特罗利爵士都是声望很高而成绩甚少的人。在关于华盛顿功绩的著述中，我们无法找到一丁点关于他个人体重的描述。就希勒的著作而言，也多少有些名不副实之感。名声与作品或轶事的不符，不是用"雷声短、回声长"这句话就能解释的了的，真正的原因或许是，伟人有一种能力，可以使大家对他们的期望远远超越他们的一切作为。他们很大一部分的能力是潜在的，这种能力就叫做"性格"。这是一种储备的力量，它不需要借助任何手段直接就能发挥作用。人们认为它是一种无法证明的力量，一种精灵或守护神，人受它的驱动力的指引，但不能与他人分享它的良策；与它作伴的人通常是落落寡合的，或者，如果这些人碰巧生性合群，他们也不需要与他人交往，自己待着就能自得其乐。纯粹的文学天赋时而显得很高超时而又显得很渺小，但性格具有一种恒星般永恒的伟大品质。别人的成就是靠天赋和口才来实现的，他是靠某种独特的吸引力来实现的。"他只发挥了一般的力量。"他取得胜利靠的是显示优势而不是大动干戈。他之所以能成功，就是因为他的出现就能使事态得到改观。"伊俄勒啊！你怎么知道赫拉克勒斯是神灵的？""因为，"伊俄勒回答说，"我一看到他就满意了。当我看到提修斯，我希望我可以看到他挑战，或至少策马进行登山战车比赛，但赫拉克勒斯并不需要比赛，不管他是站着、坐着、走路或是做其他什么事，他的一举一动都标志着胜利。"人通常只是事件的附属物，只有一半笨拙地依附在他所生活的世界上，在这些例子中他似乎分享着事物的生命，他是主宰潮汐、太阳、数字和数量等自然法则的集中体现。

这里我要举一个更加朴实的例子、更贴近大家生活的例子。我注意到,在我们的政治选举中,如果这种因素出现,它只能以最粗糙的形式出现,我们能充分理解它无与伦比的价值。人们知道,他们希望代表他们的人不仅要有才华,而且还要有能力使大家信任他的才华。如果某人在当选代表之前就被万能的上帝指派去代表一个事实(他自己对这个事实深信不疑),这样,那些最狂妄、最凶猛的人都知道这里有一种连厚颜无耻和暴力恐怖都无法攻克的抵抗力,即对事实的信仰,如果他不是这样的人,那么即使这个人博学多才、机敏聪慧、口才一流,人们也不能把他送去国会参加选举。那些在辩论中战胜对手的人不用问他们的选民应该说些什么,他们自己就是他们所代表的地区,这些地区的情感和观点在他们身上可以得到最及时、最真实的反映,一种无私的充分的反映。家乡的选民会倾听他们的讲话,观察他们的表情、脸色,然后,就会像对着镜子那样修饰自己的面容。我们的公众集会恰好可以用来检验代表们的男子气概。我们国家西部和南部那些坦率的同胞对于人的性格十分感兴趣,他们想知道,新英格兰人是结实强壮的人还是不堪一击的人。

同样的动力也表现在贸易领域。战场、政治、文学中有天才,贸易上也有天才,为什么一个人比其他人幸运,这是没有什么道理可讲的。关键还是在于那个人,任何人只能这样告诉你。看见那个人你就能轻易地明白为什么他能成功,这就像看见拿破仑,你就能马上明白他为何有那样的命运一样。在新的事物中,我们可以通过他人的认知辨识到那套老把戏——那种直面事实、毫不逃避的习惯。一旦你看到天生的商人,大自然好像就认可了贸易,与其说他看起来像是个私人代理人,不如说是大自然的代理人和商务部长。他天生正直,对社会运作有独到的观察力,因而,他不会去耍诡计花招。他会向大家传递自己的信仰——合同契约不容个人解释。他的思考习惯就是自然平等的标准和公众利益的证明,他令众人景仰,大家都想和他打交道,因为他不仅具有精神,而且因为他有朴素的正义感,也因为他才华横溢。这种无限延伸的贸易,把南太平洋的海岬变成了他的码头,把大西洋变成了他熟悉的港口,这种贸易只集中在他的脑海里,世界上没有一个人可以改善他的地位。在他的客厅里,我看到他整个早晨都在努力工作,眉头紧锁、幽默依旧,他想要显得谦恭有礼就必须得这样做。我清楚地看到了今天他完成了多少坚定的行动,看到了今天他多少次勇敢地说出了"不",换做其他人,他们只会说那些贻害无穷的"是"。透过他的艺术追求、高超的算术技巧和丰富的联想能力,我看到了作为世界原始法则的代理人和玩伴的意识。他也相信没有人能替代他,相信做贸易靠的是天分,学是学不会的。

  这种品质如果出现在目标较单一的行动中,就会更加吸引人。它在小圈子和私人关系中可以发挥最大的力量。在任何情况下,它都是一种无法估量的非凡力量。体力过剩的话会被它搞瘫痪。高尚的天性可以通过某种催眠作用来压倒低劣的天性。各种身体官能被封锁起来,无力进行抵抗。也许这就是普遍规律。当高层的事物不能使低层的事物就范,那么索性它就使低层的事物瘫痪、麻木,就像人用魔法控压制幼动物的反抗一样。人对彼此也相互施加这种神秘的力量。一个真正大师的影响力往往使一切魔法故事显得逼真可信。一条统摄之流似乎从他的眼中倾泻而下,流进注视着他的人的心田,这股强烈的忧郁之光像俄亥俄河和多瑙河一样,把他的思想渗透给他们,使所有事物沾染上了他的思想色彩。"你用的是什么方法?"有人问康西尼的妻子关于她对待美迪奇家族玛丽的问题,她回答说:"不过是强大的心灵对弱小的心灵产生的那种影响力罢了。"囚禁中的凯撒难道不能脱掉镣铐,把他们转戴到监狱看守西博或斯拉索的手脚上吗?铁手铐难道是一种永远的枷锁吗?假如几内亚海岸的奴隶贩子本应把一

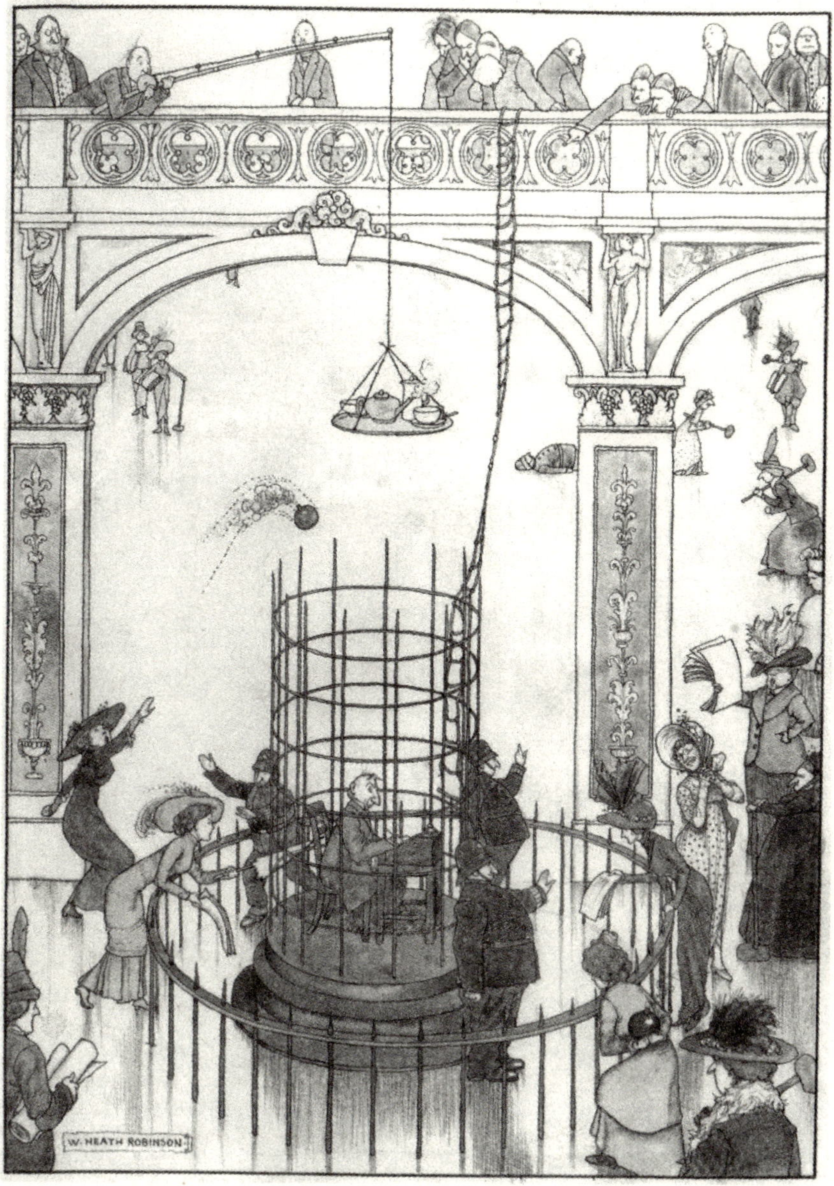
W. HEATH ROBINSON

帮黑奴装上船,但那艘船竟然把杜桑·纬路杜尔那种人也装了上去;或者,再让我们想象一下,船上载的是一群戴着手铐脚镣和黝黑面具的华盛顿。当他们抵达古巴时,船上人员的相对秩序是否还会和出发时一模一样? 会不会只剩下绳索和镣铐? 那里没有爱和尊严了吗? 那可怜的奴隶贩子的思想里难道没有一点正义之光吗? 难道船上这些人不能逃跑、躲避,不能采用任何方法战胜一两英寸铁环的拉力?

这就是像光和热一样的自然力,整个大自然都会与它合作。为什么有的人的存在我们能感觉的到,有的人的存在就感觉不到,这就像万有引力的原理一样简单。真理是存在的顶峰,正义是将真理应用于实践的过程。所有的个人天性都处在一个等级表中,纯洁度不同等级也不同。纯洁的意志从中流向其他天性,就像水从高处的容器流向低处的容器一样。这种自然力和其他自然力一样,都是我们无法抗拒的。我们可以把一块石头朝上扔,让它在空中待一会,但所有石头终究是要落地的;无论举什么样的例子,比如盗窃之徒逍遥法外,或有人相信谎言,正义肯定会战胜一切,真理的特权就是让人相信真理。性格就是透过个人天性的媒介看到的道德秩序。个体就是一个外壳。时间和空间、自然和必然、真理和思想,都不再被自由放任。现在,宇宙就是一个围场围栏。人身上的一切都会沾染上他灵魂的色彩。他将自己的所有品质灌输到他所能触及的万物中去,他不会在茫茫宇宙中迷失自己,但不管经历多长的曲线,最后,他的所有注意力都会回归到自己的利益中。他尽可能地使一切富有活力,而且他的眼中只有那些被他激发的事物,就像爱国者包围祖国一样,他把世界包围起来,当做他性格的物质基础和他演出的剧院。健康的灵魂会与正义、真理的步调一致,就像磁铁会与磁极靠拢一样。对于所有旁观者来说,这个灵魂就像是他们与太阳之间的一个透明物体,谁朝太阳走,谁就必将朝那个人走。因此,对于不在一个水平上的人来说,他就是最高影响力发挥作用的媒介。所以,有性格的人是他们所在的社会的良知。

衡量这种力量的自然标准是对环境的抵抗力。不纯洁的人把生命看成是表现在观点、事件和个人上面的那个样子。行动不完成,他们是看不见的。但是生命的道德因素预先存在于行动者身上,不论它是对是错,都很容易预测。大自然中的一切事物都是有两极性的,或者说有一个正极和一个负极。这里有男性和女性,有精神和物质,有北方和南方。精神是正极,物质是负极。意志是北方,行动是南方。可以把性格的天然位置看成北方。它具有这个体系的磁流性。软弱的灵魂被吸引到南极或负极。他们这些人总是紧盯着行动的利害结果。他们从来不顾原则,除非这个原则被一个人接纳。他们不想变得可爱,但却想被人爱。有一类性格希望听到他们自己的缺点,还有一类不愿听到自己的缺点,他们崇拜事件,只要他们确定了事实、联系和一系列的情景,就不会再问别的了。英雄明白事件是附属物,事件必须依从他的指令。事件的某种秩序不能给他想象力为他带来的那种安全感,美好的灵魂会逃避所有境况,而成功属于一种心态,它将把这种力量和胜利这种天然的成果引进到任何一种事件的秩序中。环境的变化无法补救性格的缺陷。我们扬言自己已经摆脱了许多迷信,但如果我们看到了任何神像,那也只是转移了崇拜对象而已。我不会再杀公牛来祭奠朱庇特、尼普顿,或杀老鼠来祭奠赫拉特,不会在复仇三女神、天主教炼狱或加尔文教派的最后审判日面前颤抖战栗。如果我在观点或所谓的大众舆论前发抖,或者在面对攻击的威胁、傲慢、恶邻、贫困、残疾、叛乱或谋杀的谣言时发抖,那我有什么长进呢?如果我真的发抖了,那么我到底因什么而发抖还重要吗?我们每个人特有的"恶"按年龄、性别、气质不同而呈现出不同的形式,如果我们有恐惧感,那么我们很容易就能发现恐怖的事。贪婪和恶毒使我痛心,我会把它们归咎于社会，但其实它们就是我自己的品性。我总是被我自己包围着。另一方面，正直是永远的胜利，庆祝这种胜利的不是喜悦的欢呼，而是宁静——它是习惯性的喜悦或是喜悦的另一种形式。为了证实我们的真理或价值而急冲冲地去做某件事是可耻的。资本家不是时时刻刻都跑到经纪人那里，把他赚到的钱铸成流通的货币。当他在市场行情报告中读到他的股票稳步上升时，就已经很心满意足了。最好是事件以最好的秩序发生，这同样会使我狂喜不已。我了解我的地位时时刻刻都在改善，而且我已经在主宰支配我希望发生的那些事件，因此，我必须学会保持清晰的头脑。只有对事物的秩序做预先的判断、审视，才能控制那种盲目的狂喜情绪，这种远见如此高明，我们所获得的所有成就在它面前都黯然失色。

　　性格在我面前所显露出的样子就是自给自足。我敬重那些有钱人，因此，我认为他们不会孤单、贫穷，不会流浪他乡，不会郁郁寡欢，他们不会是受别人救济的人，而是永远的资助者、施与者和享福的人。性格是就是中心，不可被替代或推翻。人应该给我们一种大众感。社会是轻浮的，它把岁月撕成碎片，把对话变成俗套和消遣。但如果我去看一个有头脑的人，他给我一些小恩惠、小殷勤，我就会认为自己遭到了怠慢。他本应该岿然不动地站在原来的位置上，让我体会

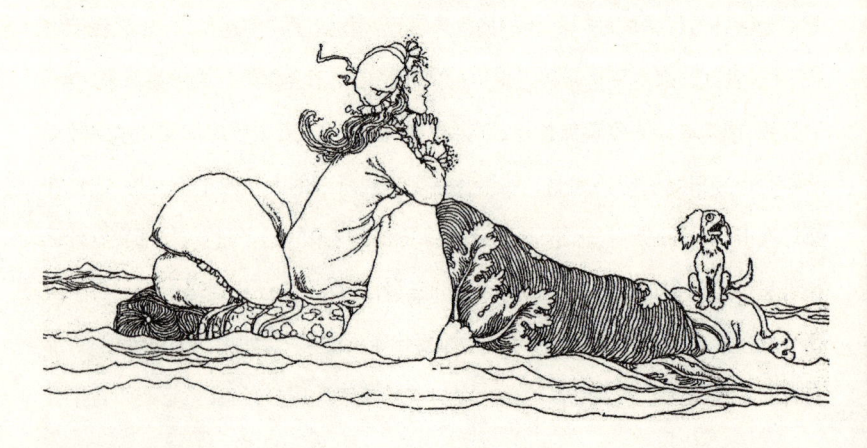

体会,这是否仅仅是他的抗拒。我知道我已经遇到了一种全新的积极品质,这给我们俩都带来了很大的振奋。他很可能不接受传统的观点和做法。那种不顺从将仍然是一种刺激和警醒,所以每个探寻者都先要把他驳倒。不进行斗争,就没有真实和用途可言。我们的家里到处是欢笑和流言蜚语,但这些没有多大用处。但是,粗野的、无法被利用的人给社会带来了麻烦和威胁,社会不会悄悄放过他们,反而会崇拜他们或憎恨他们。各方面的人,无论是舆论的领导者还是无名之辈,或是乖戾之徒,这些人都觉得自己和他有某种关系。他乐于帮助他人,他冤枉了美国和欧洲,通过解释那些未经证实的和不为人知的事物,他消灭了这个怀疑论——"人就是玩偶,让我们尽情吃喝玩乐,这些是我们能做到的最好的事。"默许现有的体制,吸引公众的注意力,这都表明信念不够坚定,头脑不够清楚,这种头脑必须看到房屋落成才能明白它的设计构造。智者不仅不考虑多数人,也不考虑少数人。源泉、源泉、自我驱动的人、专心致志的人、统帅(因为他被人统帅)、自信的人、主要的人,他们都是出色的人,因为是他们使我们了解了超能力的短暂存在。

我们的行动应该严格建立在我们的物质之上。在大自然中,没有错误的估价。在海上的暴风雨中,一磅水的重力并不比它在仲夏池塘里的重力大多少。万物都是严格依照自身的性质和数量发挥作用的。它们不会去做自己力不能及的事,只有人类除外。人有自己的抱负,他希望去尝试那些超出自己能力的事。在一本英语回忆录中,我读到:"福克斯先生(后来成了荷兰的勋爵)说:他一定要掌管财政部,他已经能完全胜任了,所以他想要拥有它。"色诺芬和他的"万人军"完全有能力实现他们想要的,他们也确实实现了,正因如此,人们就不会怀疑那是一个无与伦比的辉煌业绩。那件事直到现在依然标志着军事史上空前绝后的至高水准。从那之后,许多人都去进行了尝试,但都心余力绌。行动的力量只能建立在现实的基础之上。任何制度也不会比超越制度的建立者。我曾认识一位和蔼可亲、卓有成就的人，他发起了一场实际改革，但我从他身上从来也找不到他所宣扬的爱心。他靠道听途说和对书本的理解来进行这场改革。他采取的所有行动都是实验性的，这些行动就像一小块迁到田野里去的城市，它依然是城市，因为没有什么新的事实，所有人们对此不会产生多少热情。如果这个人有某种潜力，某种可怕的、不曾表现出来的天赋；如果这天赋使他焦躁不安、尴尬难堪，那么我们最好警惕起来。智者应该洞察到邪念，并提出补救的方法。但这还不够，我们还应该延缓我们的生命，不要占领我们应得的领地，煽动我们的只是某个想法，不是某个精灵。我们还没有完全准备好。

这些就是生命的特质，另外一个特点就是不断增长的讯号。人应该机智而真诚。他们也必须使我们感觉到，他们前方是一个可控的幸福未来，这未来使逝去的日子也变得光辉夺目。英雄总遭到误解和歪曲，因此，他还没来得及揭发每个人的错误，就又踏上了征程，为他自己的领地增添新的力量和荣誉，对你的心提出新的要求。如果你还留恋旧的事物，如果你没有通过积累财富来和他保持联系，那么这种要求就会使你破产。新行动仅仅是旧行动的辩解，高尚的人可以提供和接受这些辩解。如果你的朋友因为某件事使你不快，你不应该坐下来反复考虑这件事，因为他已经把事情的经过忘得一干二净，他已经开始加倍努力地为你效劳，不等你从椅子上站起来，他就会给你一大箩筐祝福。

我们不喜欢用实际结果去衡量仁慈之心。爱是永不枯竭的，如果爱的庄园废弃了，爱的粮仓空了，爱依然会欢呼雀跃，富足充实。人虽然在睡觉，但他似乎还在净化空气，他的房子还会装点风景、加强法律。人们总是能看到这种差别。我们知道谁是仁慈的，不是看他给救济团体捐了多少款，而是另有识别的办法。可以列举的只是一些小的功绩。当朋友们表扬你做的好事的时候，如果把话说得太满，你就会害怕。当他们站在那里，流露出游移不定的胆怯目光，半敬仰，半厌恶，而且一定要在多年之后再对你做出判断评价，这时，你可能会开始憧憬。对于能活到现在的人来说，那些能活到未来的人总是显得十分自私。因此，那就是好心人里默笔下的小丑。里默写过歌德的回忆录，他列出了一张歌德捐赠和行善的清单，比如：多少钱给了师第林，多少钱给了黑格尔，多少钱给了蒂施拜因，给沃斯教授找了一个肥缺，给赫尔德找了一个大公爵手下的职位，给迈耶弄到一笔津贴，把两位教授推荐给了外国大学，等等，等等。最长的救济金明细单看起来会很短。如果用这种方法衡量一个人，那么他就太可怜了。因为，凡此种种，都是例外。一个好人的规矩、习惯和现世的生活就是善行。歌德真正的善行可以从他给艾克曼博士的一段描述中推断出来，这段描述是歌德花钱方式的。"我的每句妙语都值一袋黄金，我继承的财产，我的薪水，五十年来我写作赚来的大笔收入，这些钱中有一半（五十万）都花在了学习我现在所掌握的知识上了。我还看到……"

我承认，去罗列这个简单而快速的能力的特点只不过是毫无意义的闲谈，这就等于是用炭笔去画闪电；但在这些漫漫长夜里和悠长假期里，我喜欢这样聊以自慰。除了这种力量本身，什么也不能模仿它。一句发自内心的真诚话就能充实我。我会无条件投降。在这个生命之火之前，那些文学天才是多么冷酷啊！这些就是振奋我沉重灵魂的力量，它们给了我看穿黑暗天性的眼睛。我发现，我认为自己最缺乏的地方，恰恰就是我最富足的地方。由此产生了一种新的理性

133

的复兴,当然它也会再次遭到一些新性格的责难。吸引和排斥交替往复,这真是奇观的现象! 性格批判智慧,但同时也激发了智慧;性格转化为思想,也通过这种方式得到了表现,然后它又在新的道德价值的光芒面前感到自惭形秽。

性格是自然的最高形式。模仿它与抵抗它都是徒劳的。反抗、坚持、创造这种力量多多少少都是可能的,这力量将挫败所有的模仿。

这个杰作只有在大自然插手的地方才会最为出色。当心,那些注定有大作为的人会滑进生命的阴暗处,有着千里眼的雅典没有关注他,也没有宣扬年轻才俊的每个新思想和每个令人脸红的情感。最近,至高无上的上帝的两个孩子让我引发了思考。当我试图探寻他们神性和丰富想象力的来源时,似乎他们两个都这样回答:"这是由于我不屈从,我从来都不去听你们人类的法律,或者听所谓的信条真理,这只会浪费我的时间。我满足于我自己的朴素而贫乏的法则,因此也满足于这中间的甜蜜。我的工作虽然从不会使你想到那种甜蜜,但它完全是甜蜜的。"大自然在这样的人身上替我大肆宣扬,在民主的美国,它不会被民主化。与市场和丑闻彻底隔绝! 在今天早晨我才送出这些林神的野花。它们是对文学的一种解脱,它们都是从各种思想情感的源泉里吹来的阵阵清风。这就像我们在修正和批判的年代,欣赏一个民族最初的几行散文和诗句一样。无论是埃斯库罗斯、但丁还是莎士比亚、斯科特,他们对于他们珍爱的书籍是多么的着迷啊,就好像觉得他们与那些书息息相关似的,谁触动了那书,也就会触动他们,尤其会触动那些与世隔绝的批评家,触动他写作的灵感之源——帕特摩斯岛,因为他不曾意识到有人会阅读这个作品。他们能像天使那样继续做梦吗,不会因为被比较、受恭维而醒来? 但有些人的本性太善良了,他们不会被赞美宠坏,只要他们的思想足够深邃,他们就不会变得虚荣。严肃的朋友会警告他们被大吹大擂冲昏头脑的危险,但他们只是付之一笑。我记得,一位雄辩的公理会教徒对一位神学博士善意的警告愤怒不止："朋友，人不能接受赞美，也不能接受羞辱。"原谅那些忠告吧，她们都是出于本性的。我记得，当几个机智超俗的外国人来美国时，我脑子里当时的想法是：你们来到这里是不是上了当？或者，回答这个问题之前，先告诉我：你们会上当吗？

正如我所说的那样，大自然会把那些主权紧紧地握在自己的手中，不管我们的布道和戒律怎样冒冒失失地分配部分功劳，或者宣扬法律可以塑造市民，大自然依然会我行我素，使最有智慧的人蒙受冤屈。它无视各种信条和先知，这就好像一个人还可以生育许多的子女，但没有过多的时间去照看每个孩子。有一种人，他很长时间才会出现一次，他们拥有非凡的洞察力和美德，因而被所有人奉为神明，他们似乎积累了我们看重的那种力量。神圣的人物就是天生的性格，借用拿破仑的一句话，他们就是有计划的胜利。他们经常受到恶意的攻击，因为他们是新奇的，人们夸大了上一个圣人的性格，而他限制了这种夸大的做法。大自然从来不会使它的子民同声同韵，不会把两个人造得一模一样。当我们看见一个伟人时，我们就想象他与某个历史中的人物相似，然后会预测他的性格和命运，他肯定会使我们的希望落空的。除了他自己使用一种前所未有的方法，否则，根据我们的偏见，谁也不能解决他的性格问题。性格需要自己的空间，不能被人们挤来挤去，也不能根据从几个场合获得的一时之见来作出评判，就像要了解一幢大楼一样，了解一个人的性格需要看到他的全景。它可能不会很快建立关系，我们不应该要求它的行动对大众伦理道德以及自我的道德品行作出草率的解释。

我把雕塑看成历史。我不认为阿波罗和朱庇特没有真实的情感。艺术家在石头上记录的每个特点，他都在实际生活中目睹过，这些特点比他记录下来的东西还要生动、出色。我们见过许多赝品，但我们生来就相信伟人。我们在古书上能很容易地读到祖先们最微小的活动,因为那时人还不是很多。我们需要一个人在整个风景中显得高大如柱,这样才值得把他的活动记载下来。他站起来束好腰带,准备动身去某个地方。最可信的图画是那些威严的人的画像,他们一出现就先声夺人、势不可当,人们立即就对他心悦诚服了。这就像那位东方的魔术师所遭遇的一样,他被派去检验琐罗亚斯特的功绩。波斯人告诉我们,当那位希腊圣人到达大夏时,古饰塔他斯普指定了一天,让全国的首领都集合起来,他为这位圣人准备了一把金椅。后来,亚资丹所敬爱的先知赛尔图史特走进了会场,希腊圣人一看见那位首领,就说:"这个气势、这个步态不会有假,从那里只会产生真理。"柏拉图曾说,不可能不相信诸神的子孙,"尽管他们说起话来缺少必要的证据。"如果我不相信历史上发生的最好的事,我就会与我的同伴们格格不入。米尔顿说:"约翰布莱德夏看起来像个执政官,权利的束棒不会随岁月流逝而与他分离。因此,不仅在法庭上,在他整个一生中,你都会认为他在审判国王。"我发现,像中国人说的那样,一个人必须了解天命,这要比许多人了解世界来得更可靠。但没必要去找古代的例子。如果经验没有让一个人明白魔法和化学的现实和力量,那么他就是一个迟钝的观察者。最冷静的清教徒一出国也会受到各种莫名其妙的影响。一个人死死地盯着他,记忆的坟墓交出了里面埋葬的死者,那些无论是严守还是泄露都会使他悲惨的秘密必须被揭开。还有一个人,他无法说话,他身上的骨头似乎丧失了软骨,朋友一进来,他就更加优雅、大胆、雄辩了。还有一些人,他不得不将他们牢记在心头,因为是他们让他的思想无限扩张,是他们在他的内心深处唤醒了另一个生命。

当这些密切的友好关系从深根里长出来的时候,还有什么比这种关系更美好呢?有人怀疑人类的力量和装备,对于这些怀疑者最有力的回应,就是人们之间可以快乐地交往,这种交往会促使所有有理性的人坚定其信仰并采取行动。

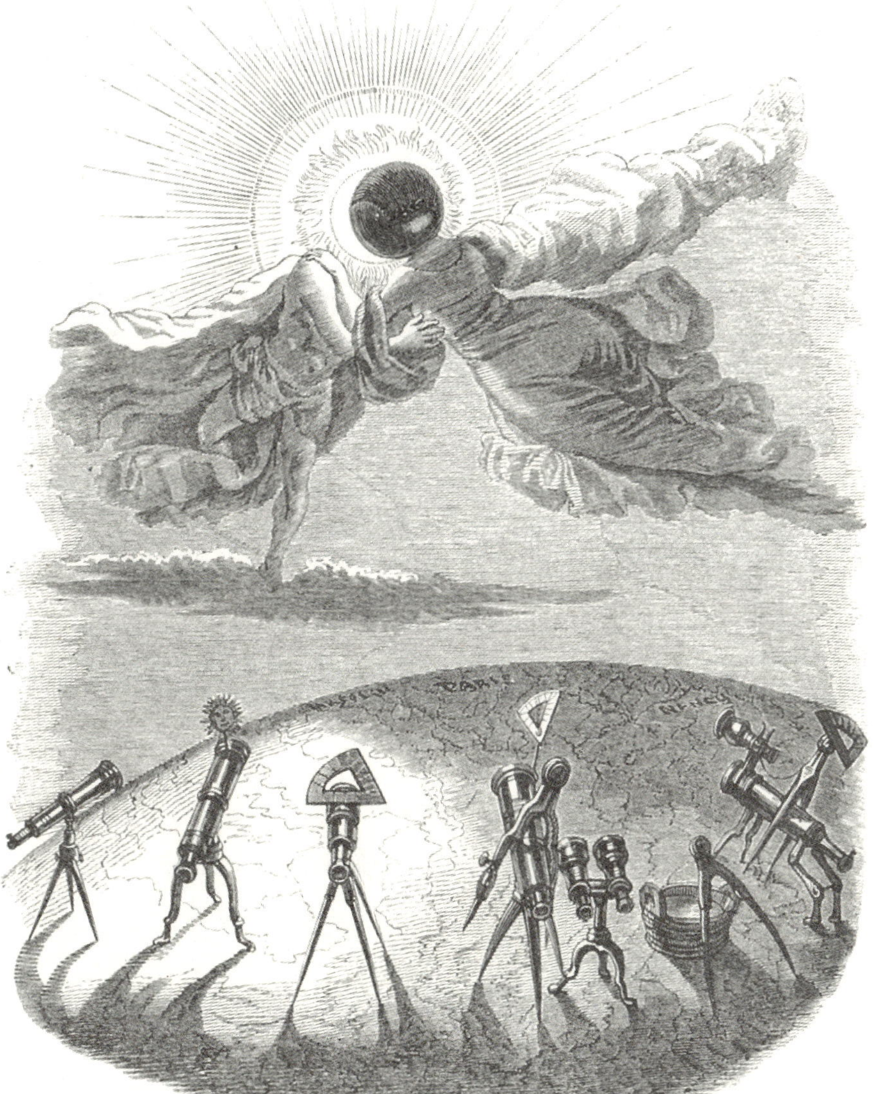

我不知道还有什么能像深入的相互理解更加使人满意，两个高尚的人长时间的相互关照，彼此互相信任，这种理解会在他们之间长存。这是一种幸福，他把一切其他的喜悦都放在次要的位置，它使政治、商务、宗教都显得毫无价值。因为，当人们想要以理所应该的那种方式相会时，每个人都是恩人，是群星，有思想，有行动，有成就，那此时就应该是大自然的节日了。异性之间的爱情是这种友谊的第一个标志，正如其他一切事物都是爱的标志一样。那些与杰出人士的友谊，我们曾以为是青春的浪漫传奇，现在，在性格发展过程中，它变成了一种最实在的享受。

如果能与人们建立正确的关系那该多好啊！如果我们不和他们索要任何东西，无论是赞美、帮助、还是怜悯，如果我们满足于用最古老的法则吸引他们，那该有多好啊！难道我们不能按照不成文法对待几个人或一个人，并检验这些法律的功效吗？难道我们不能向我们的朋友表示真挚的、沉默的、宽容的赞扬吗？我们用得着这么急切地找到他吗？如果我们有缘，迟早都会相见的。古代的一个传统说，没有哪个神可以通过变形来躲过另一个神。希腊有这么一句诗：

诸神不会不相知。

朋友之间也遵循神圣的必然规律，他们彼此会相互吸引，而不会相互排斥：

如果他们彼此相互躲避，
那么彼此就最为欢喜。

他们之间的关系不是可以打造的，而是被认可的。众神必须不用管家陪伴，

亲自坐在奥林匹亚山上,而且要按照神的资历排好座次。如果要劳力费神,如果同伴要走一英里路才能相见,那么社会就变质了。如果它不是社会,那么它就是一场恶意的低级争论,尽管它是由精英构成的。每个人的伟大都发挥不出来,每个缺点都在痛苦中煎熬,好像奥林匹亚山上的诸神相见就是为了交换鼻烟盒似的。

生活在急速地向前冲。我们要么在追逐某些飘忽不定的计划,要么就是被身后的某种恐惧或命令驱赶着。但如果我们突然碰上一个朋友,我们会停下脚步。我们满头大汗,火急火燎,看起来就像个傻瓜;现在需要的是停顿、镇静、和用心智壮大当下的力量。在所有高尚的关系中,当下就是一切。

一个神圣的人就是思想的先知,一个朋友就是心灵的希望。如果这二者能合二为一,那么我们就将送出诚挚的祝福。岁月正在开启这种道德力量。所有力量都是这种力量的影子或象征。诗歌能使人变得快乐而强大,因为它从这种力量里汲取了灵感。人们把自己的名字写在世界上,因为他们身上充满了这种力量。历史是卑鄙的，我们的国家都是乌合之众。我们从来没有见过这样一个人，那种神圣的样子我们还不得而知。我们所知道的只不过是对那种样子的梦想和预言。我们不知道属于他的那种威严的仪态，他的仪态会使观者感到欣慰平静。总有一天，我们会认识到，最大的隐私就是最强大的公共能源，它的质量会弥补数量上的不足。伟大的性格在黑暗中行动，去救助那些从未见过它的人。已经出现的一切伟大，对于朝这个方向行进的我们来说，就是鼓励和开端。世界已经记录下了那些众神和圣人的历史，人们后来对这些历史顶礼膜拜，这历史就是有关性格的文献。

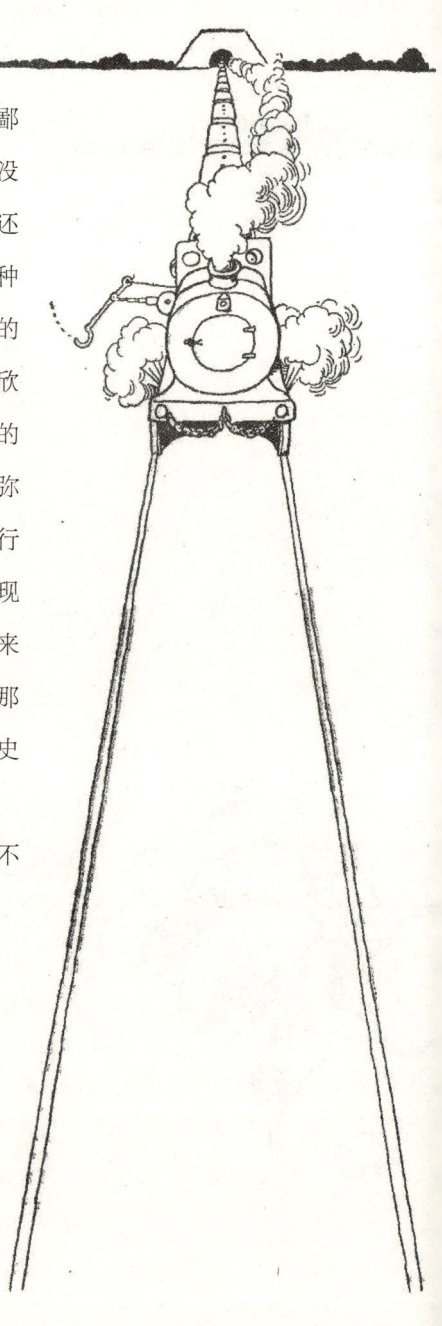

岁月像一个年轻人一样欢欣鼓舞，他不

亏欠命运什么东西。他被绞死在祖国的刑场上，他纯洁的本性使他的死亡绽放出史诗一样的光辉，把每一个细节都传话成了人类眼睛的普遍象征。这种巨大的失败是迄今为止我们面对的最重要的事实。但是，思想需要一种感官上的胜利，需要一种能转变法官、陪审团、士兵和国王的性格力量，这种力量能主宰动物和矿物的效能，它能融入体液、河流、风、星辰和道德力量。

如果我们不能一下子取得这样的显赫的成绩，那么至少让我们向它表示敬意。在社会中，重大的优点往往是作为缺点赋予其占有者的。这就需要我们在预测评估时更加谨慎。如果我的朋友没能识别出优秀的性格，没能用感恩的态度来对待它，那么我是不会原谅他们的。最后，当我们梦寐以求的事物终于出现，灿烂的光辉从那遥远的天国放射出来，照耀在我们身上，到那时，以市井小人的粗俗、挑剔、无聊和怀疑来对待那样一位贵宾的人，便暴露出了自己的庸俗。因为，他这种做法，就犹如将天国拒之门外一样。当灵魂失去了自知之明，也不知道它的忠诚、它的宗教信仰应该放在哪里才适合的时候，它就会陷入到混乱和癫狂之中。在生命的浩瀚沙漠里，我们珍视的那种神圣情感已经开出了一朵花，而且就是为我而开的，除了知道这一点，还有其他的宗教信仰吗？如果没人看到这朵花，我却能看到它。哪怕只有我自己，我也能意识到这个事实的伟大。这朵花绽放之时，我会守我的安息日或圣时，暂停我的忧郁、愚蠢和玩笑。贵客临门，天性得以尽情地流露。有许多双眼睛能察觉并尊重那种谨慎的日常美德，还有许多双眼睛能在星光熠熠的夜空中找到守护神，不过暴徒是办不到的。爱可以忍受一切，回避一切，激发一切。它对自己起誓说："在这个世界上，宁可做一个可怜虫、一个傻瓜，也不愿让任何的屈从玷污自己那双洁白的手。"当这种爱来到我们的街头和家门口时，只有那些纯洁的、抱负远大的人们，才能认出它的面孔，而他们能够向它表示赞赏之情的唯一方法，就是占有它。

这就是那个被敌人击败的人,真正的勇士,

屡败屡战,

没有能锁住他的锁链,

没有能囚禁住他的牢房。

即使他被困在岩石中,

他也能解开山脉的链条,

把肉扔给雄狮,

雄狮会因此俯身亲吻他的双脚。

没有火焰能吓住,

只有头顶令人敬畏的拱顶。

这就是他,命运之神,

在黑暗的路上探求,

及时驾驭所有正义力量。

事实将击败错误者,

崇拜

他就是最强壮的,最有名的,
比任何自认为是自己的东西都近,
但是在旁人眼中,
受到那惊喜的破坏。
这就是罗神,他无视所有人的祈求,
无意识的福佑像决堤的洪水,
如果禁不住,画下神秘之线,
使他与你隔离,
这边是人类,那边便是天堂。

我从不害怕充当人们所说的恶魔的代言,我也不会对自己的信仰有任何怀疑和动摇,我不会相信,我或其他任何人随便所说的话到底有多重要。我确信,我所说的话一定是基于事实,也许我反应迟钝、不够机灵,也许我说的话有悖于人们的普遍观点,但是我说的都是事实。我也不害怕对任何善良灵魂持怀疑态度的人。一个思维公正的人会对充分衡量自己的怀疑态度,不放过任何细枝末节。写字时我不怕使用颜色最深的墨水,因为我并不害怕我会因此而变黑。我认识一个穷人,他自杀未遂,但是我对他没有半点同情,他曾经告诉我他其实害怕看见自己的剃刀。我们虽然所处时代不同,所持观点不同,但是有一点我们没有丝毫差异,那就是我们站在真理这一边。

我不明白为什么有些人非要摆出一副盛气凛然、装腔作势的样子。上帝并非要向人们掩饰疾病、畸形或其他社会腐败,而是从各个方面全面展示自己,激情、战争、贸易或是对权利和享乐的热爱、饥饿或需要、霸权、文学或者艺术,我们不需做任何让步或迁就,而应该如实记录下来,我们也不应该怀疑社会上存在反对论调,这些言论我们都能得出来。这个世界并不会担心自己的声誉,事实和诚信自有其安全之所,我也丝毫不会担心一些因怀疑而造成的偏见会造成命运失衡,造成实际力量、贸易的失衡,命运的法则不会受到任何因素的干扰。原则的力量并非以重量衡量,它存在于大自然的中心。我们大可让怀疑主义自由发展,真理自会回归并指导我们的生活。真理会抵消权力带来的任何压力。

仁慈的上苍赋予我们道德的血液。

我们生而忠诚。不管我们生活在耶路撒冷还是在加利福尼亚,不管我们周围是圣人还是流氓地痞,我们始终应该相信,总有一天这个世界会完美起来。人们会自然地组成国度,组织教堂,像毛虫一样编织一个巨大的网络。如果他们再提高一个层次,就会变得更随意,更紧张。正像人们所说的那样,一个民族,人们长期习惯于一起思考感受,因此受同种方式的影响,总是同时工作娱乐。由于他们不管是在田间还是在休闲购物都想法完全吻合,他们也总是会同时进行驾车或旅行,就连马匹也同时拉着家庭车厢来到门前。

我们天生有自己的信仰追求。人们都背负自己的信仰,就像果树结果一样是理所应当的事情。万事万物都有自己的平衡点,每一个思想在本质上都诚实正直,所有社会都有自己的报应和保护者。我和周围人都有一个观点,那就是除非我们能很快有优秀的信仰,如加尔文主义或天主教,或者摩门教等,这个社会才能得到广泛缓和。现在还没有预言家以赛亚神或杰里米出现。这个社会的混乱状态还没有得到有效遏制。顽固的老观念已经被粉碎,整个世界的男人和女人都在寻找新的宗教和新的信仰。在我们的神学领域也出现了普遍的混乱状态,正如曾经在马萨诸塞州,在大革命,或现在在落基山脉或派克山峰上出现的情况一样。但是我们在生活过程中都要适时做出改变。人类都怀有一颗赤诚之心。大自然赋予所有事物自我平衡的状态,氧氮都是以特定比例结合在一起,各种能力之间也和谐相融,相辅相成。

卡尔文、福尼龙以及威斯利和钱宁对我们的影响正在日益下降,但是这种情况我们无需感到不安。我们的上帝在自己的建设成果上没有任何误差,宗教也就是我们共享的大自然,不会消失衰落。不管哪个方向,南还是北,里还是外,离心还是向心,每一个灵魂都有特有的公共和私有元素,除非这个灵魂从世界上消失,这些元素不会减弱消失。上帝自会在教堂和宗教的废墟上建设心中的庙宇。

人的状态和文化的状态完全一致,文化上的繁荣完善可以用信仰或崇拜来描述。总是会有一些宗教,希望和恐惧会延伸到我们看不到的世界和领域里,从往桅杆或门槛上钉马掌的预兆,到启示录中长老们的颂歌,凡此种种。但是不管怎样,宗教都超不出信仰之上。天堂总是会与现实世界存在着某些相似之处。每个物种的最高统治者都出自该物种,食人族的上帝也是一个食人者,圣战士眼中的上帝也是一个圣骑士,商人的上帝也不外乎是个商人。不管在哪个时代,似乎都注定会产生一个不合时宜的灵魂,与其说他们与自己的时代及所处地相关,还不如说他们更与这个世界的整个系统有关。这些都展现着无可争辩的事实,不管这些事实受到何种崇敬,它们很快就会被野蛮人作出曲解。印第安人的某些内部部落,还有某些太平洋内陆人,当现实呈现一幅不利景象时,他们就会背弃自己的神,就连希腊诗人也会毫不犹豫地在神面前露出自己暴躁粗俗的一面。拉俄墨冬,因为对海神和太阳神阿波罗为他建造的特洛伊不满而要让他们付出代价,他毫不犹豫地威胁他们,说要把他们的耳朵割下来。在我们挪威祖先中,奥拉夫国王成功使艾温德皈依基督教的模式,就是在他的肚子上放一个满是灼热煤炭的平锅,语气坚决地质问他:"现在你退缩了吗,艾温德? 你相信基督了吗?"另外一个证据就是往不愿皈依的门徒兰特的嘴里放一条毒蛇。

浪漫时期的基督教标志着欧洲文化,就像是在一个破败的森林里突然嫁接或改良一棵树木一样。而对于那些与异教徒结为连理的人来说,其与野兽结婚毫无差异,都等同于退化到了猿猴时代。

亨吉斯特

有一个美丽而又有礼貌的女儿,

但是她却是一个异教徒,

尔蒂格雷对优雅钟爱,

她与他结合甘愿为妻,

于是终身受诅咒,
因为他让基督教徒与异教徒婚配,
让我们纯洁的血液与邪恶混合。

基督教从异教那里吸收来的哥特式混合风格和观念,二十世纪理查德一世的编年体就能看得出来。理查德国王辱骂抛弃他的上帝说:"呸!我是多么不愿意抛弃你啊,我是这么凄凉无助,孤独害怕啊!难道我不能像你主宰我那样主宰万物吗?事实上,我的标准在将来就会遭到唾弃,不是因为我做错了,而是因为你;事实上,我并不会怯懦,反而是你害怕了,是我的国王和上帝被征服了,我理查德并没有被打倒。"早期英国诗人的哲学是没有规则的,他们既虔诚衷心又会亵渎神明,这两种看似矛盾的感情偏偏同时出现在同一个人身上。乔叟在《黛朵》的画像中也表达了这种矛盾的心里。

她是如此美丽动人,
如此年轻,多情,与人眉目传情,
如果上帝是由天地而成,
就会青睐美丽和神圣,
还有女性,真理和和谐,
除了这位甜蜜的女士,他还会爱上谁呢?
世上还没有人能及她一般呢。

在这种恶劣条件下,我们总会自鸣得意地把我们的品位和礼仪做比较。我们能更温和更高雅地想问题办事情,与人交流对话,但是人与人之间的冷漠难道

不是像封建迷信一样糟糕吗？

我们现在生活在一个承前启后的时代，不仅给人们带来安慰，更缔造了这个国家的古老信念似乎已经消耗殆尽。我发现，现在人们的信仰并不可信，要么幼稚要么微不足道，或者没有男子汉气概或者过于阴柔。但是最致命的弱点还是宗教和道德之间没有很好地结合在一起。这就是一无所知的宗教或教堂，它排斥人们的知识和进步，他们是鼓吹奴隶制，从事奴隶贸易的宗教。即使是在最体面的人群中，盲目崇拜宗教仪式带来人们的放纵耽溺。热爱古老宗教的人们抱怨道：我们的同辈、学者以及商人都抱着一种巨大的绝望，渐渐地陷入一种怯懦的保守主义，他们什么也不信任了。在大城市中，人们不信奉任何神明，唯利是图，没有团结之心，没有同伴之情，也没有对生活的热爱。这根本不是人的特质，而是行尸走肉，受本能欲望驱动的肉体。人们没有自己的生活目标，这要怎么过活？他们渺小的个人目标实现以后，似乎把人们结合在一起的只有人们各自骨子里的血液，而不是人们高远的生活目标。人们相信知识，也崇尚道德。他们懂化学，吃肉喝酒，追求财富，他们懂得机械和蒸汽原理，懂得充电电池、涡轮机、缝纫机，也相信大众观点，但是绝不信仰神圣事业。沉默的革命已经缓和了古老宗教的紧张气氛，没有重力和那些社会舆论的持久，他们变得怪异放肆。宗教教义上从来没有这种轻浮的存在，亲眼见证了基督教的异教崇拜、阶段性的复兴、太平盛世、数学运算、孔雀式的华丽仪式、向罗马天主教的退化、魔门教徒的徘徊和胡扯、恶劣败坏的催眠术、鼠类的启示、抽屉里的重击以及黑色艺术等。建筑、音乐、崇拜以及陷入疯狂,艺术进入一种变革和自我伪装的状态。我们不知道在这样的形势下我们该做什么,该怎么做,于是我们开始模仿祖先,教堂步履蹒跚跌跌撞撞地后退到黑暗时代的哑剧阶段。随着大众思想不可抗拒地成熟起来,基督教传统也慢慢失控。基督教神职人员神秘的法则也慢慢失去统治地位,他凭自己的才能开始以道德老师的身份出现,而此时还想强调他的性格已经是漫漫空谈,毫无可能,所有人都必须要在道德法则获得最高地位前撤离。从这次转变开始,在那些能抵消巨大的物质活动的宗教人才瞬间消失时,人们似乎有一种感觉,好像宗教已经从人们的眼前,从脑海中消失了。当保罗·巴赛特把自己写的《上帝》交给法国主要杂志的主编时,他是这样回答的:"有关上帝的问题缺少真实性。"格莱斯顿先生在提及那不勒斯国王时说过:"他在上帝持否定态度的基础上建设了一个政府系统,这已经成为一个预言。"在这个国家中,类似令人瞠目结舌的事情就弥漫在我们周围,"更高准则"这个词已经变成一个政治术语。有什么证据能证明人们开始不信神无信仰了,如人们对奴隶制的容忍和宣传?到底是什么呢,是教育的引导?是人们轻而易举的改变信仰?是那些让人们混淆是非、不分正误的教堂外因素吗?现在这些因素却慢慢地消失,直到变成墙面上的一个不易让人察觉的小污点?还有社会上德才兼备的人,现在还剩多少,这难道不是让人们怀疑的证据吗?让人们获得犹如美国人所有的那种世上最高尚最广博的文化,然后让他在海上暴风雨,火车相撞或其他以外事故中去世,这样全美国就能坐享其成地接受降临在他身上的美事。接受了这么多教育,这就是美国人所付出的昂贵代价,对于一个完人来说,最好的结果就是把他淹死以此来解救整艘船。

怀疑主义给人们留下的另一个伤疤就是对人类美德贞操的不信任。现在有一些富人,他们衣着华丽,相信他们就拥有了世界上的所有美德。社会最稳固的部分就是为了慰藉艺术而存在的,而生活就是为了满足人们最基本的生活所需。这是一种多么直白的低级动机啊!英格兰有一些爱国者,他们花费数年献身于创造一种公众舆论,这种舆论能打破玉米法案,建立自由贸易。一个普通人都会说:"嗯,科苏特可从中渔利了。"科苏特不远万里飞到大洋彼岸就是为了试图激起新世界里的人们对欧洲自由的同情和支持。纽约说道:"好的,他这么慷慨大方,足以让自己生活幸福安逸了。"

　　看看津贴制度在条件优越的贵族阶级中到底造成了怎么样的恶果吧。如果一个扒手溜进名流行列,面对绅士们的彬彬有礼,这个扒手会觉得如坐针毡,浑身不自在,他最想做的事就是赶紧溜走。但是如果溜进来的不是扒手,而是一个冒险家,最后为自己争取到了让人信任的地位,成为一个议员或主席。虽然他们靠的是同一个把戏,但是同样的人面对前后不同的身份的人反映是不同的,他们会阻止那个窃贼,但是在冒险家面前则会展现自己的文明礼仪和尊敬。没有任何记录他犯罪的证据可以阻止人们对他的欢迎和喝彩,阻止人们为了投其所好而请客吃饭,邀请他到自己家里做客,以认识他为荣。我们不能被这种专业冒险家的把戏所欺骗,他越是大声炫耀自己的荣耀,我们就越应该迅速看清他的面目,但是我们却也诉诸这些公众罪人堂而皇之发出的通知和公告,把它们当成是真诚善良的证据。这一定是那些满怀敬意的人对自己说的话。总体看来,我们对你所称的诚信一无所知,知道的就是一鸟在手胜过双鸟在林这个现实的道理。

　　甚至是那些能力强、心地善良的人也同样没有信仰,对于勇敢坦率的行动,他们也不会全心全意,而是会做出妥协,委曲求全。人们总是很健忘,忘记不付出全部努力就是一个巨大的错误,忘记一个精明的机械师总是会使用最尖锐的工具,然后日复一日地开始周而复始的工作。但是那些循规蹈矩的人在现今的问题上不会给你带来任何帮助,因为他们完全从旧事物中得出结论。只有那些在理论支持和行为指导上能带来帮助的人才有用,他们不会向政党提出任何请求来为这为那做辩护,在他们没有来到这个世界上以前,就受到万能的上帝的指派任命代表他们所支持的事物。

  人们总是控诉,在整个美国社会,想在领导人物身上找到一丝的真诚是绝对不可能的事情。但是仅存的那几个恶人不能让我们否认社会上有健康的存在。即使我们愚钝低能,心中存在恐惧之情,即使宗教信仰出现普遍衰退,道德感也会重新出现,亦如从古老的美丽和力量之泉中喷出的一眼清泉。于是你又会说,宗教信仰又出现了,这就像是说雨天没有阳光,那时我们正在亲眼见证最高尚最完善的力量。可以肯定的是,文明阶级的宗教信仰避免行动和承诺,而这些曾经都是他们信仰中所设计的内容。但是这些避免的结果最后只能产生自发的形式。万物发展的基础都有自己的原则,所有演讲的目标,所有行动所涉及的都是要创造一个单纯安静、无法描述也无需描述的场景,平静地存在于我们内心,主宰我们的心灵和行动。不是我们主动采取行动,而是应该让事情顺其自然发展;不是我们主动工作,而是被迫工作。在这个敬仰问题上,不管什么年纪,不管什么处境,所有考虑周全公平处事的人都会达成共识。这种感情包含在一种巨大而又突然的力量膨胀当中。值得注意的是,我们近乎狂热的信仰在以前的经历中是从未出现的。世界的秩序就是要用精确的感觉和理解来教育人们,利用机械作业来促使优势力量的产生,毫无疑问,这种方法很奏效。但是我们心里都明白,这些力量都是居于中间的力量,并非万能的,总有一天我们要去应对实际事物,那才是本质对本质的较量。甚至是愤怒的物质活动也对人们的健康产生某种影响。精力充沛的时代行动促发了个人主义,宗教信仰开始孤立地存在。我

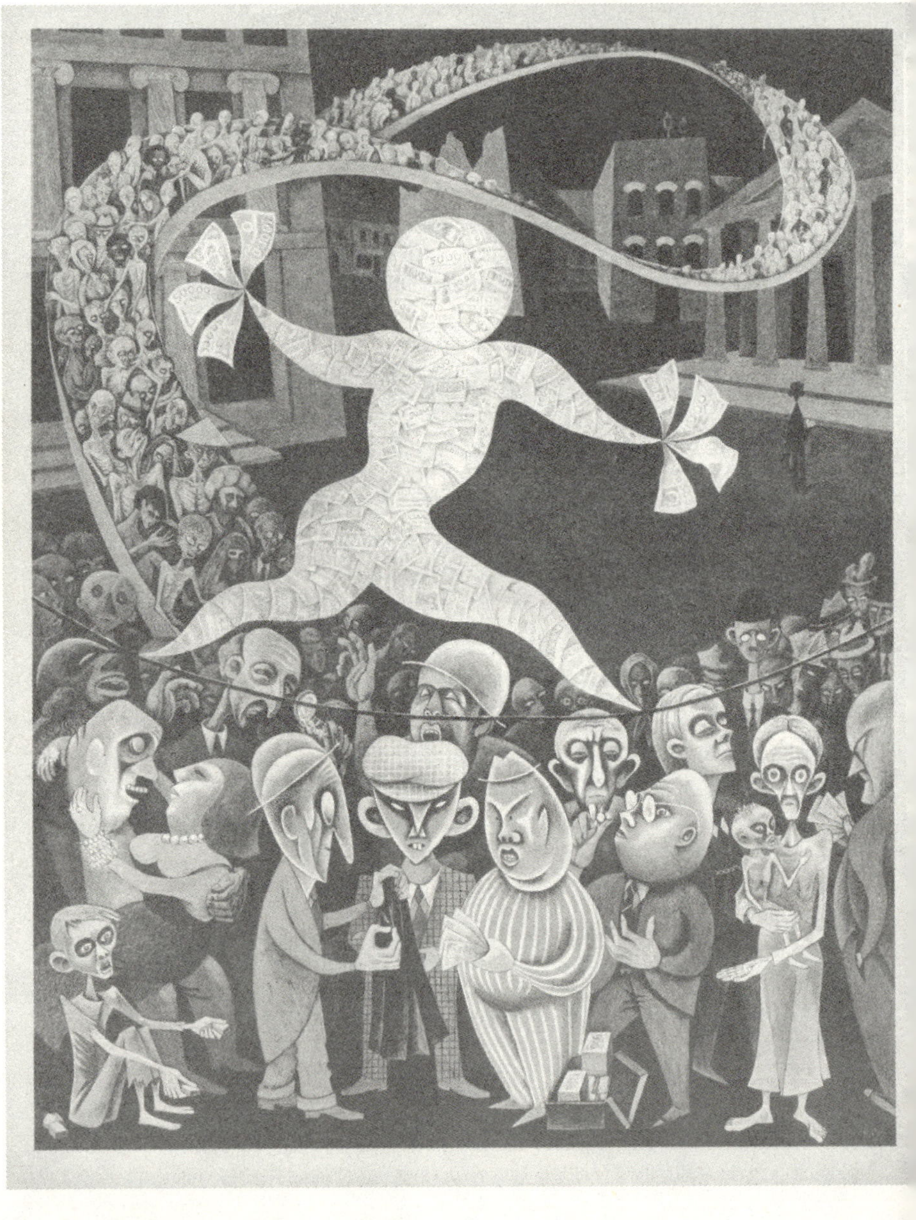

猜想这也是一个正确的发展方向。上帝在同一个系统里安排我们的活动和发展，千万的灵魂不会集体得到救赎。精神世界对人们说："你感觉怎么样？就你个人，好还是坏呢？"对于本质善良伟大的人来说，能逃脱宗教的训练本身就是幸福，宗教性格是极易受侵犯的事物。宗教不能在自己身上移植并保持野性的美。一个了解社会极端的旅行家说过："我看过，看过各种形式的人类本性，不管在哪都一样，越是野性，越能彰显道德。"

我们都说，旧形式的宗教信仰已经消失，怀疑主义正在慢慢地腐蚀我们的社会。这种局面即使是进行宗教道义上的变革也无法扭转，更别提仅凭神学法则了。错误的理论只能通过天生的智力才能得到拯救。忘记书籍和传统的约束，遵从此时我们的到道德观念吧。"道德"和"精神"所代表的是一个永恒的主题，不管我们赋予他们怎样的启示，最终人们都会回归到这个本质上。无论时光如何消逝，本质不变。再没有任何词语能表达出这样的意思。在我们的词汇表中，"精神"总是与一些看不见的无形事物联系在一起，而事实上，"精神"也是实在，主宰它的法则离不开它的存在。人们总爱把道德孤立起来，总会发出"可怜的上帝，世界上没有人能帮助你了"这样的感慨。然而在大自然中，我却发现每一种元素都无所不在，无所不能。这种存在能得到例证，大自然的所有方面都是为了回应人们的目的，善者得到福报，恶人遭受惩罚。让我们以现实主义取代感伤主义，勇敢地揭示那些单纯而又可怕的法则，不管有形无形，不管肉眼可不可及，无论渗透到何处，管理何方。

人们都谨慎防范着，生怕邻居会欺骗自己。但总有一天人们会主动欺骗伤害邻居，但是欺骗之后一切恢复平静。破晓，让我们铭记信仰的准则！最有成效的做法就是选择实干而非空谈，选择真实而非虚妄，日积月累，年复一年，人们在行动中磨练性格，以自己的性格指导行动。最终人们会明白：万事自有公道，如果我们看不清事物,没有足够的智慧,磨练的期限就会相对加长。

可以肯定,宗教崇拜与人的健康有着至关重要的联系,从某种程度上说,与人的最高力量也密不可分,甚或与人的智慧也是如此。人类历史上最伟大的时代都是有信仰的时代。也就是说,那时人类行动会展现非凡的力量,会开始伟大的国民运动,艺术也会出现,英雄也会出世。人们开始作诗,灵魂也会展现出真诚可爱的一面,思想开始集中在最真实的精神上,犹如战士、文人和农夫的手坚实有力地握在剑柄、笔杆、铁锹上。人才都有正直诚实的本质,这是不争的事实,而人类都垂涎妄想的魅力和力量大多都出生在阿尔卑斯这样的荒野地区,不管是男人还是女人,极致的美丽都包含着道德上所散发出来的魅力。这么说来,我们慢慢地也开始承认,别人身上存在着比我们自己更高层次的道德情感,存在更高尚的意识,更给人印象深刻的美德,那是一副能精准地听懂音符的正误的耳朵。我们都伸长耳朵,带着怀疑的心情慢慢地取证。但是一旦对这种优越感到满足,我们就会停止对这种才干的期望,因为这样的人比所有人都更贴近上帝,更能明白上帝的秘密,他们沐浴着甜水,他们耳聪目明而他人则空虚懦弱。我们都相信神灵赠予人们一种洞察力,因为要想分享并知晓事物的本质靠的不是我们的个人力量,而是公众的力量。

智慧和道德之间存在一种亲密无间的相互依靠、相互扶持的关系。如果有两个人才,那谁有能力构筑最可信的公平判断呢,是心善者还是恶人?"人们心中自有自己的证据,但是这种证据不是人的理解力所能获得的。"因为心灵总是会立刻意识到自己健康状况,这也是主宰人身体的状况,也就是精神正不正常。当然了,在所有这些证据之前是事实的积累或人们华丽的辞藻。人们心灵和思想的结合如此紧密,以至于人们的智慧与性格也产生了一致的联系。一旦人们的意志对自己的感情和智慧失控,所产生的原则上的偏差和失误就会把人们带入危险的路途。因此人们所犯下的致命大错最终会使人们的雄心壮志不堪一击，做付出的努力也会功亏一篑。而对这些大错的补偿，对人们盲目之情的救治，对所有罪恶的救赎就是爱。拉丁语中有句谚语："爱有多深，思想就有多远。"最极致的优越，灵魂的救赎和指导，以及他们最根本的本质，就是爱。

　　道德肯定是健康的测量仪。如果人们的眼界够远，他的智慧也会随之增长，观点和行动也会拥有其他人的学识和所有优点所难以匹敌的魅力。人们一旦丢失信仰，接受腐朽衰败的标准，就标志着停止进步，江郎才尽，并开始倒退之旅，对其他思想也会毫无吸引之处。即使是粗俗的人也会敏感于你的改变、你的倒退和衰落，虽然他们也会拍拍你的后背，为你不断增长的见识和知识拍手祝贺。

　　人类最近的文化发展都集中在自然科学领域。我们已经熟悉日月的运动，河流和雨水，矿物和元素的王国，植物和动物的奥秘。人类已经能衡量太阳的重量，能精确测算轨道的运行。日食月食已经能精确到秒。就这样，对人们来说，历史和爱，激情和责任已经到来，而下一门要学习的课程就是将物质的固定法则延续到意识和思想的微妙世界。但是在恒星这个宇宙世界中，地心引力和放射会一直保持自己的运行轨道，所有星球在空间中的运行永远不会脱轨，一个更为隐秘的引力和放射专制地统治着人类历史，一代一代地保持着力量的均衡。虽然人类已经进入了一个崇尚自由和个人主义的新时代，但是在道德问题上居于统治和主导地位的还是最原始的因素，人们一直在执着地寻求公平和公正。宗教信仰和崇拜是那些看重团结、密切和真诚的人们所持的人生态度，他们能透过事物的外表看到本质，为本质和正义作出永恒的努力。

　　将个人视野仅仅局限在规范引力、化学或植物等领域的法则上都是目光短浅之举。那些法则不会止于人们的视野，而是会将同样的地理化学等向上推及到整个社会和理性生活的无形领域，这样我们就应该放宽自己的视野，不管是男孩之间的游戏竞争，还是大到种族间的冲突不和，我们都应该有一个近乎完美的反应，以公平正义的心态观察并包围自己。而这一点会在事实的层面出现在关乎所有人的领域里。

　　肤浅懦弱的人总是会把所有都归因于运气，归因于环境所致。他们总会找到这样的理由：事情原本是某人所致的，或者他恰好当时在场，或者当时是这样，过些时候可能就会变样了等等。但是意志坚强的人则相信事物间的因果关系。人们生而去做某些事，他的父亲生而即要做他的父亲，要做父亲应该做的事情。从更狭窄的角度上来讲，我们应该看到物质之间本就无运气而言，而是都有自己的运行法则或化学反应。即使是飞蛾的飞行轨道也是预先计算决定的，世界上的任何事物，都要依靠数字、规则和重量来运行。

　　然而怀疑主义者绝不相信因果关系。这种人不会相信他所吃的食物对他的思维习惯也有影响，他的处事方式也会反映出个人的品质习惯甚至是形象气质。他看不到，他的后代也会受到他的思维和行动的深远影响。人们的命运也毫不例外都是个人言行的结果，事物彼此之间的联系不是偶尔发生发展的，而是无时无刻存在于各种地方，没有混杂、豁免和例外，更没有异常，有的只是人们的处事方法，一张公平公正的网络。这个道理就像种瓜得瓜、种豆得豆一样简单。我们都会按照个人习惯和性格出事，而别人也会依据我们的习惯跟我们打交道，所以说我们就是自己命运的构建者，伪善、谎言以及试图保留住本就不属

于我们的事物永远都是徒劳的错误之举。然而在人类的思想中,这种命运之结却被复活了。法律就是人们思想的基础,而反应在我们身上,思想的基础则是灵感。大自然中存在近乎毁灭性的力量,我们称之为道德情操。

我们感激印度圣经为我们定义了法律,它将西方文化中的所有法则做了比较。书中这样写道:"这就是法律,不受姓名影响,不因肤色而异。它无手无足,是世界上最小的一部分,然而却包含了最广泛的内容和问题。它知晓一切,能解决所有问题;它没有耳朵,却能听到所有人的声音;没有眼睛,却能看到所有角落;没有腿脚,却到达了每一片土地;没有手臂,却能抓住所有问题。"

如果有人指责我使用暧昧模糊的传统词汇,那我就会用实例告诉他这就是信任,这就是事实。我会展示给他看,什么才是占便宜,外表的掩饰很快就会褪去,因为这就是剥削的本质;告诉他这个世界就是一个巨大的电池,因为每一个元素都是一个磁石;告诉他宇宙中的治安和真诚因为上帝将圣洁之情传达给每一个事物而得到保证;还会告诉他世界上根本没有伪善的容身之所,没有人们做自主选择的余地。

一个乡下人,第一次离开自己居住的小山村,来到广阔的世界,这时他就会发现自己的生活习惯与外面世界格格不入。在这个新的国家、新的语言环境下,他的宗派感,不管是贵格会还是路德教会,也会随之消失。什么!难道社会秩序在那时就没有存在的必要了吗?他怀念这些,甚至怀念邻居那居高临下的眼神,那种眼神能让他老老实实地守规矩。这就是纽约、新奥尔良、伦敦以及巴黎对年轻人的危险。但是在大城市居住了一段时间以后,他就会发现从来就没有足够大的城市,没有一个能隐藏自己的大城市,他的每一行动都会受到审查,即使是在立托顿或波特兰这样的小地方也丝毫不会比巴黎逊色,听到的风言风语也是一样带有深重的激进性和报复心;每一次冒犯别人的行为都要受到报复,从来没有隐藏;不费力气就一无所得并非只是立托顿或波特兰的法规,而适用于整个宇宙。

我们无法容忍最低下粗劣的品行。我们都反感闲言碎语,你的礼仪中保持天使般的纯洁是至关重要的。即使是最渺小的苍蝇也会带来危害,流言蜚语是一个无法从人们个人生活中取出的武器。大自然创造出了各个等级,上帝也为自己委派了无数的代表。从这些低级的外界处罚一级一级地上升。然后就是怨恨、恐惧,随之就会产生不公正,然后就会由冒犯而至的虚假关系,人们自食恶果终会导致思想的孤立和毁灭。

我们无法掩饰任何秘密。如果艺术家只能依靠吸毒或酗酒来刺激萎靡的精神,那他的作品也会呈现出毒品或酒精的特点。如果你画了一幅画或做了一个雕像,那制作时你的思想什么状态,作品的观看者也会跟着呈现什么状态。如果你只是为了炫耀,那么你所创作出来的建筑、园艺、绘画或装备也会呈现出相同的状态。我们都是性格的相士,都是性格的入侵者,事物自身都是可探测的。如果在建设豪宅时为了省钱而参照郊区的样式,那毫无疑问在人们眼中这就是一个廉价的房子。没有什么不可探究的隐私。闻名世界中也不存在什么秘密可言。整个社会就是一个带着假面的舞会,每个人都会隐藏自己的真实性格,结果却欲盖弥彰。一个人想隐瞒自己携带的东西,但是那些跟他见面的人肯定会知道,而且还确切地知道他隐藏的是什么。那是不是说如果人们怀揣着信仰或目标,这种情况就能够改善一点呢?这种隐藏犹如火焰,是遮盖不住的。从这种意义上讲,那些能抑制住自己思想的人都是坚强的。一个人只要说两三句话就会暴露自己的思想和心理,人们就会清楚地知道他所持的是什么生活态度、什么想法,也就是说他是否在理智和理解的王国中,还是处在个人想法和想象中,或者是在直觉和责任的世界里。然而事实是人们往往不会懂得,他们的世界观也是个人性格的体现。我们看到的只是肉眼所及,只能看到自己是否举止得体,我们只关心周围人是否得体。关于莎士比亚的传说,或者伏尔泰、坎贝斯、波拿巴的,都带着他们本人的性格特点。正如煤气灯是夜间的太阳一样,整个宇宙就是靠着无情的宣传来自我保护。

人们都要把自己武装起来,但是不一定要用枪矛等武器。如果看到周围的事物以后能保持心情愉快,那自己的精力和耐力是比枪矛更有利的武装。不管是什么生命形式,只要能在自己身上隐藏一段时间,就是属于他自己的独特武器。不要控告别人,也不应伤害别人。对这个罪恶世界来说,改造它的最好办法就是创造一个新世界。低级的政治经济体总想着密谋切断他国跟自己的竞争,创建自己的世界,以武力驱除别人,或对其宣战,或狡猾地用关税手段削减其竞争力,从而提高自身力量。而事实上,他们不明白,真正的永恒的胜利应该属于和平爱好者,而不是战争罪犯。征服外国对手不是要彻底扼杀他,而是打败他的成果来取得竞争的胜利,就像世界博览会的水晶宫,获得工业界的各种资格和奖项,这才是真正的胜利。如果外国工匠敲击一下的时候,美国工匠早已经挥舞斧头敲击了十下了,这就是胜利,这就是征服。我认为这种人就是高兴的,如果对成功有疑问的话,那就应该从他的工作中找答案,而不是整个市场环境、别人的意见或者支持。各行各业,不管是机械领域、高雅艺术、航海、耕种还是立法,总有相当数量的人对自己的工作敷衍了事,或者像我们平时所说的,能过去就行。而与此对应的还有很多人,他们努力工作,承担着整个业务压力,但是他们热爱自己的工作,他们喜欢看到手头的工作被处理得井井有条,甚至将工作当成自己的事情尽心尽力。如果这个国家、整个世界,能多一些这样的人,那该是多么和睦的景象啊。这种人最终会得到世界的回报,而且必须如此。那些得到这种能力的人会信心满满地耐心等待合适时机,让人们接受自己,而在这之前他们绝对不会荒废。人们谈起成功,嘴里的语气好像这是靠运气才能得的东西。其实工作就是胜利。不管在哪工作都会获得成功。不是靠运气,也不会劳而无获。我们想要的只有一个结果,得到一个,那剩下的就在手边。我们想要的证据其实就在附近,只要我们努力寻找就会获得。世界上从来没有人能够单枪匹马地独自奋斗,他们身边总会有一个或多个伙伴祝他们一臂之力。我也惊奇地发现,没有人能独自思考、独自行动,即使是我们神圣的祖先立足于世,也有层层掩饰和伪装,就像是一个便衣警察,他们一步一步地穿越时间王国向前发展。

所有事物的本质就是这份真诚。我们必须要言行一致,遵照现实行事。在事物发展中起主要作用的整个系统,而非某个人的语言或单独行动。不管通过什么语言,人们说出来的永远都是自己的性格和内心。尽管我努力掩饰隐藏,但是通过语言,我的性格和想法都会悄然地传达给你,而所传达出来的信息也许我永远无法说出来。

要想在生活中前进,就必须要真诚,而不希望被娱乐或取笑。在人的成长过程中会不断增加对道德情感的信仰,相应的命题就会减少。年轻人总是崇拜天才,尤其是顶尖人才。但随着我们长大,我们会更珍视道德力量的效果影响,如精神或人类的本质。我们也会有一个新视界、一个新标准,在这个视界下,我们会忽视眼见,而更在意行动,我们也不会只关注人们说话的表面意思,而更关注字里行间的言外之意。

曾经有一个聪明虔诚的人,在天主教教堂里我们都称他为菲利普·内利,有

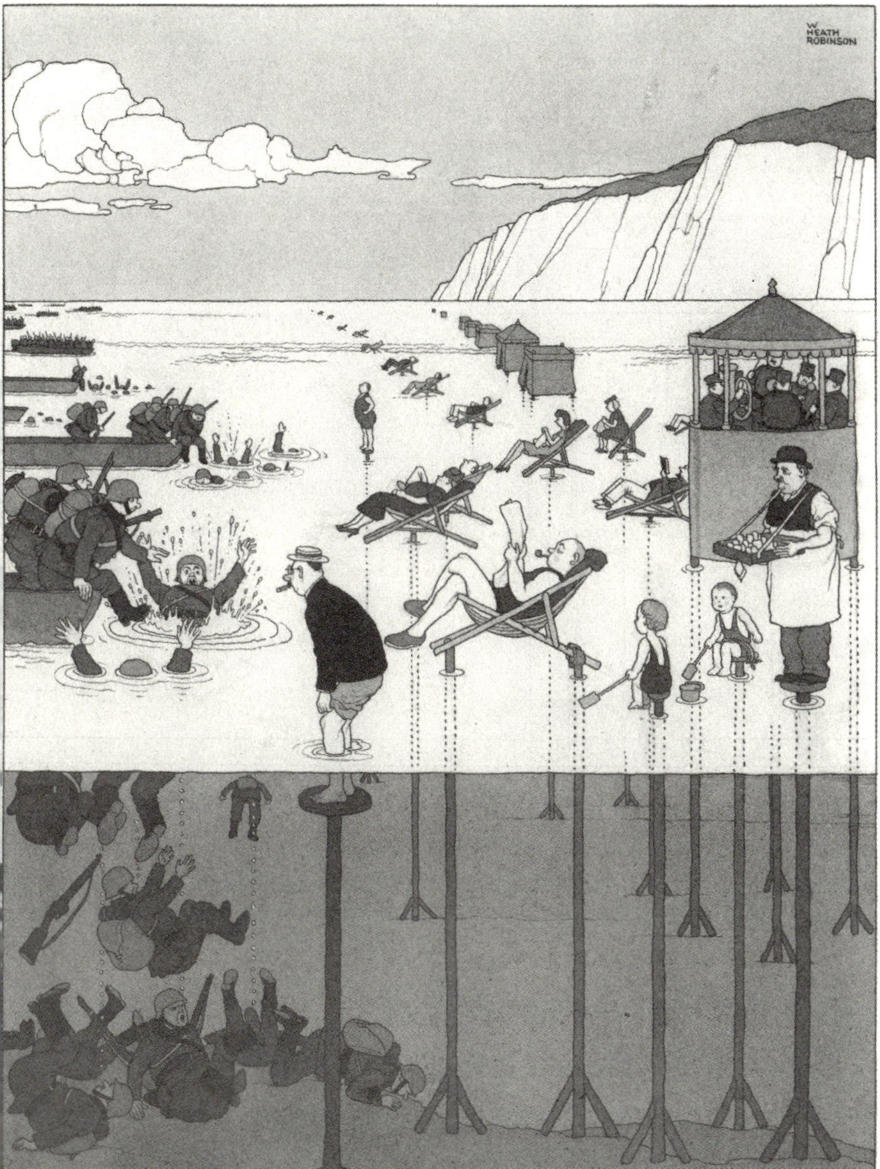
W HEATH ROBINSON

关他的诸多轶事都反映出了他的敏锐洞察力和仁爱之心,这些事迹在那不勒斯和罗马广为流传。在离罗马不远的一个女修道院里,一个修女自称具有罕见的启发和预示天赋,修道院长便向罗马教皇推荐了这种从她的声音中所显示出来的绝妙力量。然而教皇还不甚了解该怎么处理这种情况,而这时菲利普刚好远行归来,于是教皇向他请教,菲利普就承担起拜访这位修女的责任并确定她的这种天赋和本质。菲利普刚一回来就立刻风尘仆仆地赶往修道院,一路上经历了泥泞坎坷、风吹雨淋。到达之后他向院长传达了教皇的旨意,并让她立刻召唤来那位有非凡天赋的修女。修女被请来了,她一进房间,菲利普就伸出自己沾满泥垢的双腿,让她给自己脱去靴子。一直以来这位修女都享受着众人的吹捧和尊敬,哪受得了这般待遇?雷霆大怒,当场拒绝。而菲利普,看到这番反应,立刻冲出门外,跨上马背,返回到罗马主教那里说:"尽管放心好了,主教。世上从来就不会有什么奇迹发生,因为她丝毫没有一点谦逊之情。"

我们丝毫不必介意人们想要说什么,而应该是他们必须说什么,他们的本质是什么。美国人总是试图对自己的话语有所保留,嘴里说出来的并非心里所想。但是如果我们能安静地坐下来,我们就会轻易发现他们的话到底是发自内心还是违心。让我们按照自己的想法伪装自己,我们总会有办法透过你的内心看透你的真实想法。如果我们的习惯和一时的怪念头发生冲突,那就耐心等着吧,等着优势的一方占得上风。即使是孩子也不会被父母对他们问题的错误回答所蒙蔽,不管是自然本质,或是宗教问题还是个人本质都是如此。如果父母不去思考事情到底是怎样的,而是用最传统的、伪善的答案打发孩子的话,他们就会接受这种思路,并把它当成是理所当然。与一个身强力壮的人相比,另一个人的所有缺点会一览无遗,而我们没有发现的原因只是我们自身混乱。一位解剖观察者说过,人们的胸膛、腹部以及臀盘的样子一眼就能看出来。相貌和颅相学并不是什么新兴科学,而是人类灵魂的外在显示,告诉人们从外貌中我们可以获得某些新的信息源。而在这后面则隐藏有更广阔范围的新科学。因此对我们自己来说,我们所说的话不偏离事实,犯了什么大错一点也不重要。如果我们忘记了一个人所说的话,那还谈什么事实呢!在沉默无语的时刻,我们又怎能想起事实其实是我们在生命和死亡的旅程中唯一的武器!才智是廉价的,愤怒也是廉价的,但是如果我们无法向另一方为自己争辩、解释,无法在你我之间分辨出事实真相,那我们就无法得到属于自己的位置。而另一方也会忘记我们所说的话,而你所参与的部分却向你不断发出恳求。

我们为什么要急着解决生活给我们出的谜语呢?我很确定,给我们带来诸多问题的问题者最终会告诉我们答案,时间就是最好的证明。他也是富有的,能力非凡而又乐观开朗的送礼者,会以各种方式赠送给我生活的礼物。我为什么要放弃自己的想法呢?仅仅因为我无法解决异议吗?事物在我们生活中是否和以前的一样,这是个值得考虑的问题。我们只有掌握了事物内部的关键,才能看到事物以外的东西。我们没有见到上帝,是因为我们没有找到自己的避难所。如果我们心胸宽广,那在搬运工人和环卫工人身上我们也会发现同样的情怀。一个没有道德的人,在他看来所有事物都同样没有道德。曾经看到过这样的文字,只要有一样是不完整的,那就没有一样是完整的,而一个人的快乐决不能建立在别人痛苦的基础上。

佛教徒说:"没有一个种子会死亡。"也就是说,每颗种子都会在合适的条件下发芽生长。世上到底存在不存在能够逃脱报应的行动,这种行动又在哪呢?什么是粗俗的?所有粗俗事物的本质是什么?是对奖赏的贪婪吗?是工匠和艺术家的区别,是人才和天才的区别,是罪人和圣人的区别。一个人如果不把自己的精力放在行动的本质上,而是所获得的报酬,不管这种报酬是金钱、地位还是名誉,那他都是低级的。那些懂得人们的行动一定会承担后果获得回报的人都是伟大明智的,因为他会将自己的思想融入行动,接受事物的本质,承受自己行动的后果。伟人无法逃脱自己行动的后果,因为一旦行动,后果就会立刻发生。天才的生活都是高贵的,生活会默默地为他们带来远方的朋友。如果害怕上帝,那不管到哪,都会认为自己走在一个空旷的教堂里,脚步声在偌大的空间里回荡。

因此,对于那些为人类带来荣耀的情感、爱、谦逊、信仰等,我都看成是与神学最贴近的元素,只要人们行得正坐得端,自信和先见自会从人们身体和思想内部散发出来,正如花到了开放时期,自会吐露芬芳,也正如大自然的土壤岩石中自会散发出世界上最美妙的气氛。

这么说来,人们在所有事情面前都是平等的。他能够为正义直面危险。一个可怜、懦弱而痛苦的人,在使命的引导下,他们也能满怀热情,投入到枪林弹雨中战斗,这是因为他感觉到正义事业给人们带来的保障。只要我超出自己的轨道就不怕出危险。然而奇怪的是那些优越感强的人对霍乱等疾病却没有比绿豌豆或沙拉等美食更高的抵御能力。如果生活并没显示出慷慨大方,没有保障,也没有人们生活所必须的责任和关爱,那生活并不是那么令人尊敬,难道不是吗?每个人所从事的工作任务都是来维护自己生活的。说某个人的工作对上帝来说是很珍贵的,是不可割舍的,这只是他为自己争辩的说辞罢了。避免自己受雷击的最好武器其实就是自己的身

体。我们在生活中树立的高远目标会影响我们的做事方法,影响到我们每一天的生活,甚至会影响到我们身体的各个器官。这种高目标也会像药剂一样,对人们的精神甚至是整个社会弊病产生治疗作用。歌德说过:"拿破仑慰问那些瘟疫灾民,就是为了证明,征服自身的恐惧,就不会再惧怕瘟疫,事实证明他是正确的。在这样的例子中可以看出,意志的力量是不可思议的。它能穿透身体,让整个人活跃起来,从容地应对那些恐惧的事物。"

有这样一个跟威廉有关的故事。一次他围攻大陆上的一个城镇,一个派来的公使来到他的营地,得知国王在城墙那里,于是他冒险去城墙找他。到了以后发现他正在指导枪手打枪,于是他向威廉解释了自己的来意,得到的答复是这样的:"先生,难道你不知道你在这度过的每一分钟都有被击中的危险吗?这可是生命危险啊!"公使说:"我冒的危险,跟陛下您比起来,又算得了什么呢?"国王说:"话是这么说,但是这就是我的工作职责,但不是你的。"几分钟以后一颗子弹正中目标,公使不幸丧命。

在人们更深层的本性指导下,忠诚的学生也会违反自己所有的早期天性。他开始接受生活的不幸,知道逆境也会孕育成功。他还会明白谦逊也能产生巨大的力量,他能够在黑暗中工作,在失败中成长,忍受痛苦和低落情绪,甚至是羞辱。哈菲兹这样写道:

终有一天,
人们即使头顶尘土,

也会以此为装饰,

获得那卑贱的信任。

道德面前人人平等,所有人都会变得富有强大。道德不是金钱,却能购买所有事物.只要愿意,谁都能在自己口袋中找到道德的身影。即使是奴隶在皮鞭的抽打下也能感受到同圣人及英雄一样的平等。在最恶劣的灾难面前,人们会惊讶地发现,只要适时调整自己的心态,努力适应,从另一角度上讲,我们什么也没有损失。

我想起一位名人的一些特点,他的生活和话语背弃了这种情感的启发。班尼迪克在当时那个时代一直被视为伟人。但是他从历史中没有得到任何东西,物质的和精神的都没有,对未来也没有什么设想,也不知道该如何对待周围的人,更不知道人们应该怎么对待他。他说过:"除非我自己承认,否则我绝不会被打败。我见过一些强大有力、野蛮残忍的人,我对他们毫无应对策略。他们认为已经打败我了,并在社会上、报纸杂志上到处宣扬。于是我就以这种方式在所有人眼中被打败了,或许已经以各种不同的形式被打败好多次了。从我的账簿上可能会看出我负债累累,甚至拮据到有上顿无下顿的地步,只有这样才能打败敌人。也许我的民族并不是前程似锦。我们也许疾病缠身,其貌不扬,旁人难以理解我们,我们也不受人欢迎。我们的后代也许会情况更糟,而我看起来也让朋友顾客失望,也就是说,不管与谁偶遇,我都没有为那个特定情况做好准备,因此一直都是败落的状态。但是我知道,一直以来我从没有真正被人打败,甚至可以说我从没真正参与过战斗,然而可以肯定的是,时机到来我当然会去,而且也一定也会取胜。"守护之神毗瑟拿·萨尔玛说过:"将自己的优缺点与他人作对比的人,在全面了解并衡量之间的差异以后,就会轻易战胜敌人,正所谓知己知彼,百战

百胜。"

　　他曾经说过:"我已经花费了十个月,这期间与我为伴的只有俄里翁。只要松鼠或蜜蜂这样娇小的动物能安全前往地方,不管是哪,我都会去的。如果要去国外,我会与街上的任何人为伴,因为我知道我的善良和邪恶并不是来自这些人,而是来自精神,而我就是精神的奴隶。我不可能像他们那样向环境屈服,但是他们却能将自己的生活和生命溶入自己的命运和事业。我也不能沉浸在回忆

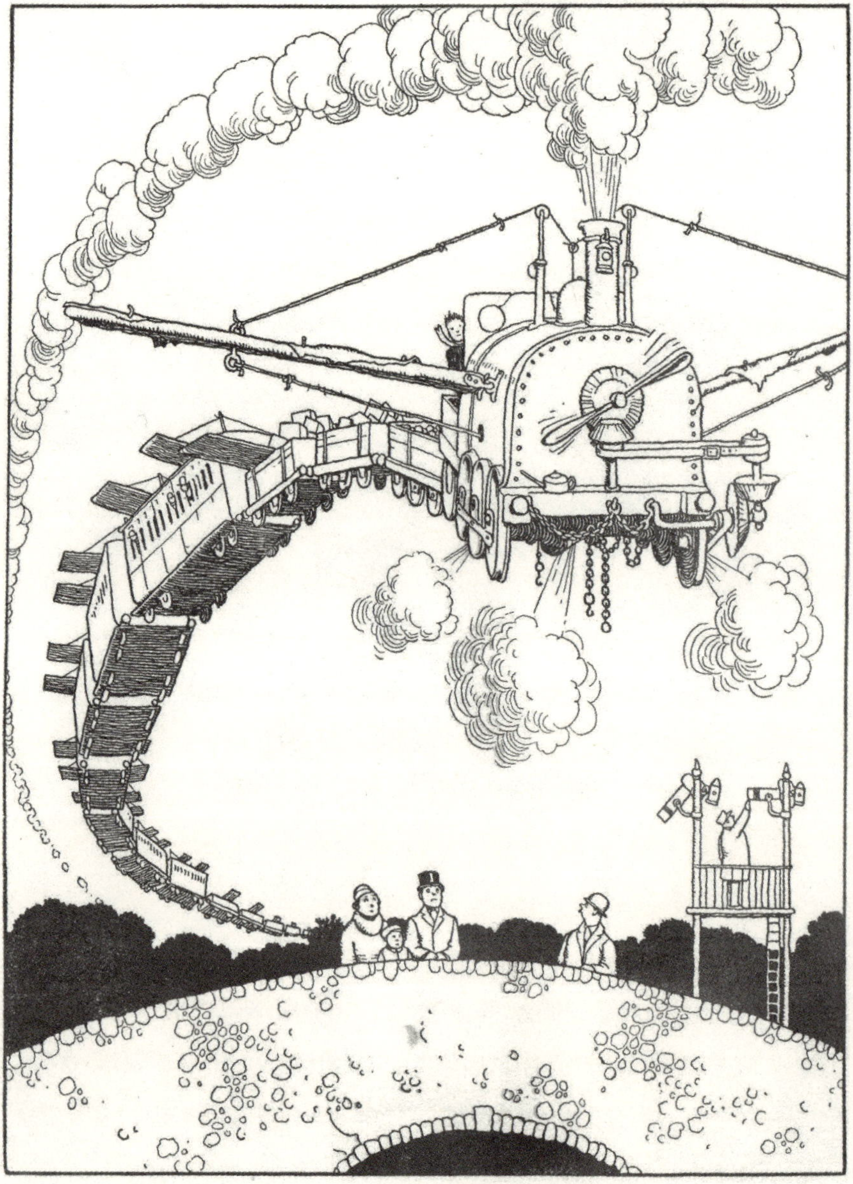

中而将低自己的身份,更不能停滞不前。如果有什么想法,我自会任其发展,这些想法就应该占据我的整个身体,但是如果这些想法并不是自发的,那就意味着他们并不该来。他们不来找我,我也不会主动去找他们。对待朋友亦是如此。我不会追求最可爱的人,我不会乞求友谊和爱情的到来。这一点你我都清楚。任何事情都不可强求也没有什么是理所当然的。"班尼迪克出去找朋友,如果正好在路上相遇,他丝毫不觉得惊奇。但是如果他来到朋友门前,敲门后发现朋友不在家,那他再也不会来了,因为他会认为这就是一个暗示:他来的不是时候。

他有一个令人奇怪的想法,就是不会向同一个人道歉,即使他错怪了这个人。他解释说这是一种个人虚荣,但是他可以通过向下一个人犯错而让这种行为得到平衡,这样,整个宇宙就公平了。这么说来还真是一个怪人。

米拉心里有疑问,就来向班尼迪克求教。自己雇来一个的可怜女人,名叫珍尼西,每天一先令,但是现在这个女人生病了,而且看起来很严重,卧床不起,大有需要别人照顾的架势。这该怎么是好呢?是要留她还是解雇呢?班尼迪克回答道:"怎么会问这样的问题呢?时机到来事情自然就会清楚地展示在人们眼前。难道连要不要把她赶出门外这样的事情也是一个天大的难题了吗?这就像是不是应该把小珍妮夹在胳膊底下然后扔到大街上一样简单。你施舍给乞丐的那点牛奶面包都能养活她。把这个女人解雇就像把她推出家门一样,不管你自己怎么看这个问题,本质不变。"

在震教徒[①]那里,我发现他们虔诚信仰的教条里有一条教义,这条教义鼓励他们敞开大门接纳每一位自远方来投靠他们的人,因为在他们眼里,更高层次的人类精神自会将自己展示在他们面前,也会告诉他们这个人在社会中是什么样

---

① 震教徒(Shakers),又称为震教教友会教徒(Shaking Quakers),属于基督再现信徒联合会,是贵格会在美国的分支。

169

的行为方式,是不是跟自己的同一类人。他们不会接受他,也不会拒绝他。他们满身泥泞,在地里辛苦劳作,步履蹒跚地跳着舞,这样年复一年的,如果他们真心体会其中的智慧,那终不会徒劳无功,劳而无获的。

让我们赞美那些在生活中不断取得胜利的人吧。他们与精神和现实交感;他们得到支持而非华而不实的赞美之词;他们默默无闻,更不愿人们过多的注意他;他们头脑清醒,选择美德,因此而激怒了到的捍卫者,选择某种宗教,因此这种宗教也不再向人们宣扬重生或考验的言论。最高美德总是会与法律相悖。

奇迹只能降临在那些让人惊叹甚至神乎其神的人身上,而不是斤斤计较的算术家。才能和成功对我的吸引力并没有那么大。伟大的阶级就是那些能影响我们的想象力的人,他们无法环抱所有事物,那些专注的人、迷茫的人、脑子里充斥着各种想法的人,他们会提出自己无法实施的想法。他们追溯历史,从遥远的地方寻求答案。崇高的精神不会偏爱跛脚畸形的人。世上如果存在一个善人,那就必定会存在另外一个,然后会越来越多。

因此联想到未来的时刻,幻化成美丽的恶魔,黑夜在我们的窗帘上,白天在我们的餐桌旁,我们就会理解,就会确信改变即将到来。一直以来人类都在为存在的天赋表达自己的感激,战战兢兢地生怕被剥夺。这是一种无法满足的好奇心,并期待着能永恒地延续下去。上帝对我们充满信任,在人生经历中我们会慢慢发现,这种信任之情会将我们的生命之路铺满鲜花。

忙碌不堪时,没有人会对不朽感兴趣,也不会质疑至高力量。安提奥卡斯国王的儿子问自己什么时候才能参加战斗,国王回答道:"难道你不害怕吗?不怕你永远也听不到战斗的号角吗?"自信就是更高层次的情感,如果好好生活对我们来说就是最好的选择,那我们就好好生活。有自己坚定的信仰要比在动荡模糊的年代即使是最渺小的思想好得多。而我们的功过是比我们寿命更高尚的问

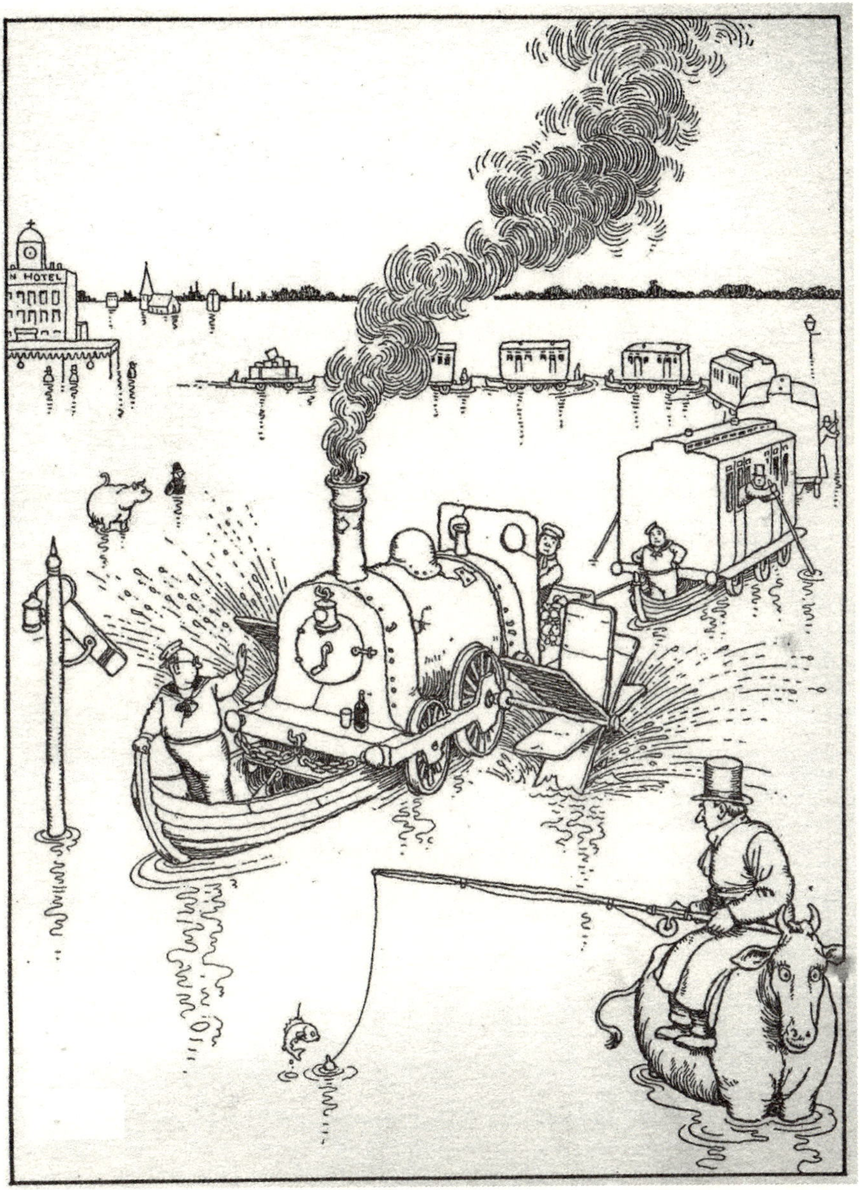
N HOTEL

题。不朽自由所在,当前伟大的灵魂在将来也必将成长为伟人。只要我们自己坚信,那所信仰的教义胜过任何人的神话。我们自己的行动会证明,他们会为我们带来无限的将来。

宗教软弱和消沉到底指的是什么？正如你这样的,即使是上帝自己也没法救你。很多时候人们都是不适合生活的,从他们的不平等到自己的生活必需品,或者人们忍受政治、糟糕的邻里关系或疾病的困扰,他们也会高兴地发现,迟早有一天他们会从生活的责任中解脱出来。但是人们精明的本能又会问:"死亡将如何帮助他们呢?"人们死后这些并不会得到解脱。人们不会因为一直软弱而惧怕死亡。宇宙的重量会重重地压在每一个道德使者的肩上,让他们不敢怠慢地执行自己的任务。而在神界唯一能逃脱的道路就是执行。在解放之前我们必须从事自己的工作。宇宙的统治是一个人们不可违背的事实。马库斯·安东尼用一句话做出总结:"如果说有上帝存在的话,那死亡也是另一种乐趣;而如果没有上帝,活着则是一件悲哀痛苦的事情。"

所以在我看来,生活的最后一节课,就是所有生灵和天使们合唱的赞歌,这也是一种自发自愿的服从,是一种必不可少的自由。人类和这个世界一样,有着相同的外表、体质和命运。当人们思想受到启迪,心灵得到净化,他就会心情愉快地遵从最高准则,用自己的知识按照上帝的指示发挥作用。

那些指导并满足现在和未来时代的宗教信仰,不管宣扬的是什么,以什么形式出现,一定要有知识原色在里面。科学的思想一定有一种信仰,而这种信仰也一定关乎科学内容。穆罕默德说过:"我痛恨两个事情——一个是不信神的有识之士,另一个就是盲目迷信的傻瓜。"然而我们这个时代对这两种人都没有耐性,尤其是后者。让我们舍弃那些没有证据的事物吧。宗教信仰本身就有足够的心灵空间和想象空间。我们不必为别人的主张和不完全的事实而苦恼,也没有必要为人们的个人感情和不屑一顾而闷闷不乐。

在道德基础上将会建立一个新的信仰,起初可能不受人们青睐,没有什么外在装饰,正如包在襁褓中的婴儿,是未来理论法则的计算专家,是不带芦笛、琴瑟或竖笛的神职人员;但是它会以天地作为自己的遮蔽,以科学作为标志和启示,它会迅速地聚集足够的美丽、音乐、图画和诗作。世上不会再有比这更坚韧、更苛求的坚忍克己主义了。它会让人们忍受孤独,以乞求的方式让这个社会蒙羞,让人们知道大部分时间他都要跟朋友待在一起。人们会独善其身,独来独往。只有那些无名的思想、无名的力量、超越自我的心灵,才能感动他。人们只需要自己的决定,没有什么好名声可以帮助他,也没有什么坏名声可以伤害他。法则就是他的安慰,好的法则自身有着强大的生命力。他们知道如果人们保留这些法则,他们就会用伟大的领先事业让他活力无限,并为他带来无限的视野和前景。那些认得伟人踪迹的人会永远拥有荣誉和幸运,也会永远置身于伟大的事业中。

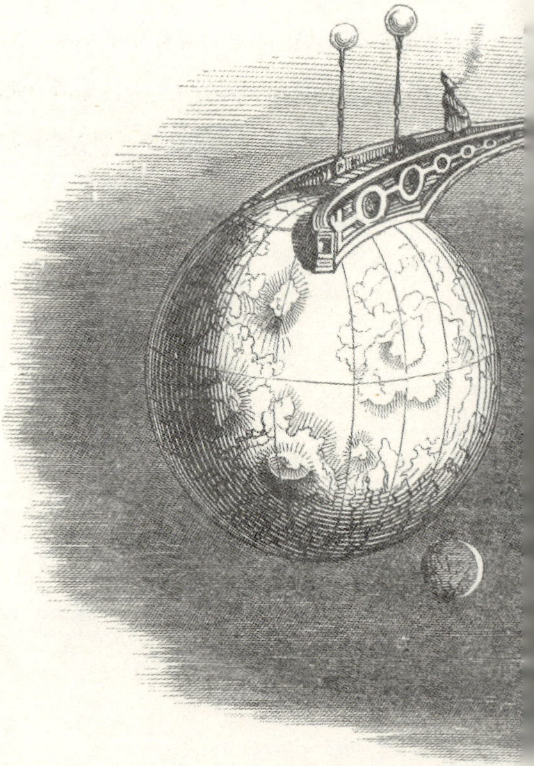

伟人

相信伟人是很自然的事情。如果我们儿时的玩伴后来竟成为英雄,享受帝王般的待遇,我们也不会感到意外。所有的神话故事都以半神半人开始,环境高贵而富有诗意。也就是说,他们的天赋是至高无上的。在有关释迦牟尼的传说中,最早的人类吃的是泥土,而且发现它香甜可口。

自然似乎是为了优秀的人物而存在的。世界由善良之人的诚实维系着,他们使大地有益健康、朝气蓬勃。与这些人一同生活的人发现生活充满欢乐、滋养丰富。我们只有在相信这样的社会的时候,生活才会是甜蜜的、可以忍受的;而且在事实上,或在理想中,我们都设法与优秀的人一起生活。我们的孩子和土地以他们的名字而命名,他们的名字被用作语言的动词,他们的作品和雕像摆放在我们的家里,当今的每个事件都使我们回忆起他们的某个轶事。

追随伟人是青年人的梦想和成年人最严肃的工作。我们涉足异国只为寻找伟人的作品——如果可能,还奢求能一睹他的尊容,然而,我们却被命运拖延了脚步。你说,英国人实际,德国人好客,西班牙的巴伦西亚气候宜人,美国的萨克拉门托的群山里有金子可挖。事实如此,但我不会跋山涉水地去寻找舒适、富裕和好客的人,晴朗的天空或价值不菲的金铸块。然而,如果有一块磁铁能够指出那些天性富有、强大的人所在的国家或处所,我会卖掉一切,倾我所有,买下这块磁铁,并立即踏上旅程。

人类得以前进是依靠他们的信誉。我们知道,如果城市里的一个人发明了铁路,那么全体市民的声誉也随之提高。但是大量的人口,如果都是乞丐,就令人厌恶,就像移动的奶酪、成群的蚂蚁和跳蚤——这样的人越多,就越糟糕。

我们的宗教就是爱戴和珍惜这些施惠者。寓言故事里的神灵们是伟人最光辉的时刻。我们用同一个模子制造器皿。犹太教、基督教、佛教和伊斯兰教的庞大的神学是人类心灵必要和结构性的活动。学历史的学生就像走进货栈去买布匹或地毯的人，他幻想拥有一件新的物件，可是如果去工厂，他会发现自己的新布匹或地毯仍然是在重复底比斯金字塔内墙上的卷轴饰和圆花饰。我们的有神论是对人类心灵的净化。除了人，人什么也不会画，不会做，不会思考。人相信伟大的物质元素来源于人的思想。我们的哲学找到了一个集中或分散的本质。

如果我们现在开始探究自己从别人那里得到了怎样的恩惠，我们须警惕现代研究带来的危险，并尽量从最细小低微处开始。我们决不能与爱对抗，也不能否定他人的实际存在。我不知道我们将会发生什么事。我们具有社会的优势。我们对他人的爱创造出一种其他任何东西都无法提供的优势或价值。依靠他人，我可以做成仅靠自己无法完成的事情。以前我无法对自己说的话却可以对你说。他人是我们阅读自己心灵的透镜。每个人都在寻求与自己品质不同的人，和他们的优点，也就是说，他在寻找他人和自己最不相同的品质。本性越强，反应性越强。让我们探讨一下纯粹的品质，把一些小天赋先放一边。人与人之间一个主要的区别在于他是否照料自己的事务。人就像高等内源植物，如棕榈，由内向外生长。他自己的事情，尽管别人做不到，他却可以玩闹般迅速做好。糖是甜的，硝酸盐是咸的，这对二者来说是非常容易的事。我们费尽功夫去伏击、诱捕主动落入我们手中的东西。我把处于较高思想层次的人当作伟人，因为其他人付出艰辛也难以进入他的层次。伟人只需睁开眼睛，便能看透事情的真相以及庞大的关系网，而其他人则需付出努力去更正错误、时刻警惕各种错误的发生。伟人对我们的帮助就如同这般容易。一个美人毫不费力就能将自己的形象印在我们眼里，而这是多么大的恩惠！聪明人把他的品质传达给他人也是如此容易。而且每个人都能不费吹灰之力做好自己最擅长的事情。伟人之所以为伟人是天性使然，而且伟人是独一无二的，从不会让我们联想到其他人。

但是他必须与我们有联系，我们的生活必须从他那里得到某种解释的承诺。我无法预知将要发生什么，但我已经注意到有这样一些人，他们能够用自己的性格和行动回答我甚至没有能力提出的问题。一个人回答了他同时代的人无法提出的问题，他就被孤立起来了。过去的和即将逝去的宗教和哲学回答了另外一些问题。有些人让我们看到他们身上充满无限希望，但他们对自己和他们的时代却毫无帮助，也许这是他们在空中玩的某种本能的游戏，他们无法满足我们的需求。然而伟人却近在咫尺，我们一看到他们，就能认出他们是不一样的。他们满足了期望，且十分到位。好的东西是有效的、有生产力的，能为自己制造空间、食物和同盟。一个好的苹果能生产种子，一个杂种就不能。如果人处在合适的位置，他就是建设性的、有生殖能力的、有吸引力的、能淹没大军的，他有自己的目的，因此也可以实现。河流制造了自己的河岸，每个合理的观念造就了自己的渠道，且受到世界的欢迎——食物的收获、可以表达的体制、作战的武器和解释它的信徒。真正的艺术家以星球为基架；真正的冒险者，经过多年努力，获得的最宽大的东西莫过于自己的鞋。

我们常见的讲道尊重优秀人物的两种作用和帮助。直接的给予切合人们早期的信仰，直接给予物质的或超自然的帮助，如健康、永驻的青春、良好的感官、医术、魔力和预言能力。孩子相信总有一个老师能够将智慧卖给他。教会相信推让给自己的功德。然而，从严格意义来讲，我们不太能认识到直接的帮助。人是内生的，教育是人的伸展和体现。与我们本身自然的发现相比，我们从别人那里得到的帮助是机械呆板的。这样学到的东西在活动中是令人愉快的，效果是持久的。正确的道德伦理是处于中心的，由灵魂深处向外伸展。天赋与宇宙法则截然相反。帮助他人就是帮助我们自己。我必须赦免我自己，为自己开脱。"别多管闲事，"精神说，"花花公子，你是愿意干涉天空还是干涉他人？"于是间接的帮助被抛弃了。人拥有一种形象化的或代表性的品质，并用智慧帮助我们。

伯赫曼和斯维登堡认为事情是具有代表性的。人也是代表性的,首先是事物的代表,其次是思想的代表。

如同植物把无机物转化成动物的食物一样,每个人都将大自然的某种原料转化为人用的东西。火、电、磁性、铁、铅、玻璃、亚麻、丝绸、棉花的发明者,工具的制造者,十进制计数法的创造者,几何学家,工程师,音乐家,在未知的和不可能的混沌中,各自为所有人开辟了一条容易的道路。每个人通过某种秘密的爱好与大自然的某个领域相联系,从而成为这个领域的代理人和解释人,如林耐是植物界的代理人和解说人,休伯是蜜蜂的,弗里斯是地衣的,范·蒙斯是梨的,道尔顿是原子形态的,欧里几得是线段的,牛顿是流数的代理人和解说人。

一个人,就是自然的一个中心。他用关系之线将每件事物,液体和固体,物质和元素与自己串联起来。地球在转动,每一块泥土和石头都会来到子午线,因此,每个器官、功能、酸、水晶、尘土颗粒,都与大脑有关系。它要等待很久,但最终会轮到它。每一种植物都有寄生虫,且每一个都创造出拥有爱好者和诗人的事物。蒸汽、铁、木、煤炭、磁石、碘、玉米、棉花都得到了公正的待遇。但是,我们的技术使用的材料仍然是多么少啊。大多数生物和性质还在隐藏着,期待着人们的发现。每一个都像童话故事里被施了魔法的公主一样,在等待命中注定的拯救者。每一个都必须被解除魔法,最终以人的样子重见天日。在发现史上,成熟的、潜伏的真相似乎为自己制作了一个大脑。一块磁铁必须先根据某个吉尔伯特或斯维登堡或奥斯特的样子造成人,其力量才会被普通人接受和利用。

如果我们把自己局限在最初的利益上,那么无机物和植物界附带的一种严肃的慈悲,在其顶峰时刻,就会以大自然的魅力的身份出现——晶石的光耀、类同的肯定、角度的精确。光与暗、热与冷、饥饿与食物、甜与酸、固体、液体和气体,像欢愉的花环一样将我们包围,用他们令人愉悦的争吵,轻松地消遣了人生

的时光。眼睛每天都重复着对事物的最初的赞颂——"他看到它们是好的。"我们知道去哪儿寻找它们；经历了一些伪装的比赛后，这些表演者愈加被人喜爱。我们也有权利享有更高的利益。科学被人化之前，缺乏某种东西。对数表是一回事，它在植物学、音乐、光学和建筑学中的重要运用是另外一回事。起初人们并未意识到，当算数、解剖学、建筑学、天文学的进步与智慧和意志结合时，它们就会上升到生活中，也在谈话、性格和政治中再次出现。

不过这点我们在后面会谈到。现在我们只谈谈我们与它们在它们自己的领域内相识的情况，以及它们是如何吸引某些天才，致使其一生致力于一件事情的。解释的可能性存在于观察者与被观察者的同一性中。每一种物质的东西都有非凡的一面，通过人性对它进行转化，它可以进入精神的和必要的领域，在那里和别的东西一样扮演坚不可摧的角色。一切事物不断升华，就是要达到这样的结局。气体聚集，形成固体的天空；块状的化学物质到达植物，便开始生长；来到四足动物那里，便能走路；到达人类那里，便能思考。然而选区的选民也决定代表的选票数。他不但代表，而且参与。只有同类才能理解同类。他之所以了解他们，是因为他是他们中的一员，他刚刚从自然中脱离，或刚刚结束作为那种物质的一部分的身份。被赋予生命的氯气了解氯气，成为化身的锌了解锌。他们的性质成就了他的事业,并且他可以用不同方式公开展示它们的优点,因为他是由它们组成的。人是由世界的尘土构成的,人不会忘记自己的出身。一切还没有生命力的东西终有一天能够说话和思考。尚未为人所知的自然终将被揭开所有的秘密。我们是否可以说那座石英山会研磨成无数韦尔纳、冯·布什和博蒙特?是不是可以说大气的实验室将我所不知道的、贝奇利乌斯和戴维发现的东西溶解在溶液里?

我们就这样坐在炉火旁,却手握地球的两极。这种类似的无处不在的东西取代了我们境况的愚蠢。在那些非凡的日子里,有一天,天与地相接并相互点缀,但我们一生只能遇见这一次,这让人感觉多么困窘。我们渴望拥有一千个头、一千个身体,这样就能用很多方式,在很多地方歌颂它无边无际的美。这是妄想吗?不,坦白地说,我们被我们的代理人大大地增加了。我们多么容易地接受了他们的劳动!每一艘来到美国的船只都是从哥伦布那里得到的航海图;每一部小说都得益于荷马;每一个使用长刨刨东西的木工都受惠于一个被遗忘的天才发明者。生活被科学的黄道带团团围绕着,这是已逝去的人为人类所做的贡献,他们把自己的点光加到我们的天空里。工程师、经纪人、法学家、医生、道德家、神学家以及每一个人,凭借他的科学知识,成为我们境

况经纬的定义者和地图绘制者。这些开路者从各方面丰富了我们。我们必须扩大生活的领域,增加我们的关系。我们在古老的地球上发现一笔新财产,这种收获如同得到一个新星球一样大。

我们在接受这些物质和半物质的援助的时候太被动了。我们决不能做坐享其成、一无是处的人。我们如果上升一步——利用我们的同情,我们就能得到更好的帮助。活动具有感染性,看别人正在看的地方,与同类人交往,我们就抓住了引诱他们的魅力。拿破仑说:"你决不能和同一个敌人交战过多次,否则你就把自己全部的兵法教给他了。"多与思维活跃的人交谈,我们会很快养成和他用一样的眼光看事情的习惯,而且在每件事上,我们都能预测到他的想法。

在智力和情感两方面,人才是有益的。我认为其他的帮助都是虚假现象。如果你假装给我面包和火,我知道我要全额付款,并且最终我发现自己还和原来一样,没变好也没见坏。但是,一切精神和道义的力量都是一种积极的好处,它来自于你,不管你愿不愿意,我得益于它,而你从未想到过我。如果没有新的决心,任何一种个人力量,或任何伟大的表现力量,我都不能给予考虑。我们渴求人能够做的一切。塞西尔评价沃尔特·罗利爵士说,"我知道他很能吃苦。"这真是入木三分。克拉伦登对汉普登的描述也一样一针见血,"他是勤劳、警惕的人,最劳累的工作也无法使他筋疲力尽;他具有很好的资质,最狡猾、最精明的人也骗不了他;他拥有足够的勇气,与他最好的资质不相上下。"他这样描述福克兰,"他是如此拥护真理,如果让他隐藏、掩饰自己,他宁可允许自己去偷窃。"我们读普鲁塔克时无法不热血澎湃。我认同中国的孟子的言论,"圣人,百世之师也。故闻伯夷之风者,顽夫廉,懦夫有立志。"①

这就是传记的道德寓意,然而已逝者要打动像我们自己的朋友这样的在世

---

① 见《孟子·尽心下》。

者,是很困难的事情,因为他们的名字也许不会永垂史册。我从未想过的那个人是做什么的?每次独处时,都有人用奇妙的方法拯救我们的天赋,激励我们。有一种爱的力量,能够更好地预言另一个人的命运,胜过其他力量的预测,而且,通过豪壮的鼓励,可以使他坚守自己的职责。友谊对我们身上的美德有着崇高的吸引力,友谊的什么特性也像这样显著呢?我们再也不会看轻我们自己,或看轻生活。我们被激励着,要达到某个目的,铁路上的挖掘者的勤劳再也不会让我们感到羞愧了。

这种人身上也有一种我认为非常纯洁的敬意,这种敬意是各个阶层的人向当今的英雄表达的,从科里奥拉努斯、格拉古到皮特、拉斐特、威灵顿、韦伯斯特、拉马丁。听听街上的呼喊声!人们对他百看不厌。他们喜爱一个人。这是头和躯干,正面多英俊,眼睛多美丽,亚特兰大式的肩膀,整体举止如英雄一般,拥有与其不相上下的内在力量来操纵伟大的机器!对此充分表达的乐趣在人们的私人经验中通常被约束、受到阻碍,因此这种乐趣更加高涨,正是读者从文学天才那得到快乐的秘密。一切都被表达出来,酣畅淋漓,火热到可以融化矿山。莎士比亚的主要优点可以这样表述,他比任何人都要了解英语语言,而且可以畅所欲言。然而这些畅通的渠道和水闸只是健康或幸运的体质。莎士比亚的名字使人联想到别的和纯理智的恩惠。

尽管元老院和君主们有勋章、宝剑和盾形徽号,他们却得不到那种赞美,即将一定高度的思想传达给一个人及预测他的智力而得到的赞美。这种荣耀,在人一生的个人交往中也许难有两次,天才却总能获得。如果这种贡献在长时间里能偶尔被接受,就很令人满意了。物质价值的指示者被贬低到一种厨师和甜食师傅的身份,却表现出思想指示者的样子。天才是超敏感区域的博物学家或地理学家,并且绘制这些地区的地图,他帮助我们认识新领域的活动,使我们对旧事物的爱冷却下来。这些新领域被立刻当作真实的事物被接受,我们已经与之交流的世界是它们的展现。

我们走进健身房和游泳馆去看身体的力量与美,而见证各种智力的技艺也会产生同样的快乐和一种更高的恩惠,如记忆的能力、数学组合的技艺、伟大的抽象能力,甚至多才艺和专注力——因为这些活动揭露了与身体各部分一一对应的不可见的器官和心灵的各个部分。因为我们由此便进入一个新健身房,并学会用他们最真实的标记来选择人,柏拉图这样教导人们,"选择那些不需要借助眼睛和其他任何感官的帮助就能走近真相和生存的人。"这些活动中最重要的是想象造就的筋斗、咒语和复活。当这一点被唤醒,人的力量似乎可以增加十倍甚至一千倍。它开启了对不确定状态的美好的感觉,激发了一种无畏的思想习惯。我们像火药的气体一样有弹性,书里的一句话,或对话中的一个词都能释放我们的想象力,于是我们的大脑立刻沐浴在银河中,我们的双脚立刻踩到地狱的底部。这种利益是真实的,因为我们有权利享受这些增扩,且一旦越过了界限,我们就不再是痛苦的迂腐之人了。

智力的高级功能结合得十分紧密,因此某种想象的力量通常出现在一切杰出的心灵里,甚至一流算术家的心灵里,尤其是具有直觉思想习惯的沉思者的心灵里。这个阶层的人为我们服务,以便获得对同一性和反应的感知。柏拉图、莎士比亚、斯维登堡、歌德,都不会无视这些法则。对这些法则的感知是一种心灵的韵律。渺小的心灵之所以渺小,是因为它们看不见这些法则。

这些盛宴也有过度的时候,我们对理性的喜爱退化成对先驱的盲目崇拜。尤其是具有很强的条理的人已经指导人们的时候,我们会发现压迫的实例。亚里士多德的统治,托勒密的天文学,路德、培根、洛克的声誉——宗教里等级制度、圣人的历史,以及以创立者名字命名的各教派,都是这种实例。唉!每个人都是这样的受害者。人的愚蠢总会导致权力的轻率和厚颜。庸俗的天才乐于使观看者眼花缭乱、盲目听从。然而真正的天才努力保卫我们,使我们远离这种伤害。真正的天才不会使人贫穷,而是解放我们,并增加我们的新感觉。如果一个智者出现在我们的村庄里,与他交谈的人会对产生一种新的财富意识,因为智者让他看见未被观察到的好处。智者会建立一种不可动摇的公平感,让我们平静下来,因为我们确定我们不会被欺骗,因为每个人都能识别情况的制约和保证。富人会看到他们的错误和贫穷,穷人会看到他们的逃路和资源。

然而自然在适当的时候带来了这一切。循环是她的对策。心灵对大师们失去了耐心,渴求变化。管家们这样评价有价值的佣人,"她和我住在一起的时间足够长了。"我们是倾向,或者说是症状,且没有人是完整的。我们接触,然后离开,我们轻抿许多生命的泡沫。循环是自然法则。当自然带走一个伟人,人们探索地平线去寻找一个继承者,但是没有找到,永远不会找到。他的阶层随他一起湮灭了。在另外某个大不相同的领域,下一个人会出现,不是杰弗逊,不是富兰克林,而现在是一个伟大的推销员,然后是一个道路

承包商,一个研究鱼类的学生,一个捕猎野牛的探索者,或者一个半野蛮的西部将军。这样,我们抵抗我们粗野的主人,但对抗最棒的人,有一种更好的补救方法。他们交流的力量并不是他们的。当我们被理念提升时,我们并不是得益于柏拉图,而是得益于理念,因为柏拉图也是理念的受益者。

我一定不会忘记,我们欠一类人特殊的恩情。生活是一把刻度尺,在一级级伟人之间,是宽大的间距。各个年龄的人都被一些人所吸引,这些人或依靠他们体现的观念的性质,或凭借他们博大的内涵,而坐上了领导和法律制定者的位置。他们教给我们初级本质的特性,允许我们走进事物的构造里。我们每天在一条幻想的河流上游泳,并为天上的房屋和城镇而欣喜,我们周围的人都被它们所欺骗。但是生活是一种真诚。在清醒的间隙,我们说,"请为我敞开一个通往现实的入口,傻瓜的帽子我已经戴了太久了。"我们将会了解我们的经济和政治的意义。给我们密码,如果人和事物是天上的音乐的乐谱,让我们念出所有的乐曲吧。我们已被骗走了理性,然而还有理智清醒的人,享受一种丰富和相关的存在。他们知道的东西,是为了我们而知道的。每出现一个新头脑,自然的一个新秘密就被泄露。在最后一个伟人诞生前,圣经是不会被合上的。这些人纠正了动物精神的狂乱,使我们考虑周到,给我们带来新目标和新力量。人类的崇敬将这些人选到最高的位置上。看到每个城市、村庄、房屋和船只里众多的雕像、图画和纪念碑,让我们想起他们的天才——

> 他们的幻影总在我们面前升起,
> 我们更加崇高的兄弟,与我们同一血系;
> 床前,桌上,他们主宰我们,
> 用的是美丽的容貌、上善的话语。

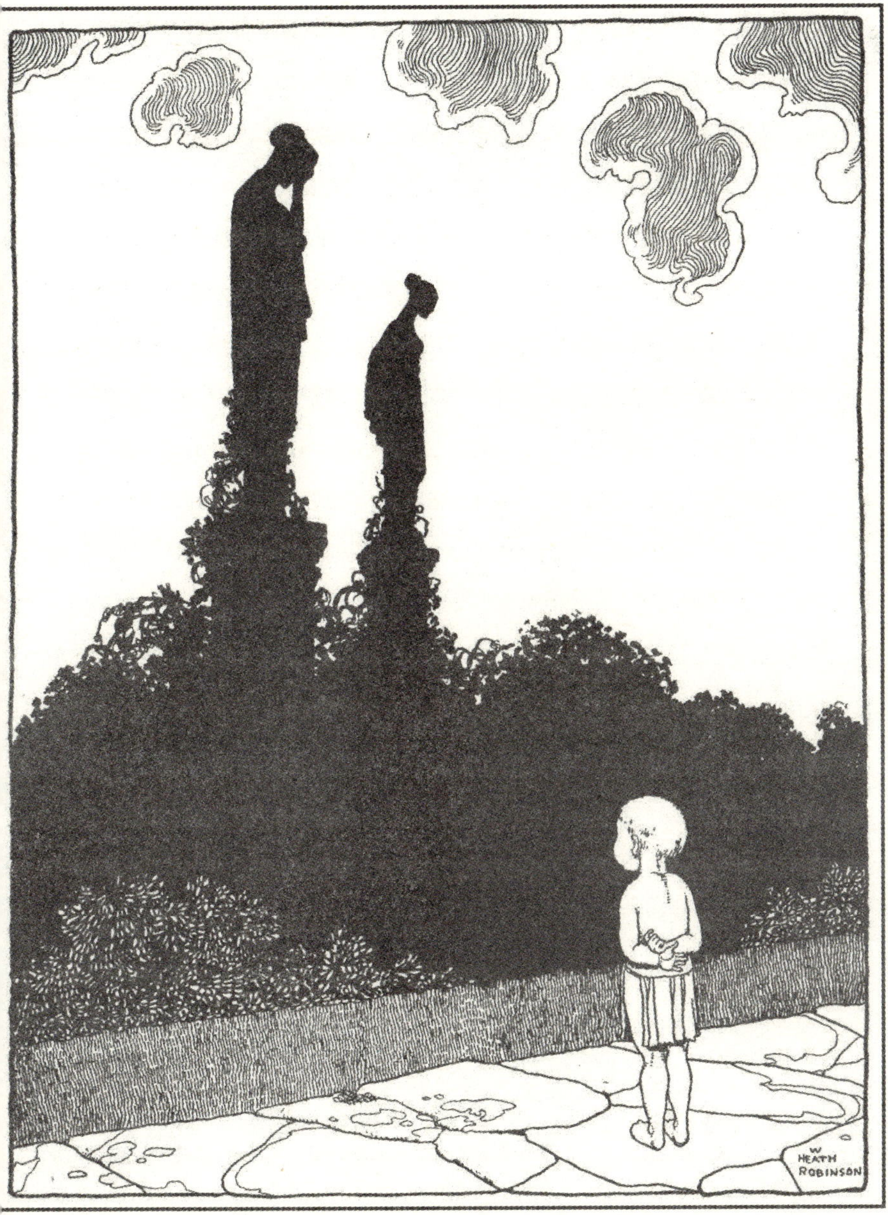
W HEATH ROBINSON

怎么样去描述观念的特殊好处呢,即那些将道德真理带给普通大众的人提供的服务?我的一生深受一份永恒的代价表的烦扰。如果我在自己的花园里工作,修建苹果树,我会很开心,且能将类似工作无限期的做下去。但我突然想到,我把这件并不重要的事完成了,一天也过去了。我去波士顿或纽约,为自己的事务奔波不停,这些事情我匆匆去做,一天的时光也匆匆逝去。想起我为一种微不足道的好处付出的代价,我就烦恼。我记得那张"驴皮",坐在它上面的人可以完成心愿,但是每完成一个心愿就要少一块驴皮①。我去参加一个慈善家大会,我尝试一切办法,眼睛还是无法不盯着时钟。然而如果与会者中有一个文雅的人,他不了解人或者政党,也不了解加利福尼亚或古巴,但却能宣布处理这些细节事务的法律,能向我证明有一种公平能够击败每一个虚假的玩家,使追逐私利者破产,并告知我,我的独立不受任何国家、时代或人的限制,这个人就解放了我,我会忘记那个时钟。我走出痛苦的人际关系,我的伤痛痊愈了。我领会自己拥有不会腐坏的物品,因此我成为不朽的人物。富有和贫穷之间有激烈竞争。我们生活在一个市场里,这里只有这么多的小麦或羊毛或土地,如果我得到的多一些,别人就只能少得到一些。如果不打破好规矩,我似乎没什么好处。没有人因为别人高兴而高兴,我们的体系是斗争的体系,是一种有伤害性的优胜制度。每一个撒克逊民族的孩子接受的教育都是要成为第一名。这就是我们的制度。一个人衡量自己的伟大的标准是对手的遗憾、妒忌和仇恨,但是在这些新领域中有空间,没有自负,没有排他。

我欣赏各种各样的伟人,那些追求事实,或崇尚思想的人。我喜欢粗糙,也

---

① 巴尔扎克的小说《驴皮记》中写一张神奇的驴皮上面刻着几句梵文:"要是你占有我,你就会占有一切,但你的生命也会属于我……对你的每一个欲望,我将随着你的生命同时缩小。"

喜欢平滑,喜欢"上帝的鞭笞",也喜欢"上帝的宠儿"。我喜欢恺撒一世、西班牙的查尔斯五世、瑞典的查尔斯七世、金雀花王朝的理查、法国的波拿巴。我欣赏自给自足的人,与职位相称的官员,上尉、牧师、议员;我喜欢站立如磐石的大师,出身高贵、富有、英俊、雄辩、一身优点,他的魅力吸引所有人成为他的力量的附属者和支持者。刀剑与棍棒,或刀剑般或棍棒般的才能,担负起世界的事业。但当他将理念的元素——一种不考虑人的影响、微妙的、不可抗拒的向上的力量——引入我们的思想,消除个人主义,从而废除自己和所有英雄时,我发现他就更加伟大了。他的力量那么大,君主与之相比都一文不值。于是,他成为一位给予他的人民宪法的君主;一位宣扬灵魂平等,免除了仆人对自己的野蛮崇拜的教皇;一位可以让出自己帝国的帝王。

但我打算就这种服务或帮助具体谈两三点。自然虽然从不宽恕鸦片或忘忧药,但无论她在自己的生灵身上的哪个部位制造畸形和缺陷,她都会在伤口那里敷上罂粟,这样承受者就能继续快乐地生活直至生命被耗尽,不知晓伤口,也看不见它,尽管全世界每天对其指指点点。卑微和令人讨厌的社会成员的存在对社会是一种祸害,他们却毫无例外地认为自己是最受虐待的人,永远都克服不了对同时代人表现出来的忘恩负义和自私自利的震惊。我们的星球不仅在英雄和大天使身上,也在流言和错误的拼写里发现隐藏的美德。把适宜的惰性,这样一种保存和抵抗的精力,对被唤醒和改变的愤怒,嵌入每一个生物体内,难道不是一种稀有的发明吗?这完全独立于一个人的理智力量之外,是一种骄傲的观点,也说明我们是正确的。最虚弱的老夫人、扮怪相的傻瓜,都不会利用仅剩的一丁点感知和技能去嘲笑别人的荒谬、为自己沾沾自喜。与我不同的是衡量荒谬的标准。没有人会担心犯错误。用沥青这种最快的胶合剂粘合事物难道不是很聪明的想法吗?但是,在沾沾自喜时,某个人物从旁边经过,就连忒耳西忒斯、瑟赛蒂兹[1]也会爱慕的。这就是应当在我们前进的路上为我们指路的人。他的帮助永无止境。没有柏拉图,我们几乎难以相信会再有一本理性的书。我们似乎只需要一本,我们确实需要一本。我们喜爱结交英雄人物,因为我们的接受能力是无限的,而且,和伟人在一起,我们的思想和举止也很容易变得伟大起来。我们都有潜力,但精力有限。同伴中只需有一个智者,所有人就都是智者了,因为感染非常迅速。

因此,伟人是一种洗眼液,可以清除我们眼里的自负,使我们看到他人和他们的作品。但是全人类和一切时代都难免遇到罪恶和愚蠢。人与同时代人之间的相似性甚至大于和祖先的相似性。通过观察老夫妻或在同一屋檐下生活多年的人,人们发现,他们的长相变得相似,如果他们一起生活足够久的话,我们就难以将他们区分开了。自然痛恨这些威胁把世界融为一块的顺从,并迫不及待地打破那种伤感的胶合。这种类似的同化在同一个城镇、宗派、政党的人之间继续。当代的观念在空气中弥漫,感染着所有呼吸它的人。在任何一个高度俯瞰,这里的纽约,远处的伦敦,西方文明看似是一片疯狂。我们互相支持,并通过竞争加剧时代的狂乱。阻挡良心的谴责的盾牌是我们普遍的习惯,或我们同时代的人。此外,变得和同伴一样明智善良是很容易的。我们无需费功夫,甚至只用皮肤毛孔,就能学到我们同时代的人所知道的知识。我们通过共鸣抓住它,或者像一个妻子那样达到丈夫的智力和道德高度。但我们在他们停滞的地方停滞,我们难以再前进一步。伟人,或凭借对普遍思想的忠诚抓住自然、超越时尚的人,是把我们从契约错误中拯救出来的人,是保卫我们免受同时代人的伤害的人。在所有人都长得一样的地方,他们是我们需要的例外。一种陌生的伟大是

---

[1] 瑟赛蒂兹,特洛伊战争中希腊军中一个丑陋而好谩骂的希腊士兵,为阿喀琉斯所杀。

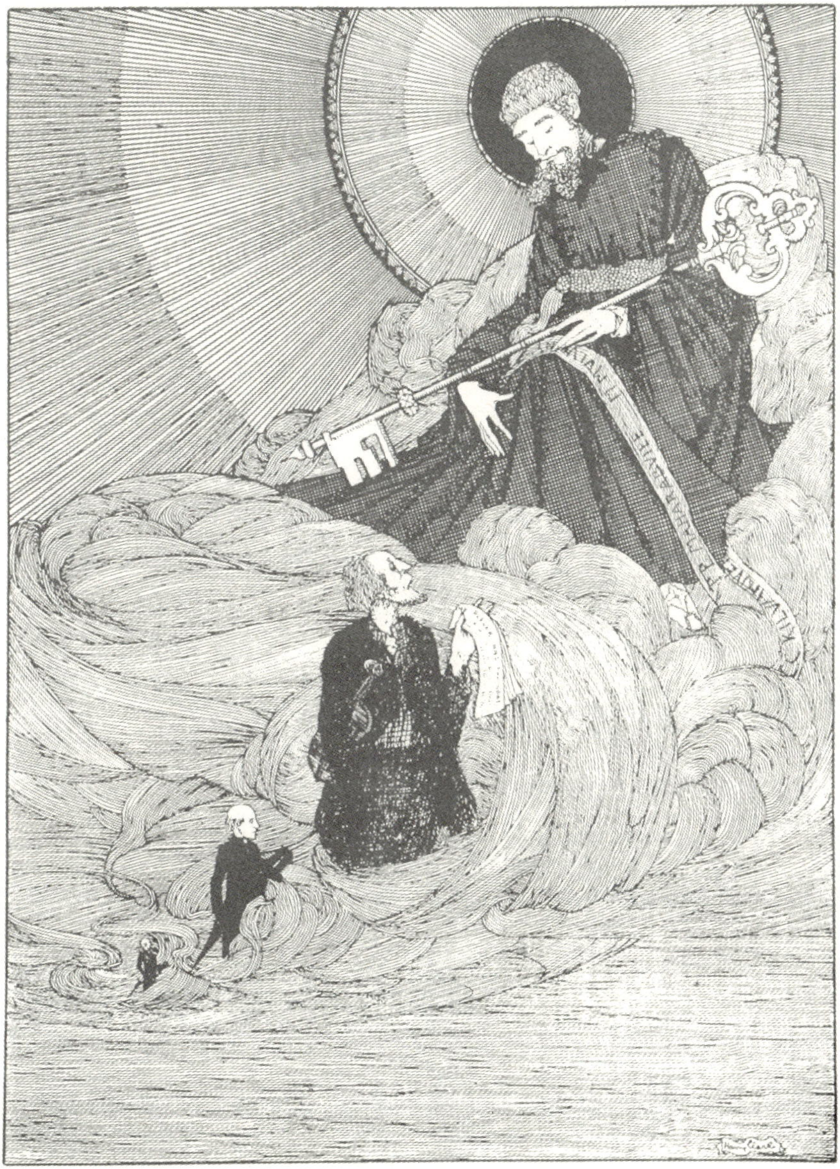

神秘教义的解药。

　　这样,我们以天才为生,从与同伴过多的谈话中恢复过来,为他指引我们的方向的深刻性质而欣喜若狂。一个伟人对矮人们是一种多么大的补偿！每个母亲都希望有一个天才儿子,尽管其他的孩子都是平庸之人。但是伟人过大的影响力造成了一种新危险的出现。他的吸引力使我们偏离我们的位置。我们已成为他的附属,自毁了我们的理智。啊！远处的地平线有我们的希望,那就是其他的伟人、新品质、新的平衡力和对彼此的约束。每一种伟大的甜蜜我们都吃腻了。对我们来说,每一位英雄最终都变得无趣。也许伏尔泰并不是坏心肠,但他却这样说善良的耶稣,"我恳求你,不要让我再听到那个人的名字。"他们推崇乔治·华盛顿的美德,而"该死的乔治·华盛顿！"却是可怜的雅各宾党人对他的全部评价和驳斥。但这是人性不可或缺的防卫。向心力增大了离心力。我们使一个人与对手保持抗衡,状态的健康取决于这种跷跷板。

　　然而,对英雄的利用有一种迅速的限制。每一个天才都被保护起来,不让大量的不可利用的东西接近他。他们有非凡的吸引力,似乎从一定距离看来是我们自己英雄,但我们每个方向都受阻碍,无法接近他。我们越被他吸引,就越被他排斥。在为我们准备的好处里有某种不坚定的东西。发现者最好的发现是留给自己的。对他的同伴来说,这种发现有某种不现实的东西,除非他也把它实体化。似乎上帝给每一个他派遣到自然的人穿上特定的、无法转达给别人的美德和力量的外衣,且送那人到存在的循环里再走一圈,并在他的这些衣服上写上"不可转让"和"仅此行有效"。心灵的交流带有一些欺骗性。界限是无形的,但他们从未被跨越。有这样好的愿望去传授,有那样好的愿望去接受,以至于这两者威胁要变为对方;然而个体法则将它的秘密力量集中起来,你是你,我是我,所以我们依然存在。

因为自然希望每个事物都做自己,所以当每个个体都竭力生长、排斥和排斥、生长,最终达到宇宙的极限,并将自己的法则强加在别的生物上时,大自然坚定地以保护每个事物远离其他任何生物的伤害为目标。每一个事物都进行自我保护。在这个世界,每个恩主都很容易变成恶人,只要将自己的活动延伸到不适宜的地方就有可能发生,孩子完全受他们愚蠢的父母的支配,几乎所有人都太社会化、太爱干涉别人。在这样一个世界里,没有什么比个体用来保护个体的力量更显著的了。我们谈到儿童的守护天使,这是正确的。他们是多么优越啊,能阻断坏人、粗俗和犹豫不决的思想灌输!他们将自己丰富的美散发到他们看见的物体上,因此他们就不用承受像我们成年人这样糟糕的教育者的摆布。如果我们蔑视、斥责他们,他们很快就会忘掉它并获得一种自主能力;如果我们纵容他们做愚蠢的事情,他们会从别处了解到这是有限度的。

我们无须害怕伟人过大的影响。我们可以允许一种更大度的信任。为伟大的人物服务,不必顾虑蒙羞,要竭尽全力,做他们的四肢,做他们呼吸的气息。收起你的自负,只要你能变得更渊博,更高尚,谁在乎那些?不必理会包斯威尔主义[①]的讥讽,忠诚很容易比守卫自己领地的可悲的自尊伟大。做另外一个人:不做你自己,而做柏拉图主义者;不做幽灵,而做基督徒;不做自然主义者,而做笛卡儿主义者;不做诗人,而做莎士比亚。即使是徒然,趋向的车轮不会停下来,一切懒惰、害怕或者爱本身的力量都不会将你拖住不前。向前,永远向前!显微镜观察到在水里循环的纤毛虫里有一只单胞原虫或车轮虫。不久,这个动物身上出现一个圆点,这个点增大成一条狭缝,最终变为两个完美的动物。这种不断发生的分离在一切思想和社会中也屡见不鲜。孩子以为没有父母他们就无法活下

---

① 包斯威尔,James Boswell,1740-1795,英国作家,与当时文豪约翰生往还密切,所著《约翰生传》,详细记述约翰生的日常言行。这里所谓的"主义"就是指追随名人的做法。

去。然而,很久以前,他们就意识到,那个黑点已经消失,分离已经开始。现在任何偶发事件都能向他们揭晓他们的独立。

但是伟人这个词是不公平的。有等级吗?有没有命运?对美德的承诺如何了?有思想的青年为自然的异期复孕而惋惜。"你的英雄仁慈英俊,"他说,"但是看看那边可怜的爱尔兰人,他的国家就是他的独轮手推车;看看爱尔兰整个民族。"为什么民众从有史以来就不断遭遇刺刀和火药?这个观念让一些领导者威严倍增,他们有情感、有思想、有爱、有自我牺牲;他们使战争和死亡变得庄严神圣;但是他们雇佣、杀害的可怜人们又是为了什么呢?人的廉价每天都造成悲剧。别人的低贱和我们的低贱一样,都是实实在在的损失,因为我们必须要有社会。

如果说社会是一种斐斯泰洛奇①式的学校,所有人在老师和学生的角色中不停转换,这算对这些建议的回答吗?我们的接受与传授都是在接受服务。与你拥有同样的知识的人不是长久的好伴侣。但是,给每个人带来一个拥有不同经验的聪明人,就像挖了一个低水洼,让湖水流到里面。这看似是一种机械的优势,但对每个发言者来说都有很大的益处,因为他现在可以给自己描绘出自己的思想了。我们的个人情绪很快从自豪过渡到依赖。如果我们看到一个人从没有坐在接受服务的座椅上,而一直站着服务别人,那是因为我们没有足够长的时间去看到整个循环在同伴中的转换。至于我们所谓的民众或普通人,其实并没有普通人这一说,所有人最终都是一样的。只有相信每一种才能在某一个地方都会被崇拜,才会有真正的艺术。公平的竞争,公开的场地,给每一个赢家戴上最新鲜的桂冠!上天为每个人保留着同等的机会。每个人如果不把自己的光芒投

---

① 斐斯泰洛奇,瑞士教育家,提倡教育的目的就是要全面地和谐地培养人的各种能力。

射到凹面球上，没有日睹自己的才能达到最终的高贵的顶峰，他是不会心安的。

此刻的英雄只是相对的伟大，是一股迅速增长的力量，或者说他们是那种在成功时刻需要一种成熟的品质的人。在其他时间，他们需要其他的品质。有些光芒，普通观察者捕捉不到，它们需要一双更适应的眼睛。问问伟人是不是没有比他更伟大的人了，他的同伴们是，不是不及他，而是比他更伟大，大到社会都看不到他们了。大自然每送一个伟人到这个星球上，就会将此秘密倾诉给另外一个人。

从这些研究中浮现出一个高尚的事实，那就是我们的爱真的在升华。十九世纪的声誉终有一天会被用来证明它的野蛮。人性的天才是真正的主题，它的传记会记载在我们的编年史里。我们必须多做推理，填补记录的空白。宇宙的历史是有征兆的，生活是记忆性的。在名人的队伍中，没有一个人是那种理性、启示或我们在寻找的本质；而是一种在某个领域的新可能性的展示。有一天，我们如果能够完成这个由这些昭然的点构成的巨幅图形，那该多好啊！对许多个体的研究，将我们引领到一个基本区域，在这里个人消失了，所有人都达到了自己的顶点。在这里爆发的思想与情感，是任何个性的围墙都阻挡不了的。这就是最伟大的人物的力量的关键——他们的精神自我传播。一种新的心灵品质从它的原点出发，以同心圆为轨迹日夜穿行，并且运用不为人知的方法彰显自己。所有心灵的联合看起来十分亲密，被一个心灵接受的东西，就会被另一个心灵接纳。在任何领域，哪怕获得一丁点真理或力量，也对全体心灵联盟大有裨益。当个人在必须完成每个人的事业的那段时间里被看到，如果才能和地位的悬殊消失，那么那种看似的不公平会更快的消失，我们就上升到一切个体的中心身份，并且知道他们是由注定的、上帝创造的物质构成的。

人类的才能是历史的正确观点。品质是永恒的，展现这些品质的人有时表

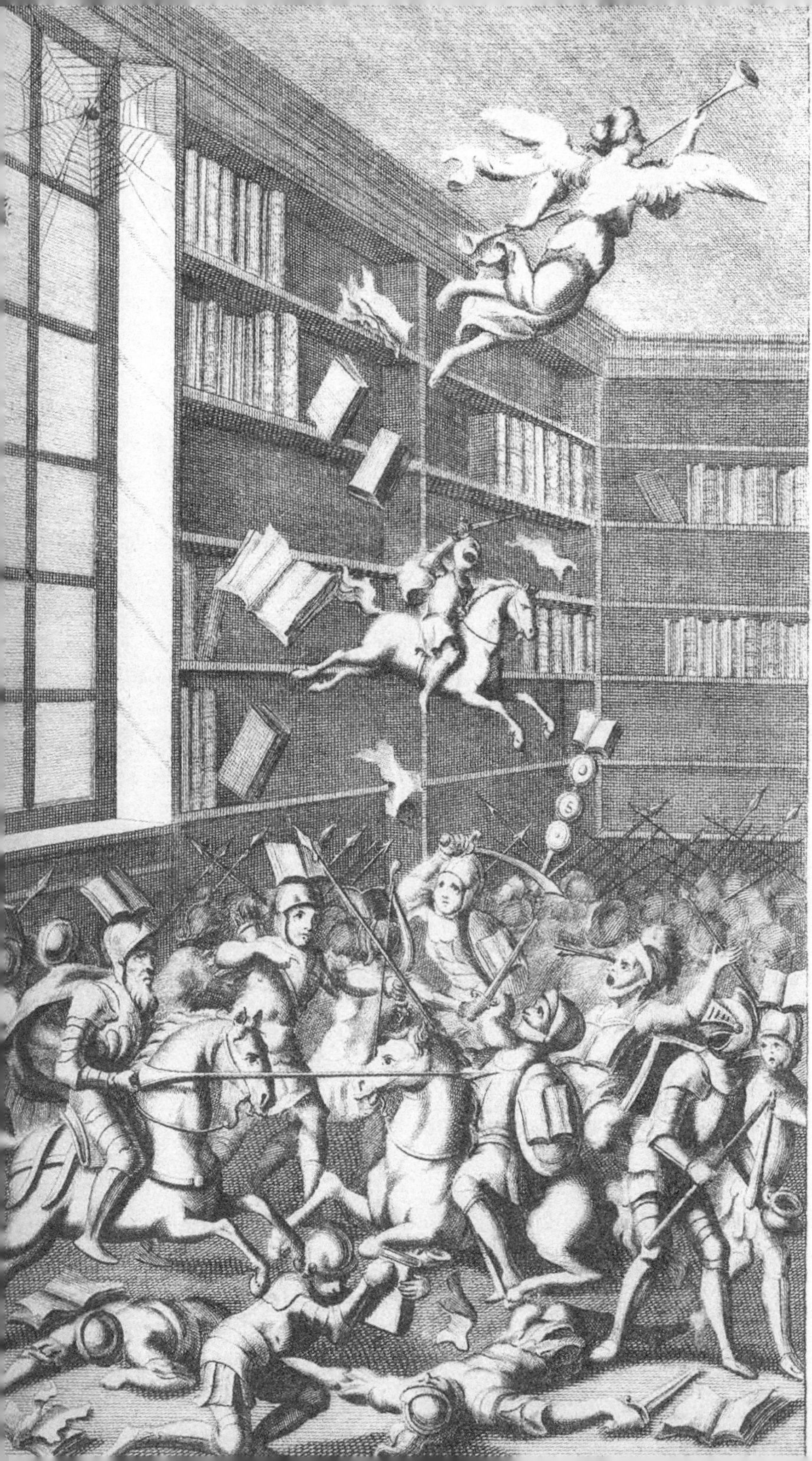

现的多一点,有时表现的少一点,最后逝去,而这些品质会留在另外一个人的脸上。这种经历是最熟悉不过的了。你曾经见到了凤凰,它们现在不见了,但世界并没有因此而失去魔力。你在一些器皿上看到了神的标志,但这些器皿最后证明不过是普通的陶器,但是图画的意义是神圣的,你仍可以看到转移到世界之墙上的那些图画。曾几何时,我们的老师亲自为我们服务,就像前进过程中的计量仪和里程碑一样。曾经他们是知识的天使,他们的身材触到了天空。然后我们向他们靠近,看见了他们的方法、文化和局限,然后他们给其他的天才让位。如果有些名字仍然太高,我们没有办法更近地阅读他们,时光和相互比较并没有夺走他们一丝光芒,我们也应该感到幸运和快乐。但最终,我们会停止在人身上寻找完美,而满足于他们的社会性的和代表性的品质。关于个人的一切都是短时的、即将发生的,就像个人一样,他正在突破自己的极限,上升到一种更广泛的存在。只要我们相信天才是一种原始力量,我们就永远不能从他那里得到最真实、最好的利益。当他停止作为一种原因而帮助我们的时候,他就开始作为一种结果而帮助我们。然后他就成为一种更广阔的心灵和意愿的代表者。在造物主的光辉的照耀下,不透明的自我变成了透明的自我。

然而,在人类教育和能力范围内,我们可以说伟人的存在是为了更伟大的人物的出现。组织有序的自然的命运是改善,谁能说清它的界限呢?只有人才能驯服混乱,只要人活着,他就要在每个方面散播科学和歌曲的种子,这样,气候、玉米、动物、人可以变得更温和,爱和利益的胚芽可以成倍增加。

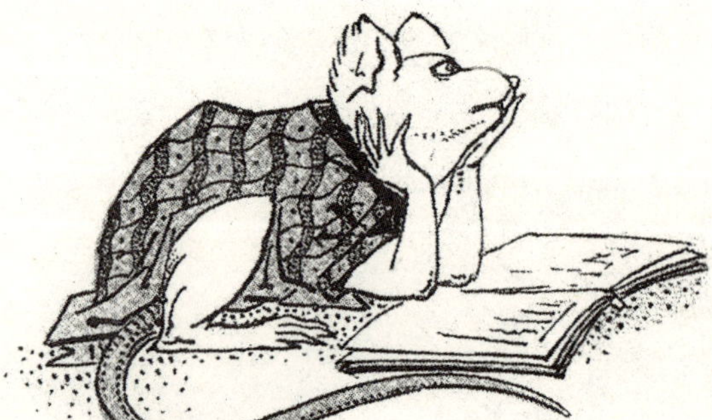

神秘主义者

>

在杰出人物中,人们最尊敬的并不是那些经济学家称之为生产者的阶层,因为他们两手空空,他们不种植谷物,不制作面包,没有开垦出一块殖民地,也没有发明织布机。一个更高的阶层就是诗人,他们深受建设城市、开辟市场的人类的爱戴。诗人来自智慧的王国,他们给思想和想象提供想法和图画,将人类从粮食和金钱的世界里解救出来,就当代的缺陷、劳动和买卖的卑劣等问题抚慰人们的心灵。哲学家也有自己的价值,他用可以指导人学习新才能的敏锐来吸引劳动者,以达到恭维劳动者的智慧的目的。其他人能够建设城市,哲学家能理解他们,使他们对哲学家充满敬畏。然而有一个阶层引领我们走进另一个领域,那就是,道德世界或意志世界。这个领域的非凡之处就是它的主张,无论在哪里,当正义感涌入时,它就凌驾于一切之上了。至于其他事情,我把它们写成诗,而道德情感却将我写成了诗。

我有时会想,谁能够画出存在于莎士比亚和斯维登堡之间的关系线,谁就为现代批评做出了最大的贡献。人类的心灵总是处在困惑中,需要智力,需要圣洁,这两者缺一不可却又互不相容。协调者还没有出现。如果我们厌倦了圣人,莎士比亚就是我们的避难城,然而直觉告诉我们,本质问题必须优先于其他任何问题,如从何而来?何物?去往何处?这些问题的答案一定蕴藏在人生中,而不是在一本书中。一部戏剧或一首诗是近似或间接的答案,然而摩西、摩奴、耶稣直接致力于解决这个问题。道德情感的氛围是一种雄伟壮丽的境界,将物质的华丽变为微不足道的玩物,却为每一个有理性的可怜之人打开了宇宙的大门。它几近迫不及待地将自己的帝国压在人的身上。《古兰经》写道:"真主说,你们以为天地以及天地之间的万物是我们在谈笑之间创造出来的,所以你们就不会回到我们这里了吗?"这是意志的王国,意志是人性的中心经过启发,意志似乎将宇宙转化成了一个人——

存在的王国不俯首于他人,

不仅一切都是你的,而且一切都是你。

所有人都由圣人指挥。《古兰经》把本质善良且其善良对他人产生影响的人划为独特的一类,并且宣布这类人就是创造的目的,其他类别的人之所以获准进入这存在的盛宴,只是在追随这类人而已。一位波斯诗人对这类人的灵魂惊呼道——

勇敢向前,尽享存在的盛宴;

你是受邀之客,他人只是获准陪你赴宴。

该阶层享有的特权是获得大自然的秘密和结构的途径,所使用的方法要比经验高级。一般来讲,一个人从经验中学到的东西,一个有远见卓识的人不需要经验就能预测到。阿拉伯人说,神秘主义者阿布·哈因与哲学家阿布·阿里·锡那在一起磋商,分手时,哲学家说"他看见的我都知道了",神秘主义者说"他知道的我都看见了"。如果有人问为什么他会有这样的直觉,答案会把我们引入柏拉图所指的"回忆"的特性中去,这种特性婆罗门在轮回的教义中有所暗示。灵魂一直在重生,或者如印度人所说,灵魂"经历了千千万万次诞生,在存在的道路上漫游。"这样的灵魂看过了存在的一切事物,天上,地下,没有她不知道的东西,难怪她能回忆起她以前知道的任何东西。"因为自然界的万事万物都是互相联系的,而灵魂在此之前就已经知道一切,所以没有什么能够阻止一个人探索的脚步。而且,如果一个人有勇气,在探索中永不气馁,当他想起,或按照一般说法,学会

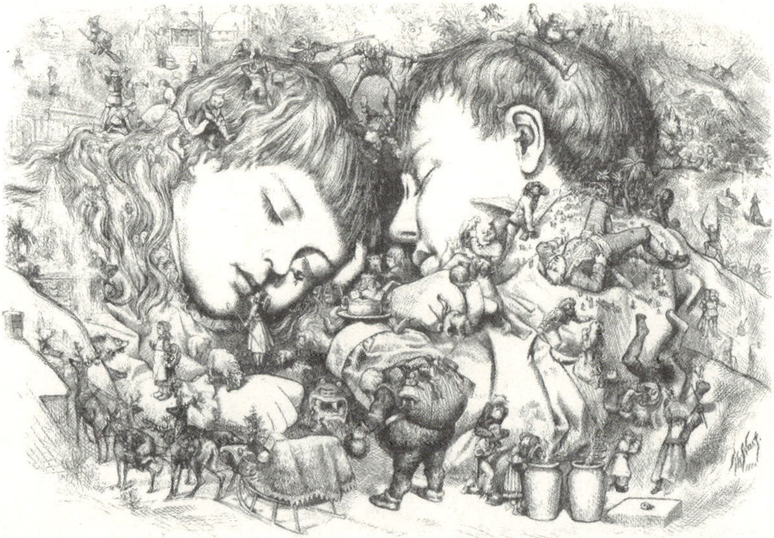

一件事情后,他就应该能回想起自己已经知道的一切古老的知识,并重新发现其余的一切。因为探索和学习完全就是回忆。"如果进行探索的是一个像神一样神圣的灵魂,那会得到更多。万物依靠原始灵魂而存在,通过与原始灵魂的同化,人的灵魂便十分轻易地融入万物,万物也十分轻易地融进人的灵魂里,它们相互融合,因此人就与万物的结构和法则同在,琴瑟和谐。

这条道路是艰难、神秘的,被恐怖笼罩着。古人称之为忘形或忘我,是一种超脱肉体的思考状态。一切宗教历史都有圣人出神的记录——那是一种至福,但没有欢乐的迹象,只有认真、孤独甚至悲伤。普罗提诺称之为"从孤单飞向孤单";Muesiz,意为闭上眼睛,是我们的神秘主义者这个词(Mystic)的来源。人们会立刻想到苏格拉底、普罗提诺、波菲力、伯赫曼、班扬、福克斯、帕斯卡、居容、斯维登堡的出神。然而同样立刻浮上人们心头的还有伴随而来的疾病。至福从恐怖中而来,带给接受者心灵的震撼。"它给人身注入太多活力,"把人逼到发疯,或者给人某种激烈的偏见,影响人的判断。在有关宗教启示的主要的实例中,尽管精神力量毋庸置疑地增加了,但也混杂了某种病态的东西。难道至善后面必须拖曳着一种使它失效、毁坏它名誉的品质吗?

的确,这种行为
夺走了我们的丰功伟绩,
抢走了我们荣誉的精髓。

我们是不是可以说,节俭的母亲按重量和长度,使用那么多的土、那么多的火造就了一个人,在国家急需一个领袖否则就面临消亡时却不肯多加一点分量?因此,信仰上帝的人们以愚蠢或痛苦为代价换来了他们的科学。如果你想要纯粹的碳、红宝石或钻石,以使大脑透明,躯干和器官就会更粗糙浑浊,因为它们不是瓷器,而是陶艺家的泥土、粘土或淤泥。

在近代,还没有像伊曼纽尔·斯维登堡这样内向的心灵。一六八八年,伊曼纽尔·斯维登堡出生于斯德哥尔摩。在他同时代的人眼中,斯维登堡是一个梦想家,是月光般的灵丹妙药,但毋庸置疑的是,他过着比世界上任何人都要真实的生活。现如今,曾经高贵显赫的弗雷德里克王族、克里斯蒂安王族和布伦瑞克王族已销声匿迹,斯维登堡却开始深入千千万万的心灵之中。正如经常发生在伟人身上的那样,斯维登堡具备有多种才能,似乎集多人的长处于一身,就像是花园里由四五朵花共同结出的成熟的巨大果实。他的架构规模更大,并享有这种巨大所带来的好处。天空反映在大的球体上,虽然会因为有裂缝和瑕疵而有损外观,但是比水滴反映出来的天空映像更容易看清楚;拥有巨大才能的人也是如此,尽管他们古怪、疯狂,如帕斯卡或牛顿,但是比安定平庸的心灵对我们的帮助要大。

斯维登堡的青春和所接受的培养不能不说是非同一般的。这样的一个男孩不会吹拉弹跳,而去勘探矿山,探索化学、光学、生理学、数学和天文学,去找寻适合衡量他那万能的、广阔的头脑的形象。他还是个孩子时,就成为了学者,后来在乌普萨拉接受教育。二十八岁时被查理七世任命为矿业理事会的技术顾问。从一七一六年起,他离家四年,访问了诸多英国、荷兰、法国和德国的大学。一七一八年,在弗雷德里克霍尔被包围时,斯维登堡做出了一个工程壮举,他在陆上拖着两艘海船、五艘小船和一只单桅帆船行进了十四英里,为皇家做出了贡献。在一七二一年,他足迹遍布欧洲,考察矿山和冶炼厂。一七一六年,他出版了《北方极乐世界的代达罗斯》。此后的三十年间,一直致力于撰写和出版自己的科学著作。他以同样的精力投身于神学研究。一七四三年,他五十四岁,这一年他所谓的启蒙开始了。他所有的冶金术、陆上船只运输术都被吸纳进这种"忘形"中。他不再出版科学著作，不再参与实际劳动，转而投身于他浩瀚的神学著作的撰写和出版，印刷这些书的费用由他自己承担，或由布伦瑞克公爵或其他亲王出资，在德累斯顿、莱比锡、伦敦或阿姆斯特丹印刷。后来，他辞去技术顾问的职务，但他仍然享有该职务的薪水，直到离世。由于自己的职责，他与国王查理七世交往甚密，查理七世经常向他咨询，对他十分尊敬。查理七世的继承者对斯维登堡也是宠爱有加。在一七五一年的议会上，霍普肯公爵说，最可靠的财政记录出自他的笔下。他在瑞典似乎引起了非同寻常的关注。他那罕见的科学技能和实用技能，加上其第二视力、卓越的宗教知识和天赋的盛名，使他身边聚集了女王、贵族、牧师、船长以及因为经常出海而结交的港口周围人士。牧师在一定程度上干涉了他的宗教作品的引进和出版，可他似乎控制了当权者的友谊。他一生未婚，为人谦虚，举止文雅。他的生活习惯十分简单，吃面包和蔬菜，喝牛奶，住在一栋坐落在花园中间的房子里。他去过几次英国，但从未引起任何有识之士或杰出人物的注意。1772年3月29日，他因为中风死于伦敦，终年八十五岁。在伦敦时，人们形容他是一个安静的、过着牧师般生活的人，不讨厌喝茶和咖啡，对孩子十分亲切。他穿天鹅绒礼服时会佩戴一把剑，每次出去散步，都挂着一支金头拐杖。有一幅他的普通肖像画，在那上面他穿着古式外衣，带着假发，而脸上却是一副恍惚或茫然的表情。

这位天才要用一种微妙得多的科学去洞察当代的科学，要超越时空的界限，闯进幽暗的精神王国，并试图在世界创建一种新的宗教，于是他从采石场和钢铁炉，从熔锅和坩埚，从造船厂和解剖室开始学习。没有哪一个人有足够的能力来评判他涉及诸多学科的作品的价值。人们很高兴看到他关于矿业和金属冶炼的著作受到相关行业人员的极度推崇。似乎十九世纪的很多科学他都抢先预测到了；在天文学方面，他预测到了第七大行星的发现，但不幸的是，没有预测到第八大行星；他预见了现代天文学的观点，如太阳生成行星等；在磁学方面，他预见的一些重要试验和结论都被后人证实了；在化学方面，他预见了原子理论；在解剖学方面，他预测到了施利希庭、门罗和威尔逊的发现；他是第一个证明肺的功能的人。他的优秀的英文编辑气量很大，并不强调他的诸多发现，因为他太伟大了，根本不在意自己是否具有创新精神，我们可以根据他摒弃了什么来判断剩下了什么。

这个庞大的灵魂，凌驾于他的时代之上，不被人们所理解，人们需要一段很长的焦距才能看见他。像亚里士多德、培根、赛尔登、洪堡德一样，他向人们暗示，获得广博的学识或人类灵魂在自然中做到近乎无处不在是有可能的。他那极高的思辨，从高塔上俯瞰自然和艺术，却不会忽视事物的纹理和次序，他在《原理》中所描绘的人的原始完善的图画因此显得十分真实。比他的特殊发现价值更高的是他的自我平等。一滴水具有大海的性质，但不能表现一场暴风雨。有音乐会的美，也有长笛的美；有群体的美，也有个人英雄的美，那些最熟悉近代作品的人最欣赏斯维登堡身上体现的众人的价值。他是文学巨匠之一，所有大学的普通学者都衡量不了他。他伟岸的风采会使大学的学者们坐立不安。我们的作品是伪造的，因为它们是不完整的，它们的语句是"警世通言"，而不是自然话语的片段；它们实际上是惊喜或愉悦的幼稚表现，或者更糟糕；因一时冲动而声名狼藉，或背弃自然秩序——出于好奇或怪癖，故意与自然相悖，制造惊喜，就像玩杂耍的人故弄玄虚一样。然而斯维登堡却是有系统的，每一句话都体现了对世界的尊重，一切手段都秩序井然地给出来，他的才能运作起来具有天文学般的精准，他那令人拍手叫绝的作品不掺杂任何傲慢与自高自大的品质。

斯维登堡生在一个充满伟大思想的环境中。很难说哪个思想是他自己的，

可是他的人生因为宇宙最高贵的图画而变得崇高。亚里士多德式的方法有生命力,宽阔而充分,其天才的辐射逻辑令我们无生命力的直线逻辑相形见绌。亚里士多德式的方法精通系列和程度,有效果,有目标,善于辨别实力和形式,本质和偶然,并通过自己的术语和定义,开辟了通往自然的大道,并培养了一批动作灵敏的哲学家。哈维已经展示出血液循环,吉尔伯特已经证明地球是一个磁体,笛卡儿受吉尔伯特磁体以及它的涡流、螺旋和二级性的启发,使自然的秘密——漩涡运动这一主导思想风靡全欧洲。牛顿在斯维登堡出生那一年发表了《原理》,建立了万有引力学说。马尔比基,在希波克拉底、留基伯、卢克莱修的高级学说的基础上,着重强调自然在最小的事物中作用——"自然存在于一切微小事物中"这一信条。无与伦比的解剖学家斯瓦梅尔达、卢文胡克、温斯洛、欧斯塔丘、海斯特、韦赛留斯、布尔哈佛,已经揭示了人体解剖学或比较解剖学方面的所有奥秘,没有给解剖刀或显微镜留下任何机会。林耐,和斯维登堡同时代,他在自己的美丽科学中证实"大自然就是大自然"。宇宙哲学家莱布尼兹和克里斯蒂安·伍尔夫,最终展现了方法的高尚和原理最广泛的应用,同时洛克和格劳修斯引起了道德争论。拥有最高才能的天才除了重走他们的老路、验证和联合,还能做些什么呢?人们很容易在这些人的思想里看到斯维登堡研究的渊源和对他的问题的启示。他有容纳大量的思想并赋予它们生命力的能力。然而,这些天才十分相近,他们中的一个或另一个将自己全部的主导思想介绍出来,这使斯维登堡成为又一个难以证明自己独创性的天才,因为即使是极富创造力的天才也很难证实一条自然法则的最初起源和宣布者是谁。

他把自己最喜爱的观点命名为形式论、系列程度论、注入论和一致论。他在书中对这些理论的陈述值得研究。不是每一个人都能读懂,但能读懂的人会受益匪浅。他的神学著作对解释这些理论很有价值。对于一个孤独寂寞却又灵敏活跃的学生来说,他的作品就是一座完美的图书馆,如其他书一样,《动物王国的经济》凭借思想经久不衰的尊严,给人类带来荣耀。他研究晶石和金属有一定成果。他广博、坚实的知识使他的文风闪烁着思想的锋芒,宛若冬日的早晨,空气中闪烁着晶莹剔透的光辉。宏伟的话题造就了宏伟的文风。他擅长宇宙论,因为与生俱来的对同一性的感知使得单纯的大小对他失去了意义。在磁铁的原子里,他看到了会造成太阳和行星的螺旋运动的性质。

他赖以生存的思想就是每一个法则在自然界的普遍性。柏拉图式的比例和程度理论;事物间的相互转化,以及由此导致的各个部分的一致;那些以小释大,以大释小的秘密;人在自然界的中心地位,以及存在于万事万物间的联系。他看到人体具有严格的普遍性,人体是灵魂用来哺育一切物质或一切物质用来哺育灵魂的工具。因此,他与怀疑论者持完全相反的观点,他认为,"一个人越聪明,越容易成为神灵的崇拜者。"简而言之,他是同一哲学的信仰者,但他的信仰并不像柏林或波士顿的梦想家那样毫无根据,而是经过多年的辛苦试验建立起来的,他的决心和力量就像被粗犷的瑞典派去作战的最粗野的海盗的决心和力量一样。

这个理论可以追溯到最古老的哲学家那里,也许从最新的哲学家那里得到了最好的例证。也就是说,大自然一直在连续的阶段重复使用她的手段。正如那句古老的格言所说,大自然永远是一模一样的。在植物界,芽眼或有发芽能力的眼,生长出一片叶子,又长出一片,它有能将叶子转变成胚根、雄蕊、雌蕊、花瓣、苞叶、萼片或种子的能力。植物的整个艺术仍然在于无休止地从一片叶子到另一片叶子,热量、光、适度和营养的多少决定了它要呈现的形式。在动物界,大自然创造了一根脊椎或脊柱,然后长出一根新脊柱,它能有限度地改变自己的形状——脊柱加脊柱,一直如此下去。当代的一位富有诗意的解剖学家教导说,蛇是一条水平线,人是垂直线,这就构成了一个直角,在这个神秘的四分之一圆周内,所有动物都找到了自己的位置。他还假定毛细线虫、尺蠖或蛇是脊柱的原型或预言。很显然,在脊柱末端,大自然接上小脊柱当作胳膊;在胳膊末端,接上新脊柱当作手;在另一端上,她重复这个程序,接上腿和脚;在中枢脊柱上端,她放上另一根脊柱,这根脊柱像尺蠖一样拱成球状,形成头盖骨;然后再生长出四肢,手变成了上颚,脚变成了下颚,手指和脚趾这次分别是上牙齿和下牙齿。这根新脊柱注定有高级功用,它是站在前人肩膀上的新人。根据《蒂迈欧篇》中的柏拉图式思想,它几乎可以脱离自己的躯干,成功地独立生存。在大脑里,在一个更高的层次上,发生躯干上的一切又要在这里重演。大自然又一次以高昂的情绪朗诵了自己的课业。心灵是更精致的肉体,它在一种全新、飘渺的元素中继续哺育、消化、吸收、排泄和繁殖的功能。在大脑里,一切营养程序又在获取、比较、消化和吸收的体验中重复进行。繁殖的秘密也在重复着。大脑里有男性和女性机能,有结合,有结果。这种上升的等级没有止境,而是系列接着系列,如此下去。每一种事物在完成一种功能之后,就进入下一种功能中,每一个系列都严格地重复上一系列的器官和程序。我们适应了无限。我们难以被取悦,我们不爱任何有终点的东西。大自然没有终点,每一种事物来到一种功能的尽头时,就会被提升到更高的功能中,这些事物就上升到了超凡的、神圣的自然中。创造力就像音乐作曲者一样,不知疲倦地重复一个简单的曲调或主旋律,时高时低,时而独奏,时而合唱,千万次地回荡,直到天地间都充斥着这种旋律。

牛顿解释说万有引力是好的,而当我们发现化学只不过是质量定律向粒子的广延,原子论证明化学行为也是机械行为时,万有引力就不仅仅是好了,而是

宏伟的。形而上学向我们展示,精神现象中也有一种万有引力在起作用,法国统计学家可怕的表格把每一个奇思妙想简化为精确的数组比例。如果在两三万人中,有一个人吃鞋或娶他的祖母,那么在每两三万中就会发现一个吃鞋或娶自己的祖母的人。我们所谓的万有引力和终极幻想就是一条浩瀚溪流的支流,而我们还没有给这条溪流命名。天文学是非凡的,但是它必须上升到生命的高度上来才能实现自己的全部价值,而不能仅停留在星球和太空上。血球在人体血管中围绕自己的轴旋转,正如行星在天空中旋转一样,而且智力的旋转与天体旋转有关。每一个自然法则都有相似的普遍性,吃、睡或冬眠、循环、繁殖、代谢作用、漩涡运动,在卵里看得到,就像在行星里看到一样。自然界的这些宏伟的旋律或返回——那张亲切熟悉的面孔无时无刻不在惊吓我们,它总是戴着意想不到的面具,而且伪装成神的样子,导致我们误以为那是陌生的面孔——令先知的斯维登堡十分愉悦。他必须被看成是那场革命的领导者,这场革命赋予科学新的观念,由此就给一种毫无目标的实验累计带来了指导、形式和一颗跳动的心。

我略感遗憾地承认,他出版的作品总计五十卷八开本,其中约一半是科学著作,似乎还有大量未编辑的手稿存放在斯德哥尔摩的皇家图书馆里。这些科学作品刚刚译成英语,这一版本十分精美。

斯维登堡在1734至1744这十年间陆续出版了他的科学著作,但是这些书出版后一直无人问津,直到一个世纪以后,他终于有了一个学生,事情才出现了转机。这位学生就是伦敦的威尔金森先生,他是一位哲学批评家,理解能力和想象力堪与培根媲美。老师被埋没的作品在他的帮助下得以重见天日,他利用种种优势,将它们从被人遗忘的拉丁文译成英语,以我们的商业通用语言和征服世界的语言传播开来。斯维登堡在一百年后经过学生之手重现在世人面前,着实令人震惊,但这种事在他的历史中并不新奇。据说,在克利索尔德先生的慷慨相助下,也借助于他自己的文学才能,他的诗歌才华才得到公正的评价。威尔金森先生所作的绪论令人叫绝,极大地丰富了这些著作,令英国的当代哲学相形见绌,也使我对他们的恰当立场哑口无言。

《动物王国》是一部价值极高的著作。它的写作目的是最崇高的,那就是把长期隔阂的科学和灵魂再次统一起来。它是解剖学家以诗歌的最高形式对人体的描述。这部作品对通常如此枯燥、令人生厌的话题的探讨十分大胆、新意层出,这是其他作品可望而不可即的。他看到自然"在永恒的螺旋中盘旋,轮子永不干涸,轮轴永不嘎吱作响",有时还力图揭示"秘密的隐蔽处,此时自然正坐在她实验室深处的炉火旁"。同时,这幅图画由严格的忠诚推荐而来,这种忠诚是建立在实用解剖学的基础上的。值得注意的是,这位卓越的天才毅然决定使用分析法,反对综合法。在一部本质上就是大胆的、富有诗意的综合的书里,他却声称自己被局限在死板的经验中。

但愿他知道大自然的流动,知道阿马西斯在回答那个叫他喝干海水的人时是多么聪明,"好的,我愿意喝干它,只要你能阻止河流继续流入大海。"很少有人像他那样了解自然以及自然微妙的习惯,或者能比他更精妙地表达大自然的行为。他认为大自然对我们的信仰提出的要求,和奇迹提出的要求一样大。"他注意到她从基本原理行进到几个从属原理的过程中,没有她通过不了的情形,仿佛她的道路就贯穿在万事万物中。""因为她经常致力于从有形的现象中上升突破,或者换句话说,向内回缩,她会立即消失地无影无踪,没有人知道她发生了什么,也不知道她去了哪儿,因此需要以科学为指导去追寻她的足迹。"

在一种目的或终极原因的指引下进行探究,就给整部作品添加了一种神奇的活力,一种人格。这本书表达了他最喜爱的信条。古老的学说,如希波克拉底坚持大脑是一种腺,留基伯认为原子可以通过质量来认识,柏拉图认为可以通过微观世界来认识宏观世界,卢克莱修的诗句中这样写道——

这就是万物的原则,内脏由最小的内脏构成;

骨骼由最小的骨骼构成;

血液由小小的血滴汇聚而成;

黄金由一粒粒金沙汇聚而成;

大地由细小的沙粒凝聚而成;

滴滴水珠凝结成水,点点星火组成烈火。

这些可以用马尔比基的一句格言来概括"自然完全存在于最小的事物中"——这是斯维登堡最喜欢的思想。"有机体有一条永恒的法则,即,大的、复合的或可见的形式之所以存在基于小的、简单的、从根本上来说不可见的形式之上,这些小的形式与大的形式表现相近,却更完美、更有普遍性。最小的形式十分完美、普遍,因此它们包含了一种代表全宇宙的观念。"每一种器官的单位都是一个个小的器官,与它们的复合体性质相同:舌头的单位就是一个个小舌头,胃的单位是一个个小胃,心的单位是一颗颗小心。这种有益的观念提供了解开每一个秘密的要领。小到眼睛无法辨别的东西,可以通过集合体来观察;太大的东西可以通过一个单位来观察。他对该思想的应用永无止境。"饥饿是许多小的饥饿的集合体,或者是全身血管损失的血液的集合。"这也是理解他的神学观点的关键。"人是一个微小的天堂,与精神世界和天堂都是一致的。人的每一个具体的想法,每一种感情,感情的每一个细小部分,都是一幅他的形象和肖像。也许通过一种思想就能了解一种精神。上帝是最伟大的人。"

他研究自然的大胆和彻底也需要一种形式理论。"形式依次从最低级上升至最高级。最低级的形式是角,或者地球上有的和肉体的。较高一级的形式是圆形,它被称为永恒的角,因为圆的圆周是一个永恒的角。再高一级的形式是螺旋,它是圆形的母体和尺度,它的直径不是直线的,而是不同的圆,并且中心有一个球形表面,因此它被称为永恒的圆。更高一级的是漩涡形,或永恒的螺旋。下一级别是永恒的漩涡,或天堂的形式。最高级别是永恒的天堂形式,或者精神的形式。"

一个如此大胆的天才竟然也走了这最后一步,竟然以为他会获得一切科学的科学,从而揭示世界的意义,这难道不奇怪吗?在《动物王国》第一卷里,他用非凡的笔调提到了这一主题:"在我们的'代表论'和'一致论'中,我们将探讨这两种象征性和典型的相似性,探讨不仅发生在生物体内,而且发生在整个自然界中的惊人事件,它们与最高级事物和精神事物完全一致,因此有人会宣誓说物质世界纯粹是精神世界的象征。因此,如果我们选择用肢体或明确的有声术语来表达任何自然真理,并且将这些术语转化为相应的精神术语,我们运用这种方式必然会推导出一条精神真理或神学教义,以替换自然真理或戒律,虽然没有人预言仅仅通过文字转化就能产生任何这类东西,因为一条戒律如果与其他东西分离开来考虑,似乎就跟它没有任何关系了。今后,我打算传达一些体现一致性的实例,使用既包含精神物质术语的词汇,也使用包含将被替代的自然物质术语的词汇。象征遍及生物体全身。"

在所有诗歌、寓言、神话中,在象征的运用和语言的结构中,都隐含着这种明确陈述过的事实。柏拉图深知这一事实,从他的《理想国》第六卷的二次分割线可以明显地看出来这一点。培根发现真理和自然的区别仅仅是印章和印记的区别,他列举了一些自然命题被转化成道德或政治意义的例子。伯赫曼和所有怀疑论者的晦涩如谜一般的作品中隐含了这条法则。诗人们只要还是诗人,就会

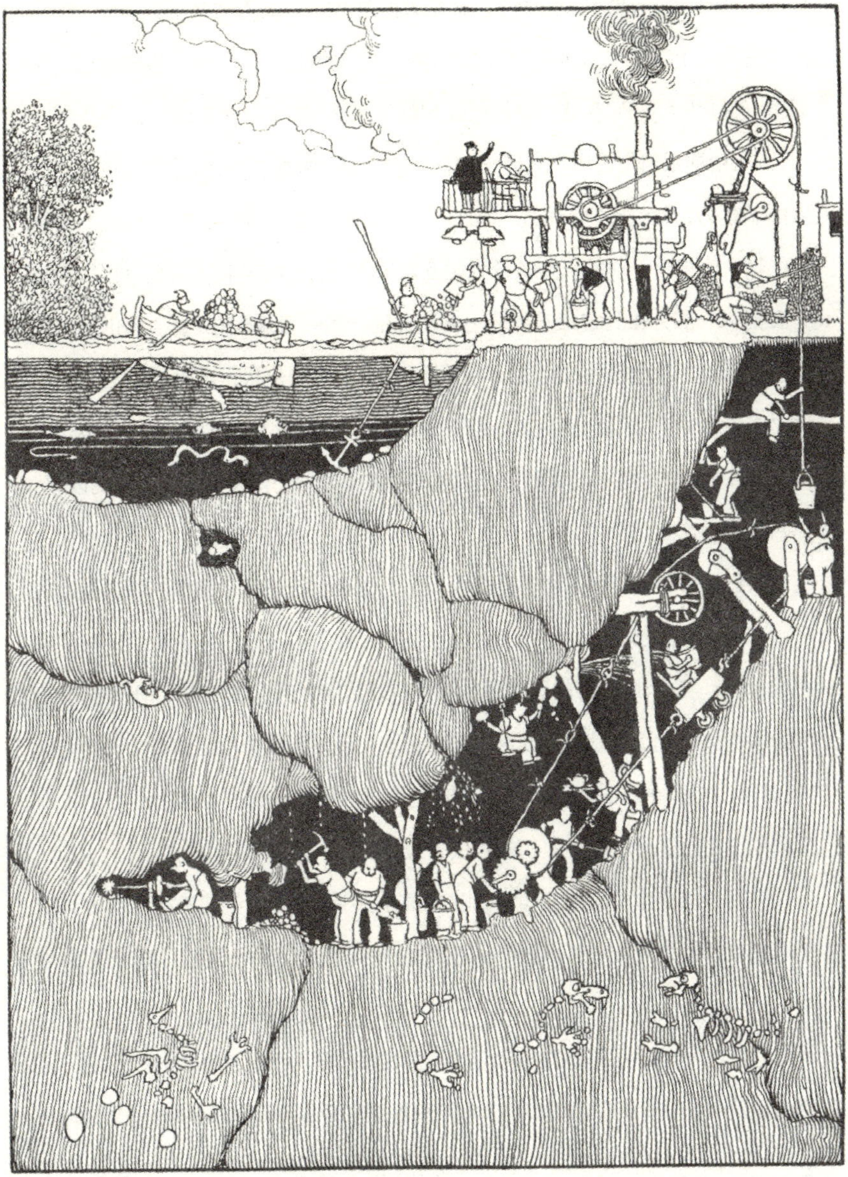

运用它，但它对于诗人们来说只是玩具，就像磁铁一直被看成是玩具一样。斯维登堡是第一个对这一事实进行独立地、科学地阐释的人，因为这一事实他已司空见惯，但并没有视而不见。我们已经解释过，这一事实包含在同一论和重复论中，因为精神系列与物质系列完全相符。它需要一种能将事物按顺序、按系列排序的洞察力，或者倒不如说，它需要一种精确的位置，这样眼睛的两极就能和世界的轴恰好重合。地球已经哺育人类五六千年了，人类有科学、宗教、哲学，却没有看到每一部分和其它每一部分之间意义的一致。直至现在，文学界仍没有一本能科学地阐释象征主义的书。有人会说，一旦人初步认识到每一种物质的物体，如动物、岩石、河流、空气，甚至空间和时间，都不是为自己而存在，也不是为了一种物质目的而存在，而是在用图画语言讲述另一个有关存在和职责的故事，那么其他科学就可以被放在一边，一种关于伟大预言的科学就可以吸收一切才能，并且每个人都会问：万物的意义是什么？为什么地平线紧紧抓住我以及我的欢乐和悲伤，将我和它们控制在中心？为什么我从不同的声音中听到了同样的感觉，读出了一个用无穷的图画语言都没有表达清楚的事实？然而，不管这些事物能不能被理智认识，还是如此稀有、丰富的灵魂需要数个世纪的精心设计和创作，彗星、岩层、化石、鱼、四足动物、蜘蛛、真菌对学者和分类者的吸引力都没有事物框架的意义和结局对他们的吸引力大。

然而斯维登堡并不满意世界的烹饪式的用途。在他五十四岁那年，他被这些思想紧紧地控制住，他深邃的心灵接纳了危险的观点——这在宗教史上十分常见——他是一个反常的人，他被赐予与天使和精神交流的特权，这种忘形仅仅将自己与解释理智世界的道德含义的职责联系起来。在对自然秩序既广泛又详细的正确理解之上，他又增加了对道德法则的理解，这种理解是指对道德法则从最广泛的社会层面上的理解。然而，无论他通过自己性格中形成的过度决断看见了什么,都不是抽象地看见的,而是在图画中看见,在对话中听见的,在事件中构建起来的。当他试图以最理智的方式宣布这种法则时,却不得不以寓言的形式表达出来。

现代心理学没有提供有关错乱平衡的类似实例。主要的力量继续维持着一种健康的行为。对于在报告中能够容忍报告者怪癖的读者来说,这些结果仍然是有启发性的,而且,他宣布的崇高法则就是一个强有力的证据,这是任何平衡迟钝的人没有能力完成的。他试图描述这种新状态的方式,断言"他在某种分离的伴随下出现在精神世界里,但这只涉及他心灵的理智部分,不涉及意志部分"。他还断言:"他通过一种内在视力看见了来世的事物,并且比看这个世界上的事物看的更清楚。"

他接受了一种信仰,相信《旧约》和《新约》的某些作品完全是寓言,或者是以天使般的、出神的方式写作而成的,于是他余下的岁月都投入到从字面意义中分辨出普遍意义的事业当中。他从柏拉图那里借来一则优美的寓言,"一个最古老的民族,那个民族的人们比我们好,居住在离神灵们更近的地方。"斯维登堡补充说他们象征性地利用大地,当他们看见人间的物体时,他们完全不思考物体本身,而是思考它们意味着什么。思想和事物间的一致性从此占据了他的头脑。"有机的形式与刻在其身上的目的相似。"大体而论或特别来讲,人是有条理的正义或非正义,自私或感恩。他把这种和谐的原因归结在《奥秘》中:"天上地下一切或每个事物之所以具有代表性,是因为它们因为上帝的注入而存在。"这种展示一致性的设计,如果实行适当,就会成为世界之诗,在这种设计中,一切历史和科学将发挥重要作用,但是他的探索所采取的排他性神学倾向缩小、毁坏了这种设计。他对自然的理解不是人性的、遍性的,而是神秘的、希伯来式的。他把每一种自然物体都与一种神学概念联系起来,比如,马代表肉体的理解,树代表感知,月亮代表信仰,猫代表这,鸵鸟代表那,洋蓟代表另外的。他给每一种象征都强加上专有的教会意义。狡猾的普洛透斯不是那么容易就能抓住的。在自然界,每一个单独的象征都扮演着无数个角色,正如物质的每一个粒子都依次在每一个系统中循环一样。最重要的同一性使任何一个象征都能连续地表现真实存在的所有品质和细微差别。在圣水的输送中,每一根水管跟每一个水龙头都十分默契。大自然会对束缚她的波浪的迂腐学究予以迅速的报复。她绝不是拘泥字义者。我们必须亲切地接受每一种事物,我们必须保持最好的状态,才能正确地理解任何事物。

由于他的神学偏见,他对自然的诠释便狭隘得要命,象征的字典还没有编写出来。但是人类仍然翘首以盼的诠释者发现,前人都没有像他那样接近真正的问题。

斯维登堡在自己著作的书名页上称自己是"耶稣基督的仆人"。依据智力,从实际上讲,他是教会最后一位神父,并且不可能有继承者。难怪他深邃的伦理智慧给了他导师般的影响力。他将自然重新引进死气沉沉的传统教会,教会只会出产枯燥的教理问答手册。这位敬神者在逃离了充斥着动词和经文的小礼拜堂后,惊喜地发现自己又成为他的整个宗教的一员。他的宗教为他思考,并且具有普遍适用性。他打开它的每一面,它适用于生活的每一部分,可以解释每一种情形,给每一种情形增加威严。它不是那种只对他进行三四次外交性访问的宗教——在他出生时,在他结婚时,在他生病时,在他死去时,以及其他任何时候,都不介入他——而是一直陪伴着他的教义,甚至当他睡觉做梦时也陪伴着他。它陪伴他思考,让他看到自己的思想是怎样经历长久的过程而流传下来的;它陪伴他进入社会,让他看到是什么样的近似将他和与自己相当的人以及同时代的人捆绑到一起的;它陪伴他进入自然物体,让他看到它们的起源和意义,让他看

到什么是友善的，什么是有害的；通过指出同样的一些法则的延续性，它打开了未来世界的大门。他的信徒们宣称，通过研究他的书，他们的智能明显提高了。

批评没有像他的神学著作这样的问题，那就是，它们的优点十分显著，却仍然要打大的折扣。它们辽阔、流动的扩散性像草原或沙漠一样，它们的不和谐就像最糟糕的精神错乱。他总是做不必要的解释，他对人们的无知的感觉夸张到不可思议的程度。人们很快就会接受这种性质的真理。然而，他有很多主张，有很多发现，发现了许多对我们来说至关重要的事物。他的思想专注于本质的相似性，比如房屋和房屋建造者之间的相似性。他从事物的法则里，从功能的相似性中看事物，而不是从结构中看。他传达真理的方法和顺序是永恒不变的，是心灵从内心深处到最外在的习惯进程。他多么认真，多么举足轻重，他的眼睛从不徘徊，没有任何膨胀的虚荣，没有普通文人的自我欣赏。他是一个擅长理论、善于思辨的人，世上任何讲究实际的人都无法佯装对他不屑一顾。柏拉图是一位穿长袍的学者,他的衣服虽然是紫色的,是上天编织的,但仍是一件学术长袍,繁多的褶皱使人行动不便。但是这位神秘主义者令恺撒大帝肃然起敬,吕库古斯本人也要向他鞠躬致敬。

斯维登堡的道德洞察力,对普遍错误的修正以及道德法则的宣布,将他与其他现代作家区分开来,使他获得了在人类法律制定者中已空置数个时代的席位。他获得的缓慢但威严的影响力,如其他宗教天才的影响力一样,一定也是过大的,一定有潮起潮落,然后才沉淀为一种永恒的价值。当然,真实、普遍的东西不会被局限在那些十分同情这位天才的人的圈子里,但会逐渐变成明智、思想公正的普通声望。世界有一种可靠的化学作用,通过这种作用,子孙身上优秀的地方会被提取出来,最伟大的心灵的缺点和局限也会被抛弃。

轮回在古希腊神话中,在奥维德的著作和印度的轮回说中都屡见不鲜。在这些作品和学说中,轮回是客观的,或者说在外来意志的影响下肉体真的会发生轮回,但在斯维登堡心目中,轮回更具哲学特性。它是主观的,或者说完全取决于人的思想。宇宙间的万物根据人的喜好,重新将自己分配给不同人。人的喜好和思想如何,人就如何。人之所以为人,取决于人的意愿,而不是知识和理解。他是什么样的人,就看到什么样的事物。世界的密切结合被打破了。本质与精神世界的一切发生联系。对天使来说,他们看到的一切都是天堂的。每一个撒旦在自己眼里都是人;在那些和他一样坏的人眼里,撒旦是得体的人;在纯净的人眼里,撒旦是一堆腐肉。没有什么可以抵抗状态,任何事物都受引力作用,同声相应同气相求,我们称之为诗意的正义当场生效。我们已经进入的世界就是一首生动的诗。一切都如我一样。鸟兽并不是鸟兽,而是人的心灵与意志的散发和流溢。每个人都建造自己的房屋和国家。幽灵因害怕死亡而饱受折磨,他们已经忘记自己已经死去了。邪恶虚伪的人畏惧其他所有人。这样的人剥夺了自己行善的权利,他们游离继而逃跑。他们企图靠近社会,却被社会发现自己的品性而遭到驱逐。在贪婪的人眼里,他们就居住在存放钱的小房间里,而这些地方会有老鼠大批出没。在好的作品中体现价值的人在自己看来是在伐木。"我问他们难道不累吗?他们回答说自己所做的一切还不足以保证自己能上天堂。"

他发表的一些经典语录十分巧妙地陈述了道德法则,如他的名句所说,"天堂里,天使不断向青春迈进,因此最老的天使看起来最年轻";"天使越多,空间越多;""人的完善就在于对用途的热爱";"人的完美的形式就是天堂";"从上帝那里来的,就是上帝;""目标总是随着自然的下降而上升。"对天堂深处的真正富有诗意的描写会随着天堂形状而弯曲折转,因此这种描写不需要说明就能读懂。他宣称自己具有超自然的视力,而他对人体结构和心灵结构的奇特洞察力几乎可以证明他的这一宣言。"在天堂里,从不允许任何一个人站在别人的背后,看别人的后脑勺,因为那样的话,上帝注入的东西就被打乱了。"天使从人的声音可以了解他的爱,从声音的清晰度可以了解他的智慧,从话语的意义可以了解他的科学。

他在《夫妻之爱》中揭示了婚姻的科学。人们会说这本书虽然有最高的基本原理,但并不成功。它简直就是一首爱情赞美诗,这是柏拉图在《宴饮篇》里想写的爱,也是但丁所说的卡塞拉在天堂的天使中间所唱的那种爱。如果对这种爱的起源、成就和效果赞美得当,它也许能使灵魂入迷,因为它会揭露一切制度、风俗和习惯的源泉。如果将其中的希伯来教义删去,如果不用陈述道德的哥特主义的方式陈述法律,如果拥有事物本质所需的状态上升的范围,这本书就是一部伟大的著作。这是对婚姻科学的柏拉图式的良好发展。它教导我们性别是普遍的,而不是局部的;男性的每一个器官、每一种行为和思想都符合阳刚之气;女性之于阴柔也是如此。因此,在现实世界和精神世界中,婚姻的结合并不是一时

221

的,而是持续不断、完完全全的;贞洁不是局部的而是一种普遍的美德,在交易、种植、说话或哲学探讨方面发现的不贞和在生殖方面发现的不贞一样多;而且,虽然他在天堂中看见的童贞女是美丽的,但妻子的美丽更是无与伦比的,而且这种美在与日俱增。

但斯维登堡按照自己的方式,将自己的理论限定在一种暂时的形式上。他夸大了婚姻的情形,虽然发现了地球上存在着虚假的婚姻,但仍幻想天堂里有一种更明智的选择。而对于进步的灵魂来说,所有爱和友谊都是短暂的。"你爱我吗?"意思是:"你看见同样的真理了吗?"如果你看见了,我们就因为拥有这种同样的幸福而幸福;但是,不久以后,我们中的一个看见一种新的真理,我们就离婚了,自然的拉力无法将我们维系在一起。我知道这杯爱情有多美妙——我为你而存在,你为我而存在。然而这是孩子对玩具的依赖,是在试图使温馨甜蜜的婚房之乐成为永恒,是在试图保存帮助我们度过启蒙课的图画字母表。上帝的伊甸园荒芜而壮观,如同夜晚在炉火边回忆起来的户外风景,当你在炉火旁瑟缩时,这种风景似乎是冰冷荒凉的;然而一来到户外,我们又会同情那些为了烛光和纸牌而放弃欣赏自然的壮丽的人。也许《夫妻之爱》真正的主题是会话,而会话的法则则被深刻地揭示出来。如果将会话法则照搬到婚姻中,它就是虚伪的。因为上帝是心灵的新娘或新郎。天堂不是两个人的配对,而是所有灵魂的交流。我们在同一座思想的庙宇里相遇,驻足片刻,然后分手,各自投入另一个思想伴侣的快乐之中,尽管我们好像未曾分离。"你爱我吗"有一种卑贱、占有的意味,远没有神圣之意。只有当你离开,为了一种比我们两个都高贵的情感而抛弃我时,我才会靠近你,发现自己就在你身边;而当你注视我,渴求爱时,我却感觉厌恶。实际上,在精神世界里,我们每时每刻都在变换性别。你爱我身上的价值,所以我就成为了你的丈夫;但是吸引你的爱的不是我,而是价值;而这种价值

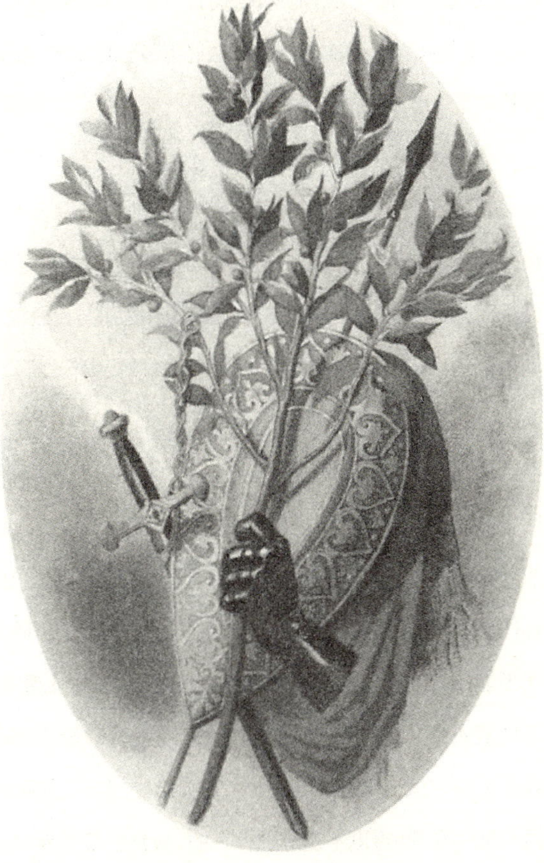

相比在我之外的一切价值来说，简直就是沧海一粟。同时，我更欣赏另一个人的价值，于是我就成了他的妻子。他渴望另一种精神中的更高价值，于是又成为那种影响的妻子或接受者。

不管是自我审讯的习惯使然，还是他对思想家们容易犯的罪心存戒备，在摆脱并展示那种特殊形式的道德疾病中，他获得了一种道德意识无法抗拒的敏锐。我指的是，从"科学的"观点看，他感到思想亵渎了善良的东西。"对信仰进行推理就是怀疑和否定。"他不可救药地清楚知与行之间的差别，这种敏感也不断地被表达出来。因此，哲学家就是各色毒蛇、山杨、痔疮、普雷斯特龙卷风、飞蛇；文人就是变戏法的人，就是江湖骗子。

然而这个话题暗示有一种后顾之忧，而在这里我们发现了他的痛苦之源。斯维登堡也许为自己的内向才能付出了代价。成功，或一位幸运的天才，似乎取决于心灵和头脑的适当调整；取决于道德力量和精神力量的坚固的适当比例，这种比例也许要遵守化合所必要的化学比例法则，就像气体要按一定的比例结合，绝不能任意混合一样。满满一杯水很难端平，这位感情充沛、头脑充实的天才早早地陷入自身的危险分歧中。他在《动物王国》里称自己喜爱分析，讨厌综合，令我们大吃一惊。现在，年过五十，他又嫉妒起自己的智力来。尽管他清楚真理不是单独存在的，善也不是单独存在的，两者必须混合、结合，他还是和自己的心灵宣战了，支持良心，反对智力，抓住一切机会诋毁、亵渎智力。这种歪曲立刻遭到了报复。当天堂一半，即真理，遭到否认，就等于有志之士因怀才不遇而满腹讽刺，从此失去判断力，于是美遭受侮辱，爱不再可爱。他很明智，但这是他的蔑视中体现出来的明智。这可怕的宇宙被无穷无尽的悲伤氛围笼罩着，哀嚎声响彻其中。一个吸血鬼坐在先知的位置上，对痛苦的形象怀有黑暗的欲望。这位灵魂的先知者急切地围绕每一批新的罪犯建造一个新地狱，这些地狱一个比一个可憎,鸟儿筑巢,鼹鼠钻地都没有他这么急切。他好像是从一个铜柱里被放下去的,但那根柱子其实是由天使精神形成的,这样他安全地下降到那些不幸福的人中间,目睹广阔的灵魂海洋,在那里长时间地倾听他们的恸哭。他看见折磨他们的人把剧痛增加到无限大;他看见了骗子的地狱,刺客的地狱,好色之徒的地狱;他看见了强盗的地狱,他们杀人、煮人;这是充满骗子的地狱,如粪便般的地狱,这是充满仇恨的地狱,他们脸像又圆又大的蛋糕,臂膀像轮子一样旋转。除了拉伯雷和斯威夫特教长,没人掌握关于污秽和腐败的科学。

这些书应该谨慎使用。雕刻这些渐渐消失的思想形象是危险的。它们在过渡中是真实的,一旦固定下来,就是虚假的了。要正确理解他,需要一个几乎可以和他相媲美的天才。然而当他的想象成为年龄不同、能力不等的芸芸众生的陈辞滥调时,它们就被歪曲了。希腊名族的智者习惯带领最聪明正直的年轻人参加埃留西斯秘密宗教仪式,作为对他们的教育的一部分。在那里,通过盛大典礼,他们教给这些年轻人古代哲人所知晓的最高真理。一位十八九岁激情澎湃、沉思冥想的年轻人也许会读一遍斯维登堡的书,读一遍这些爱和良知的秘密,然后就把这一切永远扔在一边。当地狱和天堂敞开大门时,天才永远被类似的梦纠缠着。然而这些画面被看成是神秘的,也就是说,被看成是真理随意偶然的画面,而不是看成真理本身。如果任何其它的象征都同样好,那么这种画面就可以看清楚了。

斯维登堡的世界体系需要中枢的自发性,它是动态的,但没有生命力,缺乏产生生命的力量。这个体系里没有个体。宇宙是一个巨大的水晶,它所有的原子和纹层排列有序,整齐划一,但看起来冰冷、静止。带有个人和意志的色彩的完全没有。有一条调解的巨大链条从中心延伸至末端,剥夺了每一种手段的一切自由和特色。在他的诗里,宇宙在被催眠的睡眠中忍受痛苦,而且只反映催眠者的心灵。每一种思想都是受周围精神社会的影响而进入每一个心灵中的,然后再从一个更高级的社会进入心灵等等,诸如此类。他的一切类型都意味着寥寥无几的相同的事物。他所有的人物都说着同样的话。他所有的对话者都被斯维登堡化了。不管他们是谁,最终都会变成这副样子。冥府渡神的渡船载所有人过河,国王、顾问、骑士、医生、艾萨克·牛顿爵士、汉斯·斯隆爵士、国王乔治二世、穆罕默德,不管是谁,都具有同样阴森的色调和风格。只有当西塞罗经过时,我们温文尔雅的幻想家才略显犹豫地说他和西塞罗交谈过,才带有人情味地说道:"能让我相信的就是西塞罗。"当那位自命不凡的罗马人开口时,罗马和雄辩术就衰落了——这就是平凡的神学家斯维登堡,和其他人一样。他的天堂和地狱都很沉闷,因为缺乏个人独特性,人的千丝万缕的关系那里没有;因为人有错才有对,有对才有错;因为他藐视一切教条化和各种分类,会考虑许可、可能性和未来;他因为自己缺点而强大,因为自己的优点而无能为力。所以,人与生俱来的兴趣就完全和他的社会一致了。这种缺乏对体系的中心产生了作用。虽然在字里行间"主"的代理人的名字总被提及,但是它永远不会成为有生命的人。那只从中心往外凝望的眼睛没有光泽,它应该使生命的巨大依赖生动起来。

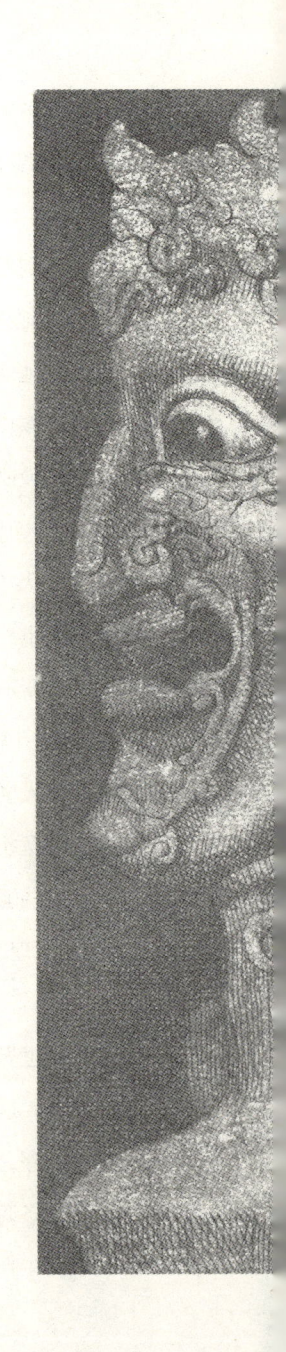

斯维登堡心灵上的缺陷就是它的神学决心。对他来说,任何事物都不具备普遍智慧的气度,除非我们一直待在教堂里。那位希伯来诗人教给人们是非观念,对他、对很多民族都有同样过度的影响。这种方式,以及本质,都是神圣的。在宇宙历史中,巴勒斯坦一直是最重要的一章,在教育中,却是最无效的成分。在思想界,斯维登堡的天才是所有近代人中最显著的,但它却把自己浪费在试图复苏和保护自然期限已至的东西上面,在伟大的世俗天佑中,在西方思想方式和表达面前,它的卓越正在褪色。斯维登堡和伯赫曼共同的失败之处在于依附于基督教义,而没有依赖道德情操,因为道德情操包含着无数的基督教教义、人性和神性。

过度的影响表现在对外来辞藻的不当引入。焦躁的读者问道:"碧玉、缠丝玛瑙、绿玉、玉髓和我有什么关系?约柜、逾越节、伊法、以弗得和我有什么关系?麻风病患者与痔疮和我有什么关系?发面供品、死面饼、喷火战车、戴王冠又长角的龙、巨兽河马和独角兽又与我何干?这些东西对东方人意义非凡,但对我毫无意义。你越是引经据典来解释它们,就离题越远。这种体系越连贯精密,我越讨厌它。我和斯巴达一起说,'你为什么把毫不相干的事情说得十分切题呢？'我的学识是上帝在我出生时，在我的习惯当中赐予我的，在我用双眼愉快地观察学习时赐予我的，与别人的学识没有关系。在一切荒诞的言行中，某个外来者荒诞地建议拿走我的辞藻，换上他自己的，并且建议用鹈鹕和鹤逗我开心，而不是用画眉和知更鸟，还打算用棕榈树和塞伊尔相思树逗我开心，而不是榉树和山核桃树——这种荒诞行为似乎是最没有必要的。"

洛克说，"上帝在创造先知时，并没有毁灭人类。"斯维登堡的历史也指出这一点。在瑞典的教堂里，在路德和梅勒克桑的朋友和敌人之间进行了关于"只要信仰"和"只要善行"的教区辩论，而这些争论闯入了他对宇宙和神圣社会经济的思考。他是路德教会主教之子，天堂的大门对他敞开，因此他用最丰富的象征形式看见了事物可怕的真相，而且，他好像受到上天的神圣指令，在自己的书中再次说出道德本质无可争辩的秘密——尽管头顶这些光环，他还是路德教会主教的儿子；他的判断是一个瑞典辩论者的判断，他的巨大扩展是用顽固的局限性换来的。他带着爱争论的记忆去访问灵魂。他像米开朗琪罗一样，后者在自己的壁画中，把冒犯他的主教放在一座魔鬼山下炙烤；他像但丁一样，在报复性的乐曲中为一切个人恩怨报仇；或者，他更像蒙田的教区牧师，如果冰雹袭击村庄，这位牧师会认为末日要到来了，同类残食已经肆虐开来。斯维登堡在天使中间宣言的自己的著作，梅勒克桑、路德和沃尔夫的痛苦，同样使我们困惑。

在同样的神学限制下，他的很多教义都受到束缚。他的主要道德立场是，应该像回避罪一样回避恶。但是在说过恶应该被当作恶来回避之后，那些认为仍然可以有任何其它立场的人，根本不知道什么是恶，也不知道什么是善。我并不怀疑他受到了要加入神的品格元素的驱使。但是并没有添加任何东西。你说，一个人害怕丹毒，让他知道那种害怕是一种恶；或者，一个人害怕地狱，让他知道

228

这种害怕也是恶。谁热爱善,庇护天使,尊敬威严,谁就与上帝同在。我们与我们的罪恶联系越少越好。没有人能在悔恨中浪费得起时间。印度人说,"不束缚我们的,就是积极的职责;能解放我们的,就是知识;其它所有的职责只会让人疲倦。"

另一个产生于这种恶性的神学局限的教义是《地狱》。斯维登堡有魔鬼。据老哲学家所说,恶就是在发展中的善。纯粹的恶能够存在,就是无信仰的极端建议。一个有理性的代理人不会接纳它,它就是无神论,它就是对神灵最大的亵渎。欧里庇得斯说得十分正确——

善与存在于诸神身上合为一体;
谁把罪恶归咎于他们,谁就使他们不复存在。

哥特式神学遭到了多么痛苦的曲解,导致斯维登堡不容许邪恶精神皈依!然而这种神圣的努力从来没有松懈,阳光之下的腐肉会自行转化为花草,人虽然在妓院里、在监狱里、在绞刑架上,但是他在追求善与真的路途上。彭斯用他的狂野的幽默呼唤可怜的"老尼克·本":

"但愿你三思,再改正!"

彭斯具有一位有报复性的神学家的优势。除了爱和真理,每种事物都是肤浅、易逝的。最博大情操的往往是最真实的,我们感受到了印度毗湿奴的更仁厚的精神——"我对全人类一视同仁。没有任何一个人值得我爱或值得我恨。那些心怀崇敬侍奉我的人,我在他们心中,他们也在我心中。如果一个道路全部都是邪恶的,他单独侍奉我的话,也和正义的人一样值得尊敬;他受到很好的雇佣,很快就变成有道德的灵魂,获得了永恒的幸福。"

对于另一个世界的《启示录》的异常主张,只有他的正直和天才才能使它得到认真的对待。他的启示毁掉了自己的信誉,因为他的启示过于繁琐。如果有人说,圣灵已经告知他"最后的审判"(或审判的最后一次)发生在1757年,或者,在另外一个世界里,荷兰人单独生活在一个天堂里,英国人也单独生活在一个天堂里。我回答说,神圣的神灵十分含蓄,沉默寡言,涉及法则。幽灵和鬼怪的谣言是在闲淡、预言。高等神灵的教导是有节制的,至于细节,是予以否定的。苏格拉底的天才并没有规劝他去行动,去发现,但是如果他打算做无益的事,他的天才会劝阻他。他说:"上帝是什么,我不知道;他不是什么,我却知道。"印度人把"至高无上的力量"命名为"清净"。受到启发的贵格会教徒解释说,他们的灵光不会引领他们采取任何行动,反而看似是不合适的事物的障碍。然而,恰当的实例是个人的经验,在这一点上它们是绝对一致的。严格来讲,斯维登堡的启示是在混淆等级——这对于一个如此博学的分类家来说是十分重大的错误。这是将表面法则运用到实质层面,将个人主义及其纨绔习气引入本质和一般事物的领域内——这是错位和混乱。

天堂的秘密被世世代代地保守着。没有一个鲁莽、友善的天使提早透露只言片语,回应圣徒的渴望和凡人的恐惧。我们本应该跪着聆听我们最爱的人的话,因为他有更严格的顺从性,并由此使自己的思想与天国的主流平行对应,能够暗示给人类的耳朵每一个刚刚离去的灵魂的景象和情形。然而可以肯定的是,它必须与自然界最好的事物吻合。它的格调一定不能比雕刻天体、撰写道德法则的艺术家的已知作品逊色。它必须比彩虹鲜艳,比大山稳固,与鲜花相宜,与潮汐、与秋日繁星的起落相宜。一旦自然和精神洪亮的主调响起——那就是大地的节奏,大海的节奏,心的节奏,它们谱出了太阳随之运转的曲调,造就了血液和树液——声音悦耳的诗人听起来就像街头民谣一样沙哑。

在这种基调中我们听到传言说,预言家已经到了,他的故事也被讲述了。然而对于天使和妖精来说,没有美,也没有天堂。这位悲伤的诗人喜爱黑夜,喜欢死亡和地狱。他的《地狱》令人难以抗拒。他的精神世界与人类灵魂已知的真理的宽厚和欢乐之间的关系,与人的噩梦和他的理想生活之间的关系是一样。在它那可怕的图画的力量之中,它确实和做梦的现象十分接近,一夜之间将许多仁慈却忧伤的绅士变成可怜虫,他们像狗一样在创造的院外和舍外藏匿着。但他升至天堂后,我就听不到天堂的语言了。一个人不应该告诉我他已经处在天使中间,他的证据就是,他的雄辩使我成了一个天使。难道大天使一定没有确实在世间行走过的人物高贵、亲切吗?斯维登堡刻画的天使没有给人戒律很严、文化教养很高的印象,他们都只是乡村牧师,他们的天堂是游园会,是福音派教会的野餐会,或是给善良的农民颁发奖品的法国式颁奖会。他是一个古怪、学究气甚浓、爱说教、没有激情、精神萎靡的人,他指示灵魂的类别就像植物学家处理苔属植物一样,参观阴郁的地狱像参观白垩地层和角光石一样!他没有同情心。他在人间起起伏伏,简直就是一个现代的阴曹判官,拄着金头拐杖,戴着假发,冷若冰霜,一副裁判的神情,对灵魂进行分配。那温暖、饱经风霜、充满激情的人世,在他看来就像象形文字的文法,或是象征性的互济会列队。而雅各·伯赫曼多么不同!他倾听"导师"传达教训时,激动地颤抖,充满敬畏,怀着最温和的人性;当他声称"爱似乎比上帝更伟大"时,他的心狂跳不止,以致数个世纪以后,隔着他的皮外套仍能听到怦怦的心跳声。这简直是天壤之别。伯赫曼的聪慧是健康、令人愉悦的,尽管有神秘主义的狭隘和不可言传。斯维登堡聪明得令人厌恶,他累积的天才使人无力、令人反感。

伟大的自然最好的迹象是开启一个前景,如同清晨风景的气息,吸引我们前进。斯维登堡喜欢怀旧,我们无法夺走他的鹤嘴锄和裹尸布。有些心灵永远都不能降入自然中,别的则永远无法从自然中上升出去。尽管得到很多人的鼎力帮助,他仍然无法冲破将他与自然紧密联系在一起的纽带,因此他没有登上纯粹天才的平台。

引人注目的是,这位天才借助自己对象征的感知,看穿了事物的结构以及心灵与物质的基本关系,却完全没有这种感知所创造的诗意表达的整套装置。他了解母语的语法和基本原理——他怎么不能把诗歌读成乐曲呢?萨迪在幻想中打算兜一衣襟的天国之花,当作礼物送给朋友,可是玫瑰的芳香令他陶醉地松开了衣襟,他是不是和萨迪很像呢?或者他是在揭发一桩违法天国社会礼仪的行为吗?抑或,他理性地看穿了这个幻想,因此总在自己的作品中斥责理性?不管是怎样,他的作品没有旋律、没有感情、没有幽默,枯燥乏味。他丰富、精确的意象没有乐趣可言,因为没有美。我们在一片毫无生气的风景中孤独地徘徊。在这些死气沉沉的花园里,没有鸟鸣。如此出类拔萃的心灵却完全没有诗意,这预示着疾病,就像一个美人却长了一副嘶哑的嗓子一样,这是一种警告。有时我会想,不久,就没有人读他的书了。他的伟名将成为警句。他的作品已经成为不朽之作。他的桂冠中夹杂着很多柏树枝①,就像停尸房的气味与寺庙的焚香之气混在一起,令少男少女退避三舍。

然而在天才的祭物和良知的神殿里,有一种言语不可赞美的崇高功绩。他活得有目的,他给出了一个裁决。在大自然的迷宫中,他选择善作为灵魂依附的线索。关于真正的中心,很多观点都是相矛盾的。在海难中,有人紧紧抓住流动的缆绳,有人抱住木桶,有人抓紧桅杆;舵手却做出科学的选择——我就站在这里,纹丝不动,一切都会沉下去,"谁跟我扬帆起航,谁就能到达岸上。"不要依赖上天的恩赐,也不要依赖对蠢行的怜悯,别依赖谨慎,也别依赖常识、老惯例和侥

---

① 柏树枝为哀悼的标志。

幸。因为没有什么能保护你,命运、健康、令人钦佩的智慧都保护不了你;没有人能保护你,除了诚实,永远只有诚实! 他的研究、发明和梦想里永远不乏一股坚韧不屈的力量,他坚持着这个勇敢的选择。我把他当作印度传说中的某个轮回的信徒,他说:"尽管在上一个自然雏形中,我是狗、豺或蚂蚁,皮囊丑陋,或性情残忍,但我坚持正义,如同通往人和上帝的阶梯一样坚定。"

斯维登堡对人类做出了双重贡献,这些贡献现在才开始为人所知。他凭借实验科学和实用科学迈出了第一步:即观察并公布了自然的法则。他合理地从事件逐渐上升到事件的顶峰和起因,因此他对自己感受到的和谐燃起了一股虔诚的烈火,并放任自己陷入欢喜和崇敬之中。这是他的第一个贡献。如果这种荣耀过于刺眼,他的眼睛承受不了,如果他因欣喜若狂而脚步踉跄,那么他所看见的奇观就更为壮丽,照穿他的、连没有弱点的先知都掩盖不了的生命的真相就更为壮丽了。他对人类所做的第二个消极的贡献,与第一个贡献不相上下,也许在存在的伟大轮回中,在精神自然的报应中,这第二个贡献对他自己来说也是同样光辉灿烂、美丽动人的。